하우스
메이트

하우스 메이트
Housemate

표명희 소설

자음과모음

차례

피아노와 찌루 _7

방문객 _33

너와 나의 도서관 _65

란이 왔다 _93

그녀의 등 뒤 _133

열대의 크리스마스 _163

목격자를 찾습니다 _197

골목길 포에버 _227

해설 | 무한히 만나는 이웃 (강지희) _255
작가의 말 _280

"스물한 살이에요. 휴학하고 지금은 영화사 인턴십 과정에 있어요. 이름은 진아예요. 이진아."

또렷또렷한 눈망울에 맑고 씩씩한 목소리, 보이시한 매력이 묻어나는 여학생이었다. 메일을 주고받은 뒤라 이름 외에는 서령도 이미 알고 있는 내용이었다. 영화사 인턴이 어떤 일을 하는지 궁금해 메일로 물었더니 이내 친절한 답신이 날아왔다.

―주로 인간 본연의 문제를 해결하는 일이에요. 이를테면 커피 타기, 철야 때 스태프들 먹을 도시락 사 나르기, 밥값 영수증 챙기기, 복사나 기타 잔심부름 같은 거요.

솔직 담백함이 마음에 들어 집 보러 오는 걸 허락했다.

카드 빚 연체로 지난달부터 채권단의 협박에 가까운 독촉전화에 시달려오던 서령은 고육지책으로 방 하나를 세놓기로 한 것이다. 그러니까 진아는 세입자 후보인 셈이었다. 20평짜리 아파트 방 두 개 중 하나를 세놓아야 한다는 사실이 처음엔 독방에 둘이 감금되는 것처럼 숨 막히게 느껴졌다. 하지만 2년째 가파른 하향 곡선을 그리는 수입 앞에 서령도 속수무책이었다. 현금 대출로 근근이 버티다 결국 막다른 곳에 이른 것이다. 이런 결과를 낳게 한, '북경 나비의 날갯짓'에 해당할 만한 혐의가 오래전에 있긴 했다.

　서른셋, 숫자만으로도 인생의 전환을 재촉하는 나이의 생일을 맞던 날, 서령은 두 가지 계획을 세웠다. 재즈피아노 배우기와 조직 생활에서 탈출하는 것. 그걸 떠올리는 순간, 그녀는 월정사 전나무 숲길로 들어선 것처럼 가슴이 탁 틔었다. 카피라이터 경력 7년에 그녀의 머릿속은 닳아빠진 수세미처럼 돼 있었다. 그 일을 몇 달 더 한다면 머리뿐 아니라 온몸이 수세미가 돼버릴 것 같았다. 그녀의 계획은 시의적절하기까지 했다. 때마침 불어닥친 구조조정 바람에 꽤 유리한 조건으로 사직할 수 있었다. 사직 1년 만에 그녀는 웹디자이너로 변신하는 데 성공했고 지난 몇 년간 안정적인 프리랜서 생활을 해왔다. 미국발 금융위기로 직격탄을 맞기 전까지.

　그동안 집 보러 왔던 세입자 후보가 적지도 않았다. 자동차 보험회사 사고처리 접수 상담원, 취업 준비생, 헤어디자이너, 재즈바 가수, 고양이를 안고 온 삼수생 등등. 한 번도 남과 같이 욕실을 써본 적 없었던 서령은 누군가 집을 보러 올 때마다 깐깐하고 예민한 싱글족 기질이 드러났다. 그때마다 남과 같이 살 수 없는 이유가 얼마나 많은지 절감했다. 집 보러 온 이들은 하나같이 문제아 아니면 문제점투성이였다. 흡연자 아니면 수다쟁이, 전도를 신앙인의 첫손꼽을 소명으로 아는 크리스천, 아니면 보증금 없는 가난뱅이, 그도 저도 아니면 애완견까지……. 하지만 이제는 그런 걸 따지고 있을 겨를이 없었다. 낯선 사람과 대면하는 일도 이제는 지쳤고, 협박에 가까운 채권단 직원의 전화를 더 이상 받기도 싫었다. 보증금을 제때 지불할 능력만 있다면 누구든 세입자로 들이고 싶었다.

"그러면 집은, 지방인가?"

"아뇨. 서울이에요."

뜻밖의 대답에 서령은 고개를 갸웃했다.

"정확히 말하자면, 아빠와 엄마가 따로 살아요. 아빠는 서울, 엄마는 강원도에요."

"이산가족이구나."

"이산가족이라기보다는 결손가정이죠."

진아는 서령의 표현을 바로잡아주었다.

"실은, 부모님이 5년 전에 이혼했거든요. 그때 저더러 선택을 하라고 해서 아빠를 따라가겠다고 했어요. 엄마보다는 아빠한테 짐이 되는 게 공평하겠다 싶었거든요."

불편한 가정사를 스스럼없이 풀어놓는 당돌함, 그 속에 깃든 의외의 분별력이 서령의 호감을 샀다.

"스스로 택했던 공평한 생활을 왜 벗어나려는 거지?"

질문을 하고 나서야 서령은 아차, 싶었다. 까다로운 면접관 같은 어조의 물음이었다.

"새엄마가 들어오면서 생각이 바뀌었어요. 내가 아빠의 새로운 인생에 걸림돌은 아닌가, 하는 생각이 들었어요. 처음엔 걸림돌이 좀 돼서 공평한 삶을 만들고 싶었는데, 생각해보니 그것도 별로 공평한 게 아니더라고요. 내가 독립하는 게 가장 공평한 일이겠다 싶었죠."

공평함을 삶의 중요한 잣대로 삼고 있는 이십 대의 말을 서령은 듣고만 있었다. 자신이 개입할 계제가 아니었다. 자신의 이십 대에는 부모의 이혼도, 영화사 인턴십이란 것도, 현장 체험을 위한 휴학도 상상할 수 없었다. 부모의 그늘을 떨치고 나갈 생각 같은 건 할 수도 없고, 뛰어들 장(場)도 없었다. 그러니 젊음에게 하는 기성세대의 조언이란 가당찮은 것인지도 몰랐다. 스스로 향수에 젖어 효력 상실한 낡은 정보를 조언이라고 착각하는 것인지도…….

서령은 눈앞의 현실을 직시하기로 했다. 갓 스무 살을 넘긴 신세대와의 한집 살이. 이 자신만만한 젊음과 한 지붕 아래서 잘 살아갈 수 있을까. 젊음에 주눅 들지 않고 주인으로서의 특권 따윈 내세우는 일 없이 자연스럽게 그리고 서로에게 방해받지 않으며 독립적으로……. 하기야 이런 생각도 지금으로서는 사치에 지나지 않아 보였다. 당면한 현실적 문제와는 별개로 서령은 이미 당돌하고도 솔직한 이십 대에 깊이 끌리고 있는 자신을 느꼈다. 젊음이란 그 자체만으로도 강렬한 유혹이자 힘이었다. 또한 그것은 서령 자신이 더 이상 젊지 않다는 씁쓸한 진실을 일깨우는 것이기도 했다.

진아는 조심스레 걸음을 옮겨놓으며 집 안을 둘러보았다.

"집이 참 깔끔하고 멋있네요."

세입자가 되고 싶다는 뉘앙스였다. 집 보러 온 이들은 누구나 서령의 집을 마음에 들어 했다. 신소재로 마감한 심플한 인테리어의 신축 아파트인 데다 불필요한 가구나 짐은 하나도 없었다. 모델하우스 같은 분위기여서 평수에 비해 넓고 시원해 보였다. 사람 사는 냄새가 잘 나지 않는다는 지적도 있었으나 이십 대들은 그런 쿨한 분위기를 좋아했다.

"피아노 칠 줄 아세요?"

진아는 거실 한쪽에 놓인 피아노 앞에 발을 멈추었다. 거실을 차지하고 있는 유일한 물건이 그것이었다. 서른세번째 맞던 여름날, 서령이 재즈피아노를 배우던 선생에게서 샀던 것이다. 두 달간의 개인 교습, 한 달의 교습 중단, 그런 다음 학원은 문을 닫았다.

애견도 안 키우고 피아노도 없이 어떻게 혼자 살아요? 피아노 선생이 하루는 서령에게 물었다. 뜬금없는 질문 앞에 그녀는 프싯 웃기만 했다. 피아노만 빼면 전혀 새로울 것 없는, 숱하게 들어왔던, 하지만 피아노 선생다운 물음이라는 생각이 들었다. 어느 날, 피아노 선생은 자신의 애견이 상태가 심상치 않다며 한 달간 피아노 교습을 쉬겠다고 했다. 일방적 통보였다. 매사에 배려가 깊은 그였지만 자신의 애견에 관한 한 남의 생각을 먼저 묻는 법은 없었다. 애견에 대한 그의 관심은 '특별'했다기보단 '유별'났다. 그런 그를 보고 있으면 애완동물에 대한 애정이란 게 모성이나 부성 본능에 뿌리를 둔 소유나 집착의 변형된 모습 같았다. 머리숱도 거의 없는 사십 대 중반의 왜소한 게이 남자. 피아노 앞에 몽당빗자루처럼 앉은 그에게서 그런 심리를 이해 못 할 것도 없었다. 하지만 서령은 그의 애견이 깔끔한 종말을 맞기를, 그래서 둘 다 서로에게서 자유롭게 풀려나기를 바랐다. 주인 외의 모든 이에게 경계 또는 적의의 눈빛을 보내며 개인 교습이 끝날 때까지 피아노 곁을 떠날 줄 모르는 그의 늙은 애견을 보노라면 더더욱 그런 생각이 들었다. 탈장까지 겹친 놈은 한눈에도 살날이 얼마 남지 않아 보였다.

　죽음이 상실의 고통으로만 채워지는 게 아니라는 것을 서령은 아버지의 임종을 지키면서 알았다. 질긴 인연의 고리에서 풀려나는 해방감이 슬픔 뒤에 위안처럼 따랐다. 죽음에도 타이밍이 있다면 아버지는 아주 적절한 때에 세상을 하직하는 것처럼 보였다. 그 부재가, 남은 가족에게 슬픔과 해방을 동시에 안겨주는 순간이 사별의 적기(適期) 같았다. 어느 한쪽이 더 크거나 모자라면 그 죽음은 너무 빠르거나 너무 늦은 것이다. 다른 형제들은 어땠을지 모르지만 막내딸 서령에게는 그랬다. 슬픔, 꼭 그만큼의 해방감이 따랐다. 부모란 인연의 끝을 놓는 마지막 순간까지 자식에게 베풀고 떠나는 존재였다. 안녕, 자식들아, 이제 내가 너희를 자유케 하리라. 처음엔 슬픔에 겨워, 나중에는 아버지의 마지막 선물에 감동해 서령은 장례식장에서 누구보다 오래 눈물을 흘렸다.

"보다시피 손끝도 안 댄 지 6년이 넘었어."

피아노 뚜껑 위에 책과 물건이 잔뜩 쌓여 있는 걸 가리키며 서령이 말했다. 오랫동안 그것은 피아노가 아니라 고급선반 용도였던 것이다.

미안해, 서령 씨. 더 이상 교습을 할 수 없겠는걸. 이사를 하려고……. 피아노 선생이 말했다. 교습 미룬 지 한 달 만에 서령이 다시 그를 찾았을 때였다. 애견을 잃은 그는 한 달 새 몽당빗자루에서 미라로 변해 있었다. 학원 간판도 사라지고 없었다. 그는 애견과 15년간 살았던 마당 넓은 적산가옥에서 더 이상 살 자신이 없을 뿐 아니라 피아노 교습도 불가능하다고 했다. 언뜻 봐도 그는 흰 건반에서 검은 건반으로 손가락을 옮겨놓을 힘도 없어 보였다. 서령이 교습받던 두 달 내내 그의 애견은 피아노 위의 메트로놈처럼 그의 곁에 붙어 앉아 있었다. 놈이 사라지고 나면 속이 후련할 거라 생각했건만 그렇지 않았다. 피아노 다리가 하나 없는 듯, 선생의 수족 중 일부가 사라진 듯 불균형하고 허전했다.

이 피아노, 저한테 싸게 넘기세요. 서령이 불쑥 제안했다. 폐업 신고한 피아노 학원에 빚 받으러 온 사람처럼. 갑작스러운 제안에 그는 한동안 말이 없었다. 애견을 잃고 손때 묻은 피아노마저 떠나

피아노와 찌루

보내야 하는 이중의 상실 앞에 그는 당혹해하는 기색이었다. 그의 반응이 당혹스럽긴 서령도 마찬가지였다. 가족 잃은 고통에서 완전히 헤어나지 못한 사람에게 한 것치고는 몰인정한 제안 같았다는 생각이 들어서였다.

그것도 괜찮을 것 같은데. 잠시 뒤 피아노 선생은 천천히 고개를 끄덕이며 대꾸했다. 의외였다. 그는 자신의 손때가 묻은 피아노가 서령의 메마른 일상을 촉촉하게 만들어줄 거라며 흐뭇해하기까지 했다. 서령은 피아노 선생이 처한 상황 때문에 가격 흥정을 제대로 못 한 게 아쉬웠지만 막상 피아노를 집에 들여놓고 나니 그의 말이 실감 났다. 집 안에 아름드리나무 한 그루가 드리운 것처럼 뿌듯하고 풍요로워 보였다. 그것이 우아한 선율을 만들어내는 건반악기 역할을 한 것은 두어 달 남짓에 불과했지만.

"저, 말씀 못 드린 게 있는데……."

진아는 피아노 앞에서 미적거리며 서령의 눈치를 살폈다. 뭔가 이야기를 더 하고 싶어 하는 표정이었다. 지금까지의 당당함과는 달리 불안하게 흔들리는 진아의 눈빛에 서령은 긴장했다. 이제부터가 본론인지도 모른다는 생각이 들었다. 자신의 구미에 꼭 맞는 세입자를 찾는 게 불가능하다는 건 이미 깨우치고 있었다. 진아가 나타나기 전까지 서령은 마음을 굳게 다잡은 터였다. 눈높이를 최대한 낮추고 마음의 문을 한껏 열어놓을 것.

"저, 보증금은 원하시는 대로 드릴 수 있어요. 지금 당장 드릴 수도 있고요."

 진아는 미끼부터 꺼내놓았다. 자신의 약점을 너무도 잘 알고 있는 듯한 말 앞에 서령은 순간적으로 뒷걸음질했다. 현금의 유혹만큼 불안이 번졌다. 정신을 수습하고 냉정을 되찾았다. 깐깐한 검열 시스템이 다시 작동되기 시작했다.

 "사실, 찌루라고……."

 진아가 떠듬거리며 늘어놓았다.

 "애완견……?"

 "네."

 서령의 몸에서 기운이 쭉 빠져나갔다. 눈앞의 보증금이 허공에서 사라지는 게 보였다.

 "난 털 날리는 동물하고는 궁합이 안 맞아. 알레르기가 있거든."

 서령은 고양이를 안고 온 삼수생을 퇴짜 놓을 때 써먹었던 말을 되풀이했다. 스물한 살짜리 사내 녀석은 고양이 때문에 동거하던 여자친구가 자기를 남겨놓고 가버렸다고 볼멘소리를 했다. 어느 날 갑자기 여자친구가, 고양이와 자기 가운데 하나만 선택하라고 다그치더라고요. 그래서 이틀만 생각할 여유를 달라고 했더니 그날 당장 짐을 챙겨서 나가버리는 거예요. 여자들은 왜 고양이까지 시샘하죠? 삼수생은 집 구하러 온 게 아니라 여자친구 문제로 조언을 구하러 온 것처럼 보였다. 서령은 재채기까지 해 보이며 말했다. 내 재채기, 이것도 시샘의 징후야.

"찌루는 애완견 중에서도 털이 안 빠지기로 유명한 종이에요. 그리고 제 방에서 절대 밖으로 못 나가게 할 거예요. 지금까지도 그렇게 키웠고요."

진아는 서령을 안심시켰다.

하지만 이미 서령은 냉정을 되찾았다. 그녀는 좀더 그럴듯한 거절의 명분을 찾기 위해 문제의 초점을 진아의 가정사로 돌려 말했다.

"강아지 한 마리 때문에 지금까지 잘해온 가족 관계를 무너뜨리는 건 아깝잖니. 그까짓 강아지 한 마리 때문에 말이야."

서령은 애완견을 비하하는 말을 거듭 되풀이했다.

"실은, 한 마리가 아니고, 우리 찌루가 새끼를 낳아서, 찌루와 새끼 셋, 모두 네 마리예요."

'점입가경'은 이런 상황을 두고 만들어진 말 같았다. 재고의 여지가 없었다.

"걱정 마세요. 젖만 떨어지면 모두 분양할 거고요. 그리고 찌루는 회사 갈 때 데리고 다닐 거니까 마주칠 일도 없을 거예요."

"진작 그 사실부터 밝혔어야 하지 않았니."

서령은 따지듯 말했다. 인터넷 카페에서는 집 구하는 회원들에게 먼저 애완견 유무와 흡연 여부부터 밝히도록 돼 있었다.

"죄송해요. 하지만……."

진아의 말에서 체념이 묻어나고 있었다. 그동안 집 구하러 다니면서 번번이 퇴짜 맞은 기색이 역력했다. 절박한 심정이긴 서령도 마찬가지였다. 그동안 카드사 드라큘라의 독촉전화에 마음 편히 자본 날이 없었다. 가위눌림에 시달린 적도 한두 번이 아니었다. 낯선 이와의 대면도 지쳤다. 마음을 완전히 비운 채 이번만큼은 무슨 일이 있어도 성사시킬 참이었다. 하지만 좁은 아파트에 애완견 딸린 세입자라니, 그것도 한 마리가 아닌 네 마리씩이나…….

집달관이 와서 집 안 물건에 딱지를 붙이더라도 할 수 없어. 서령은 이 젊은 세입자 후보가 던진 미끼에 혹해 열어놓았던 마음의 문을 하나씩 닫기 시작했다. 애당초 방을 세놓기로 한 게 잘못이었는지도 몰랐다. 집을 줄여 이사를 하는 게 옳았을 것이다. 급한 불부터 끄고 보자는 생각에 성급하게 내린 판단이었다.

"번거롭게 해드려 정말 죄송해요. 안녕히 계세요."

집주인의 의중을 파악한 진아는 몸을 돌렸다.

배낭 뒤에 매달려 달랑거리는 테디베어 한 쌍이 눈에 들어왔다. 이깟 집 하나 가지고 유세는……. 좌우로 흔들리는 테디베어가 그렇게 비아냥거리는 것 같았다.

그때 서령의 휴대폰 수신음이 울렸다. 익숙한 번호가 액정에 떴다. 온몸이 감전되는 느낌이었다. 지난 몇 달간 틈만 나면 전화해 연체된 카드 대금을 재촉해왔던, 꿈속까지 따라다니며 가위눌리게 하던 채권단 담당직원보다 더 무서운, 친구의 전화번호였다. 보증섰던 친구.

둘 중 하나 선택해, 이십 년 지기 친구냐, 돈이냐.

하나뿐인 친구는 마지막으로 경고해왔다. 비상사태가 생기면 서령이 119 다음으로 전화해 도움을 요청할 친구였다. 세놓을 결심을 한 것도 결정적으로 친구한테 더 이상 피해를 줄 수 없어서였다.

"잠깐만, 학생!"

서령은 화급히 진아를 불러 세웠다.

닫히던 현관문이 비긋이 다시 열리며 진아의 얼굴이 나타났다. 궁금증에 눈을 동그랗게 뜬 채였다.

"아까 말한 그 보증금…… 당장 줄 수 있다고 했지?"

*

딸깍, 문 여는 소리에 잠을 깼다. 곧이어 실내화 비닐 바닥이 끌리는 소리가 났다. 그제야 서령은 집 안에 자기 혼자가 아니라는 사실을 깨닫는다. 강아지 네 마리까지 하루아침에 여섯 식구가 한 지붕 아래 살게 된 것이다. 계약기간 6개월 동안은 꼼짝없이 이들과 모든 걸 공유해야 한다. 주방도, 베란다도, 거실도, 화장실 욕조와 변기까지. 끔찍한 상황이 눈앞에 그려졌다. 좋은 점은 카드사 드라큘라의 독촉전화를 더 이상 받지 않아도 된다는 사실, 그것뿐이었다. 매사를 긍정적으로 바라보기. 조직의 단체 연수 또는 집단심리치유 프로그램의 단골 매뉴얼 같은 지침을 그녀는 뇌세포가 닳도록 되뇌었다.

인기척에 잠을 깨는 게 얼마 만이지? 십수 년간 전화벨 아니면 알람 소리에 깨어났다. 아파트는 이중창만 제대로 닫아놓으면 잘 구획된 콘크리트 섬이다. 고립에 가깝도록 완벽하게 보장되는 독립생활을 할 수 있는 무인도. 하지만 그런 평화도 이제 물 건너갔다.

진아의 이삿짐은 단출했다. 한 손에는 노트북 가방, 다른 한 손에는 애완동물 운반용 가방, 그리고 등에 걸머진 배낭 하나가 전부였다. 여행을 마치고 집에 막 도착한 배낭여행족 같았다. 손에 든 가방 안에는 애완견 세 마리가 오글거리고 있었다.

"얘가 찌루예요."

진아는 문제의 애물단지를 배낭에서 꺼내 번쩍 들어 보였다.

서령은 반사적으로 뒷걸음질 쳤다. 어릴 적 병아리를 만져본 후, 아니 정확히 말해 그 병아리가 다음 날 죽어 있는 걸 본 후로, 그녀는 털 달린 동물에 대한 기피증 같은 게 생겼다. 손바닥에 전해오는 어린 깃털 동물의 감촉은 묘했다. 연약한 몸을 감싸고 있는 깃털과 얇은 피부 사이로 뼈의 골격과 관절이 또렷이 만져졌다. 뜨뜻미지근하게 전해지는 체온, 들숨 날숨을 따라 몸집이 커졌다 작아졌다 하는 그 살아 있는 것의 희미한 떨림에 소름이 돋았다. 자신의 손이 그 연약한 몸을 뭉그러뜨릴까 봐 두려웠고, 온기를 지닌 생명체의 미세한 움직임이 섬뜩하기도 했다. 다음 날 그 병아리가 싸늘한 주검으로 변해 있는 것을 보는 순간, 생명체라는 건 결국 꿈틀거리는 주검에 지나지 않는다는 생각이 뇌리에서 떠나지 않았다.

진아의 간곡한 권유에도 서령은 손이 내밀어지지 않았다. 더욱이 찌루란 놈은 애완견이라는 말이 무색할 정도로 볼품없었다. 성대수술을 해 짖지도 못했고, 목덜미 한쪽 털은 빠져 있었고, 오른쪽 눈은 눈동자가 흐릿했고, 다리도 약간 절었다. 사람으로 치면 장애 2급 정도에 해당할 것 같았다.

"지금은 많이 좋아진 거예요. 이놈 처음 봤을 때는 살아날 수 있을까 싶도록 완전히 비루먹은 강아지였어요."

진아는 버려진 강아지였던 놈을 데려다 1년 동안 정성껏 보살핀 덕에 그나마 지금의 꼬락서니를 갖추게 된 것이라고 했다.

얘도 참 별종이구나. 용기인지 특이한 취향인지……. 서령은 자신의 세입자를 보며 생각했다.

새끼들은 어미에 비하면 1급 애완견이었다. 하나같이 앙증맞고 예뻤다. 놈들은 밖으로 나오더니 제 세상 만난 듯 거실 여기저기를 헤집고 다니기 시작했다. 한 놈이 바닥에 오종종 놓인 작은 허브 화분을 넘어뜨리는가 했더니 다른 놈은 실크 실내화를 물어뜯었다. 어수선해진 집 안 분위기에 서령이 당혹스러워하자 진아는 화급히 달려가 강아지를 집어 들었다. 놈들은 진아의 품에서 한참을 깨갱거리며 버둥댔다. 진아는 강아지들을 안고 서둘러 자신의 방으로 사라졌다.

위잉 윙- 드라이어 소리 사이로 흥얼거리는 콧노래가 들렸다. 다시 실내화 끌리는 소리가 거실을 가로지르더니 주방으로 옮겨갔다. 가스 불 켜는 소리, 냉장고 여닫는 소리에 이어 전자레인지 돌아가는 소리가 난다. 저게 원래 저런 소리였던가. 평소 쓰던 전자제품의 기계음이 이상하게도 낯설게 들렸다.

휘리링- 현관의 자동키가 잠기더니 모든 소리가 뚝 멎는다. 진아가 집을 나간 것이다. 온 집 안이 고요했다.

*

"보호자 되시나요?"

간호사의 질문에 서령은 주춤했다. 보호자……. 자신이 누군가의 보호자라는 낯선 상황에 얼떨떨해진 그녀는 간호사 눈을 멀거니 들여다볼 뿐이었다.

"접수창구 가서 수속부터 밟고 오세요."

습관적으로 간호사는 다음 말을 던졌다. 그녀의 지시에 서령은 거의 반사적으로 움직였다. 병원에서 흰색 유니폼의 권위는 생각보다 컸다.

"비켜주세요."

다급한 발소리와 외침에 이어 환자이송용 침대를 둘러싼 한 무리의 사람이 지나갔다. 하얀 시트에 덮인 환자가 영화 장면처럼 빠르게 서령 곁을 스쳤다. 여기저기서 들려오는 신음 소리와 소독약 냄새, 앰뷸런스 소리, 분주하게 오가는 간호사와 의사들……. 심야의 응급실은 온갖 극적 상황이 한데 모여 있는 연극 무대 같았다. 너무도 극적이고 적나라한 일들이라 두 손 놓고 들여다보기만 해야 할 것처럼 현실감이 느껴지지 않는 곳.

"환자 주민번호요."

창구 직원의 물음에 서령은 또 한 번 눈을 멀뚱거렸다.

진아가 세입자로 들어오고 지난 3개월 내내 이렇듯 얼떨떨함의 연속이었다. 남들이 일상적으로 겪는 일을 십수 년간 미뤄뒀다 한꺼번에 집중 체험하는 시기 같았다. 진아가 온종일 집에 있는 날이면 어김없이 문제가 발생했다. 제1탄은 이사 오고 첫번째 일요일, 다들 새로운 한 주를 위해 잠자리에 든 한밤중에 벌어졌다. 난데없이 초인종 소리가 울렸다. 처음 있는 일이었다. 불안한 기분으로 나가보니 꺽다리 경비원과 땅딸막한 관리소장이 랜턴을 들고 엉거주춤 서 있었다. 코믹 공포영화의 한 장면 같았다. 이유인즉슨, 아파트 전 세대에 비상등이 들어왔는데 문제의 진원지가 서령의 집으로 밝혀졌다는 것. 두 남자가 구석구석 살핀 끝에 마침내 원인을 찾아냈다. 그날 낮에 진아가 한 물청소 때문이었다. 천장에 설치된 화재감지 센서에 물이 스며들어 아파트 전 세대에 비상등이 들어왔던 것이다. 지방에서 휴일을 보내고 있던 관리소장은 입주 이래 처음 생긴 그 사고로 허겁지겁 고속도로를 달려 돌아와야 했다며 에둘러 주의를 주었다.

"진아야, 제발 부지런 좀 그만 떨 수 없겠니."

진아가 팔을 걷어붙이고 집안일을 하고 나면 꼭 문제가 발생했다. 며칠 뒤에는 진아가 가스 안전장치를 건드리는 바람에, 요란한 경보음이 온 집 안에 울려 퍼지는 일이 일어났다. 경비 아저씨한테 이미 찍힌 진아는 경비실에 연락하는 대신 아래층으로 뛰어 내려갔다. 욕실에서 금방 나왔는지 아래층 남자가 젖은 머리로 올라왔다. 그는 스위치 한 번 조작하는 것으로 문제를 간단히 해결했다. 그는 꼭대기층 집이 그동안 비어 있는 줄 알았다면서 실내를 한번 휘 둘러보고는 뭔가 빠뜨린 게 있는 사람처럼 미적거리며 내려갔다.

질식사당할 뻔한 사고도 있었다. 어느 늦은 밤, 서령은 매캐한 냄새에 잠을 깼다. 냄새를 따라가보니 가스레인지 위에 물주전자가 올려져 있었다. 진아가 커피 물을 올려놓고는 깜빡 잊고 잠이 들었던 것이다. 뚜껑과 손잡이 부분의 합성수지가 타면서 유독가스가 온 집 안을 뒤덮었다. 냄새에 예민한 서령이 알아채지 못했더라면 영원히 잠에서 깨어나지 못했을 수도 있었다. 유독성 연기로 실내가 통째로 훈제당한 셈이라서 몇 날 며칠 환기시켜도 냄새는 쉽게 빠지지 않았다. 서령이 그 일을 심각하게 문제 삼고 나섰더니 진아는 그날로 커피를 끊었다.

지난밤 일도 당혹스럽긴 마찬가지였다. 잠결에 어렴풋이 신음 소리가 들렸다. 욕실에서 나는 소리였다. 한참 지나도 소리가 잦아들지 않자 서령은 불안한 마음으로 욕실을 향해 걸음을 옮겼다. 진아가 배를 움켜쥐고 변기 앞에 엎드려 있었다. 대학 시절 개강파티 이후 그런 광경은 처음이었다. 술 냄새는 전혀 나지 않았다. 진아는 취한 게 아니라 체한 것 같았다.

접수창구에서 돌아나오다 서령은 복도 전신거울에 비친 자신의 모습과 맞닥뜨렸다. 전날 과음하고 잔 사람처럼 부석부석한 얼굴에 윤기라곤 없는 머리칼, 무릎 나온 푸른 트레이닝복에다 맨발에 슬리퍼 끌고 있는 차림이었다. 공인중개사 시험 준비를 위해 고시원 생활하는 아줌마 행색이었다. 얼굴이 화끈거려 그대로 돌아서 집으로 달려가고 싶었다.

"저녁에 뭘 먹었어요?"

젊은 의사가 진아 곁에 앉아 문진 중이었다.

"라, 라면요."

구겨진 얼굴을 간신히 펴며 진아가 대답했다.

"먹은 거 다 얘기해봐요."

"우유 한 잔, 야채김밥 한 줄, 감자칩 한 봉지……."

그날 진아가 먹은 것들이 낱낱이 드러났.

복통 증상은 두어 달 전부터 시작되었다는 것, 심할 때는 각혈을 한 적도 있다는 것, 그리고 닷새 전에 했던 외박은 철야 근무 때문이 아니라 복통 때문이었다는 사실도 아울러 밝혀졌다.

"옷 좀 올려봐요."

의사는 청진기를 귀에 꽂으며 말했다.

드러난 진아의 배에는 놀랍게도 수술 자국으로 보이는 커다란 흉터가 있었다. 명치 아래에서부터 배꼽 바로 위까지 메스 지나간 흔적이었다. 교통사고로 비장 절제수술을 받았다는 진술이 따라붙었다. 반시간 남짓 병실에 있으면서 서령은 진아에 관해 지난 삼 개월간 한집에 지내며 알게 된 사실보다 더 많은걸 알았다.

"피 검사랑 엑스레이 촬영을 해봐야겠어요."

의사가 서령을 쳐다보며 말했다.

"환자가 계속 아프다고 하니까 우선 어머니께서 배를 좀 주물러 주세요."

하얀 가운은 그렇게 당부하고 사라졌다. 어머니? 보호자에다 이젠 어머니까지……. 눈썰미하고는. 흰 가운의 신뢰가 절반으로 줄어드는 느낌이다. 동시에 서령은 조금 전 거울에 비친 자신의 모습을 떠올렸다. 이 모든 상황을 팽개치고 달아나고 싶었다.

"아, 아아!"

그때, 진아의 신음 소리가 서령의 발목을 잡았다. 통증에 진아의 얼굴이 심하게 일그러졌다.

머뭇거리다 서령은 침대 가까이 다가갔다. 담요를 걷어내고 진아의 노란색 면티를 들추었다. 스무 살 여자의 속살이 드러났다. 가운데 길게 나 있는 수술 자국 흉터와 함께……. 희고 보드라운 살결 위에 수술용 메스가 지나간 길이 분홍빛 흉터로 또렷이 남아 있었다. 나이에 맞지 않게 진아는 삶의 굴곡이 제법 있어 보였다. 서령은 자신의 오른손을 진아의 배로 가져갔다. 매끄럽고 부드러운 피부를 통해 온기가 전해왔다. 가운데 흉터를 중심으로 이쪽저쪽 손을 조심스레 옮겨가며 환자의 배를 쓰다듬었다. 손이 나름의 역할을 하는지 진아의 얼굴이 차츰 밝게 펴졌다.

"급성위궤양입니다. 며칠 입원해 치료받는 게 좋겠는데요."

정오가 되자 담당 의사가 검사 결과를 알려왔다.

"집에 연락해야겠지?"

서령이 말했다.

"아, 안 되는데."

진아는 손사래부터 치며 난처해했다.

하지만 달리 방도가 없었다. 무엇보다 서령은 이 난데없는, 자신의 정체성과는 아무 관련도 없는 '보호자'와 '어머니' 역할에서 풀려나고 싶었다. 이 모든 의무를 떠맡아줄 대상이 필요했다.

"뭐라고 감사를 드려야 할지……."

진아의 부모가 나타난 건 저녁 무렵이었다. 그들은 담임선생을 찾아오기라도 한 듯 서령에게 정중하게 머리를 숙였다. 대기업 간부인 아빠는 오십 대 초반의 가정적인 인상의 남자였고 새엄마는 교양 있어 보이는 '조강지처' 스타일의 여자였다. 결손가정의 흔적은 찾아볼 수 없었다. 보호자다운 격을 갖춘 그들이 진아의 머리맡에 둘러서자 순식간에 가족이란 든든한 울타리가 생겨났다. 서령은 순간적으로 울타리 바깥으로 밀려난 기분이었다. 출가한 형제들에게서 느끼던 것처럼 울타리는 높고 견고해 보였다.

가정이 있어야지. 나중에 늙고 병들면 어떻게 하려고? 그런 우려 섞인 말로 형제들은 한 번씩 피붙이의 도리를 나타내는 동시에 동생의 한심하고 철없는 삶을 나무라기도 했다.

이런 복지정책 허술한 나라에서 가족만 한 보험이 어디 있다고. 하지만 서령의 눈엔 둘 다 마찬가지로 보였다. 가족 역시 배당금이 터무니없이 낮은 실속 없는 보험에 지나지 않아 보였다. 짧은 위안을 위해 긴 의무에 봉사해야 하는……. 난 보험금보다 현찰이 더 중요해. 서령은 번번이 그렇게 받아쳤다. 관계 속에 놓이는 걸 태생적으로 싫어하는 서령은 미래에 대한 걱정으로 현재를 저당 잡히고 싶지 않았다.

"그럼 저는 이만……."

이상한 열패감과 소외의식을 느끼며 서령은 떠밀리듯 응급실을 나왔다.

*

웬일인지 문이 열리지 않았다. 서령은 현관키 번호를 다시 한 번 눌렀다. 그래도 마찬가지였다. 이런 일은 한 번도 없었다. 비밀번호를 바꾼 기억도 없었다. 집 나선 지 얼마나 됐다고 현관문이 그새 낯가림을 하는 건 아닐 테고……. 서령은 조금 전 떠밀려나듯 응급실을 나서던 기억이 되살아나 괜히 초조했다. 다시 번호를 누르려고 하자 비밀번호가 헛갈리기 시작했다. 통장 비밀번호와 인터넷 뱅킹 비밀번호까지 떠올라 마구 뒤섞였다. 이러다 정말 집에 못 들어가는 거 아닌가. 초조함은 불안감으로 바뀌었다. 일단 한발 물러나 마음의 여유를 갖기로 했다. 복도 계단에 떨어져 있는 「벼룩시장」을 깔고 앉았다. 마음을 가라앉히고 머릿속을 정리해야 했다. 두 손으로 턱을 받치고 계단에 앉아 있으니 지난 3개월의 기억이 파노라마처럼 스쳤다. 정신없고 어수선하고 난감하고 당혹스럽던 일들의 연속……. 세입자와의 계약기간이 이제 겨우 절반 지났다고 생각하니 한숨이 절로 나왔다.

  엉덩이가 슬슬 시려왔다. 서령은 자리에서 일어나 다시 현관문 앞으로 갔다. 숫자를 확인하면서 천천히 비밀번호를 눌렀다. 휘리링- 경쾌한 효과음과 함께 문이 의외로 쉽게 열렸다. 안도의 숨을 내쉬면서도 은근히 부아가 났다. 배신감 같은 게 느껴졌던 것이다. 고작 철제문 따위가 주인을…….

  현관으로 들어선 서령은 어둠에 묻힌 실내를 물끄러미 바라보았다. 자신만의 보금자리가 눈에 서서히 들어왔다. 그럼에도 호수 잘못 찾은 집처럼 낯설고 허전했다. 아수라장 같던 응급실이 생각났다. 그곳에 뭔가를 두고 온 느낌이었다. 침대에 누운 진아 모습이 떠올랐다. 외로움을 일깨우는 건 늘 어떤 존재였다. 거기서 관계의 중독성이 생겨나는 것 같았다. 그 대표적인 것이 가족 아닐까. 울타리 속에서 다들 가족주의에 중독돼 있다는 사실도 모른 채 살아가는 것. 언젠가 그런 비슷한 말을 내비쳤다가 형제들한테서 따귀라도 날아올 분위기가 돼버린 적이 있었다.

실내등을 켰다. 서령은 흠칫 놀라 뒷걸음질했다. 거실 한쪽에서 뭔가 불쑥 그녀를 향해 왔던 것이다. 찌루였다. 놈은 꼬리를 흔들며 쫄레쫄레 다가오더니 발치에 멈춰 서서 그녀를 올려다보았다. 성한 쪽의 눈동자가 맑게 뙤록거리고 있었다. 진아의 식솔, 2급 장애 강아지.

"너도 퍼스트보다 세컨드가 낫다는 걸 알았나 보지."

서령은 놈의 눈을 들여다보며 한마디 했다.

"네 주인은 당분간 외박이다."

녀석은 서령의 말을 알아듣기라도 한 듯 진아의 방 쪽으로 걸어갔다. 현관에서 가장 가까운 곳이 진아의 방이었다. 서령은 그 앞에 멈추었다. 지금껏 한 번도 들여다본 적 없었던 방. 문을 열어본다. 창으로 비쳐 드는 바깥 불빛에 방 내부가 어렴풋이 보였다. 펼쳐진 이불이 그대로 있고 한쪽 구석에는 사료와 물그릇이 놓여 있다. 어린 새끼들은 보이지 않았다. 놈들은 이미 누군가에게 분양돼 나간 모양이었다. 취향도 참. 서령은 혀를 찼다. 진아는 귀여운 새끼들은 다 나눠주고 찌루 녀석만 남겨둔 것이다. 세입자의 별난 선택을 떠올리며 빈방을 물끄러미 들여다보던 서령은 갑자기 외로워졌다.

그녀는 거실로 걸음을 옮겼다. 한쪽에 놓인 피아노가 제일 먼저 눈에 띄었다. 오래전부터 선반으로 용도가 변경된 피아노 위에는 책과 잡동사니가 잔뜩 쌓여 있었다. 서령은 먼지가 일지 않도록 조심조심 피아노 뚜껑 위의 물건들을 내려놓았다. 그런 다음 의자에 앉아 피아노 뚜껑을 살며시 열었다. 서른세번째 생일을 맞던 날 세웠던 계획이 떠올랐다. 아아, 서른세 살. 마흔을 코앞에 두고 있으니 서른셋이라는 숫자에 '아아'라는 감탄사가 따라붙었다. 일흔을 코앞에 두고 있으면 마흔이란 나이에서 풋내가 나려나.

서령은 하얀 건반 하나를 꾹 눌러보았다. 땡― 맑은 피아노 음이 굴러나왔다. 6년간 폐업 중이던 건반치고는 소리가 생생했다. 바닥에 내려놓은 책 속에서 재즈피아노 교본을 찾아 들었다. 겉장의 먼지를 대충 털어내고 가장 만만한 곡을 펼쳐놓았다. 그녀는 무딘 손가락으로 떠듬떠듬 첫 소절을 쳐보았다. 두 배 느린 박자로 음이 흘러나왔다.

한 소절 더 쳐본다. 건반 소리는 서령이 재즈피아노를 배우던 서른세 살 적 여름을 생생하게 펼쳐 보였다. 화동의 어느 적산가옥 천장 낮은 방, 마당에 낙숫물 들던 소리, 몽당빗자루를 닮았던 게이 피아노 선생, 그의 곁에 늘 머물러 있던 늙은 애견…….

어느새 찌루가 다가와 서령을 올려다보고 있다. 녀석과 눈이 마주치는 순간, 서령은 움찔했다. 놈과 단둘이 이 집에 남는 건 아닐까. 작고 나직한 울타리가 놈과 자신의 발치에 둘러쳐지는 느낌이었다. 서령은 떨리는 손가락으로 다음 소절을 또 쳐나갔다.

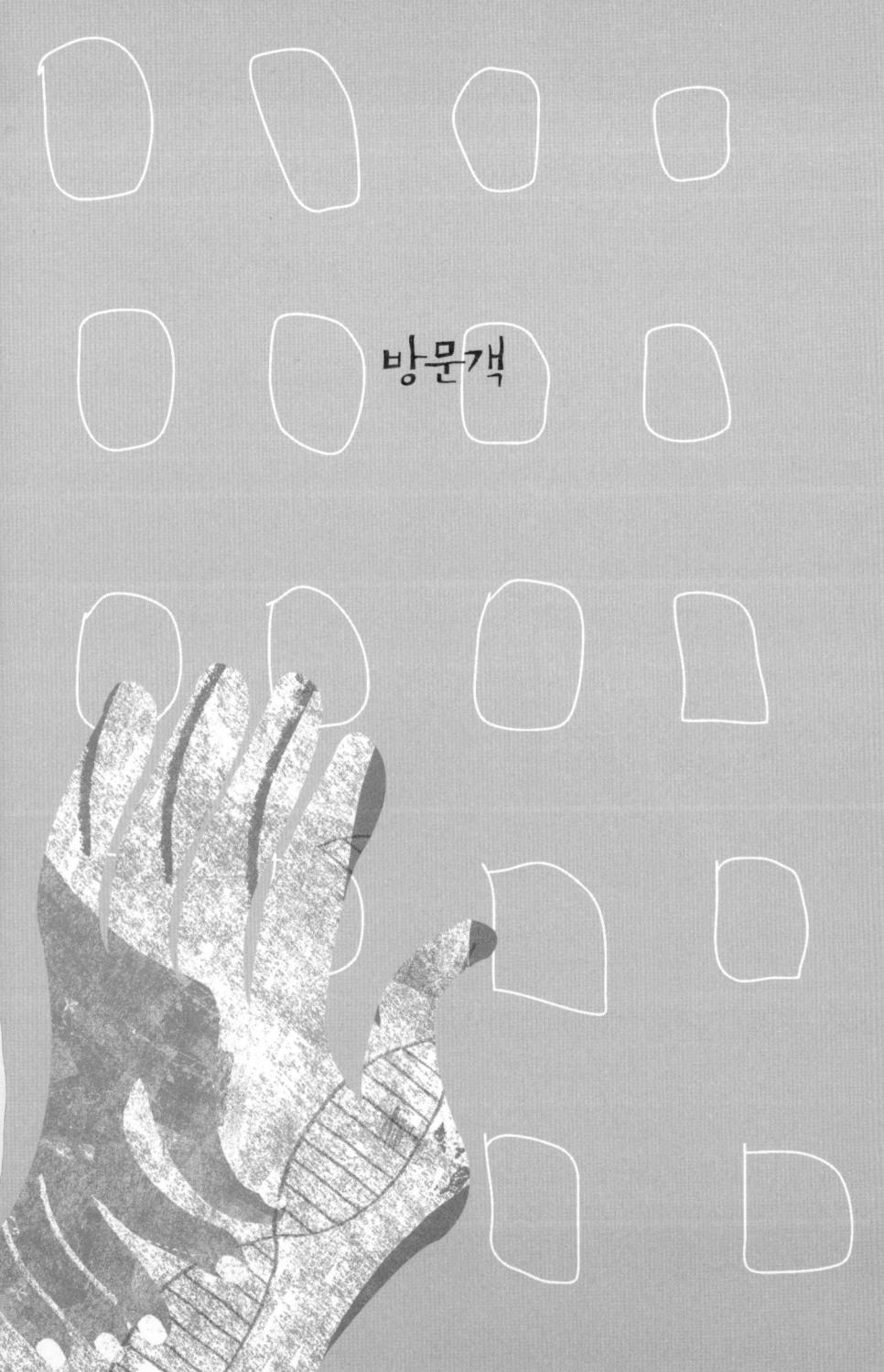

디디는 물구나무선 채 깜박 잠이 들었다. 눈을 떴을 때는 모래시계의 사금이 다 흘러내린 뒤였다. 이런, 세상을 너무 오래 거꾸로 세워놓았잖아. 디디는 천천히 몸을 일으킨다. 클림트의 얽힌 두 남녀가 돌아눕고 벤자민 화분도 제자리로 돌아온다. 디디는 그동안 해온 체위 중심의 요가를 얼마 전 호흡과 명상 위주로 바꾸었다. 그래도 물구나무서기만큼은 빼놓을 수 없었다. 금빛 모래가 가느다란 유리관을 따라 흘러내리는 동안, 뿌리 뽑힌 나무를 뒤집어놓은 듯한 자세로 서 있으면 지구를 거꾸로 돌리는 기분이었다.
 디디, 세상을 가지고 놀다니 정말 대단해. 빈의 어조는 냉소인지 감탄인지 헛갈렸다. 현관문을 닫으면서 넌 이렇게 말하지. '세상을 가둬버렸어, 빈. 당분간 안 열어줄 거야'라고 말이야. 후훗. 빈은 커피메이커의 식은 커피를 다 따랐다. 마침 디디는 거실에서 요가 입문서를 펴놓고 물구나무서기를 시도하던 중이었다. 빈은 망각의 묘약이라도 들이켜듯 커피를 단숨에 마셨다. 레테의 강을 건너기 직전 치르는 의식 같았다. 그륵, 가벼운 트림으로 의식을 마무리한 빈은 마루로 돌아와 바퀴 달린 가방을 일으켜 세웠다. 디디의 어설프던 물구나무서기 동작이 마침내 성공하는 순간이었다. 이젠 떠나야겠어. 디디, 그동안 고마웠어……. 진심이야. 빈은 마지막 인사를 가랑잎처럼 떨어뜨리고는 바퀴 달린 가방을 끌고 거실과 주방을 가로질러 현관으로 향했다. 디디는 거꾸로 선 몸의 중심을 잡기 위해 안간힘 써야 했다.

돌돌 돌돌. 빈의 움직임을 그림자처럼 쫓던 가방의 바퀴 소리는 오랫동안 디디에게 이명으로 남았다. 돌돌 돌돌. 맑은 시냇물이 흐르는 소리 같았다. 차가운 물이 바닥에 닿은 머리를 적시고 흘렀다. 온몸이 시려왔다. 물이란 그저 흘러갈 뿐이라는 걸 깨닫는 데 여러 계절을 보내야 했다. 모래시계를 수십만 번 뒤집고도 남을 시간……. 깨달음은 그렇게 시간을 담보로 했다. 그날 바퀴 소리가 그려내던 빈의 동선을 디디는 또렷이 기억하고 있다. 지금도 그 결별의 기호를 조각도로 새기듯 선명하게 그릴 수 있을 것 같다. 빈의 보디라인을 그대로 빼닮은, 나른하게 늘어진 S자 곡선.

나는요, 죽더라도 바깥에서 죽고 싶어요. 숨 막히는 방구석에서는 죽고 싶지도 않아요, 크크. 아스팔트 바닥을 온몸으로 기어가던 그가 얼굴을 카메라로 향하고 말했다. 그의 얼굴 뒤로 자동차 바퀴가 쉴 새 없이 굴러가고 있었다. 스물 두셋쯤으로 보이는 맑은 눈동자의 청년. 한마디씩 할 때마다 안면근육이 심하게 일그러졌지만 그는 시종일관 농담조에 웃는 얼굴이었다. 수십 명의 중증 장애인이 휠체어 없이 맨몸으로 한강대교를 기어가며 '활동보조인 제도화'를 요구하는 시위를 벌이고 있었다. 나는요, 정말, 사람들 속에서 살다가 그곳에서 죽을 거라고요. 두고 보세요. 떠듬떠듬 느리지만 또렷하고 활기찬 목소리, 환하게 주름이 잡히는 그의 얼굴이 다시 한 번 화면을 메운다. 브이(V)자도 따라붙는다. 집게손가락이 약간 휘어 그가 그려 보이는 브이는 한쪽 날개가 접힌 새 모양이었다. 정상인 걸음으로 20분 정도 걸리는 한강대교를 그들은 다섯 시간 반 만에 건넜다고 취재기자는 덧붙였다.

리모컨을 잘못 건드리는 바람에 채널이 공중파 방송으로 넘어가면서 우연히 잡힌 장면이었다. 늘 고정시켜두는 내셔널지오그래픽 채널의 어느 프로그램과 비슷했다. 아마존의 깊숙한 밀림 혹은 아프리카 사막 한 귀퉁이에서 살아가는 소수민족 이야기 같았다.

마지막 메일

디디는 냉장고에서 맥주를 꺼내 유리잔에 따른다. 미세한 기포가 바닥에서부터 다투어 솟아오른다. 치솟은 기포는 잔 가장자리에서 부드럽고 하얀 구름을 이루었다. 클림트가 바다를 그린다면 이런 눈부신 톤의 그림이 나오지 않을까. 디디는 엷은 김이 서리는 잔을 단숨에 들이켠다. 요가 후 갈증을 푸는 데 이만한 게 없었다. 짜릿한 황금빛 바닷물이 온몸으로 번져가면 탈속했던 몸이 비로소 원래의 자리로 돌아오는 느낌이다.

한결 가뿐해진 몸으로 디디는 책상에 앉는다. 컴퓨터를 부팅한다. 하루의 출발을 알리는 문구가 모니터에 떠오르면서 짧은 시그널 음향이 따른다.

새로운 시작.

언제 보아도 감동적인 글귀. 누가 생각해냈을까, 날마다 새로운 시작을 할 수 있게 하는 이 간결한 메시지는……

디디는 메일부터 확인한다.

새 편지 1통.

'마이너 블루'에게서 온 것이다. 서른세번째 질문이 담겨 있을 마지막 메일. 첫 메일이 온 게 언제였더라? 어림잡아도 그때부터 석 달은 너끈히 흘렀을 시간이다. 하우스메이트를 구하기 위한 탐색 기간으로는 터무니없이 긴 시간.

마지막을 기념하듯 그는 여느 때와 달리 음악 파일 하나를 첨부해 보냈다. 〈마이너 블루〉. 그의 닉네임과 같은 제목이다. 아마도 그는 이 곡명에서 닉네임을 따온 모양이다. 재생 버튼을 클릭하자, 전자 첼로의 선율이 힘껏 밀려든다. 소리의 미세한 파동이 방 안 가득 흘러넘친다. 창가의 모빌이 살짝 흔들리고 얇은 벤자민 이파리들이 바르르 떨린 듯도 하다.

마이너 블루, 이 곡을 들으면 내가 어떤 사람인지 대충 감이 올 거예요. 이런 사람과 한 지붕 아래 살 생각이 있으면 찾아와요.

그다운 제안이라고 생각하며 디디는 음악에 귀를 기울인다. 탁월한 소리 감별 전문가는 목소리에서 그 사람의 과거 정신적 외상까지 알아낼 수 있다고 했지만, 보통 사람으로서야 5분도 채 안 되는 뉴에이지 음악 한 곡으로 얼굴 한번 본 적 없는 사람을 파악한다는 게 가능한 일인가. 음악에 몰두할수록 디디는 안개 자욱한 미로를 걷는 기분이 되었다.

강남구 신사동 **번지, 강변타워 오피스텔 3005호. 그간의 탐색전에 마침표를 찍듯 그는 맨 끝에 자신의 주소를 덧붙여놓았다. 디디를 자신의 하우스메이트로 받아들이겠다는 최종 승낙이었다. 디디는 자신이 끝까지 남은 유일한 지원자일 거라고 생각한다. 다른 이들은 일찌감치 떨어져나갔을 것이다. 어느 누구도 하우스메이트나 살 집을 구하는 데 한 달 이상의 시간을 할애하지는 않을 터이므로. 애당초 디디도 마지막 메일과 함께 끝내기로 한 일이었다. 재미

있는 게임처럼 빠져들어 즐기다가 가볍게 손을 털고 나오는……. 'Game over'와 함께 미련 없이 의자에서 일어나는 것, 그것이 게임을 지속할 수 있는 전제 조건이다.

하지만 디디의 시선은 여전히 그의 주소에 머물러 있다. '집이 뭐죠?'라는 짧은 물음에 이어 한 남자가 욕조에 길게 드러누워 창밖으로 펼쳐진 도심 야경을 바라보는 어느 아파트 CF 장면이 떠오른다. 강을 따라 길게 쳐놓은 크리스마스트리 불빛 같은 한강변 야경, 그 휘황한 불빛의 향연이 밤마다 펼쳐지는 오피스텔이 눈앞에 어른거린다. 마음먹기에 따라 디디는 그 공간의 절반을 향유할 수 있는 것이다. 짙은 어둠을 배경으로 영롱하게 반짝이는 빌딩 숲과 강을 거꾸로 세워놓고 물구나무서는 기분은 어떨까. 낡은 연립주택 반지하가 아니라 한강이 훤히 내려다보이는 펜트하우스형 오피스텔, 거침없이 펼쳐진 월넛 마룻바닥이라면 더 안락한 물구나무서기를 할 수 있을까. 거꾸로 선 몸이 어느 순간 박하 향기처럼 상큼하게 사라지는 느낌일까.

마이너 블루를 알게 된 건 '풀하우스'에서였다. 룸메이트나 하우스메이트를 구하려는, 궁핍한 이삼십 대들이 모여드는 인터넷 카페였다. 그들은 대개 생활비를 아끼기 위해, 드물게는 외로움을 달래려고 같이 살 사람을 구했다. 옥탑이나 지하 단칸방에서부터 원룸, 오피스텔, 아파트까지 주거 형태는 가지각색이었다. 빌라나 아파트를 통째로 빌려 예닐곱 명이 공동생활을 하는 말 그대로 '풀'

하우스인 경우도 있었다. 첨부된 사진 중 열에 아홉은 틀에 박힌 구조의 자취방이었다. 사계절 옷이 뒤섞여 빼곡히 걸린 이단 행거가 한쪽 벽면을 가득 메우고 다른 쪽 벽엔 컴퓨터 책상과 TV가 나란히 놓인 큰방 하나, 한 칸짜리 싱크대가 놓인 마루 겸 주방, 변기와 세면대와 세탁기가 세트 메뉴처럼 붙어 있는 좁고 눅눅한 욕실이 기본 구조였다. 남의 집 내부를 들여다본다는 게 처음엔 남의 빨랫줄에 널린 속옷을 보는 것처럼 꺼려졌다. 그러면서도 은근슬쩍 눈길이 갔다. 낯선 동네 골목길을 이리저리 헤집고 다니듯 풀하우스에 올려진 남의 집 내부를 하나하나 클릭해 보는 재미는 관음의 묘미까지 더해져 제법 쏠쏠했다.

'전망 좋은 한강변 오피스텔, 이곳에서 나와 함께 사실래요?'

고급 오피스텔 분양광고를 연상시키는 제목이 어느 날 게시판에 올라 있었다. '전철역 도보 5분 거리' 혹은 '무보증 월세 20만' 등 옹색한 다른 문구들과는 뚜렷이 구분되었다. 글을 올린 이는 마이너블루라는 닉네임의 남자로, 서른 초반의 IT분야 벤처사업가이자 프로그래머라고 자신을 소개했다. 그는 자신의 오피스텔을 함께 쓸 '이성'의 하우스메이트를 구하고 있었다. 복층 구조의 40평형 오피스텔 위층을 고스란히, 그것도 무료로 제공한다는 제안이었다. 일주일에 단 하루, 주말 저녁은 그의 대화 상대가 되어주어야 한다는 조건이 유일하게 따라붙었다. 시간과 돈에 쪼들리는 젊은 회원이라면 너나없이 솔깃해할 대목이었다. 그는 말 그대로 순수하게

'대화 상대'를 원하는 것이지 섹스파트너를 의미하는 게 아니라고 덧붙였다. 그 외에는 각자 사생활이 완벽하게 지켜질 것이라고 강조했다. 게시판에는 더러 이성 간의 동거를 원하는 남자 회원의 미심쩍은 글이 올라오긴 했지만 마이너 블루는 그런 경우와는 확연히 달라 보였다. 글을 찬찬히 들여다보고 있으면 절로 믿음이 갔다. 간결하고 깔끔한 문장에 내용도 신선했다. 거기다 세련된 디자인으로 편집까지 되어 있었다. 자신을 소개하는 대목은 솔직하면서 절제돼 있었고 원하는 하우스메이트의 조건도 속되지 않았다. 적어도 그는 상대에게 나이나 학력, 외모 등을 묻는 상투성 따위는 보이지 않았다. 동거인을 구하는 이유는 풋풋하기까지 했다. 사과 반쪽 때문이라고 했다. 식후 디저트로 사과 한 개는 누구에게나 많은 양이다. 남은 반쪽을 버리기는 아깝고, 뒀다가 갈변한 사과를 먹는 것도 꺼려지는 일이었다. 그가 떠올린 묘안이 나머지 반쪽을 해결해줄 사람이었다. 그래서 자격 조건은 이랬다. 단, 사과 알레르기가 없는 사람이어야 합니다.

그의 오피스텔 내부를 담은 사진을 보고 있으면 꼭 인테리어 잡지를 뒤적이는 기분이었다. 그는 사진을 담는 취향도 남달라서 여러 디테일 컷으로 공간 하나를 추측하게 만들었다. 욕실 사진이라면 가령 이런 식이다. 비스듬히 열린 문 사이로 비치는 모자이크타일 벽면과 세면기 한 컷, 자잘한 물방울이 맺힌 반투명 유리 부스 칸막이 귀퉁이와 젠스타일 샤워기 한 컷, 극세사 타월이 차곡차곡

쌓인 수납장과 변기 위 미니 허브 화분이 어우러진 장면 한 컷, 실버 스틸 걸이에 반듯이 걸린 보송보송한 순면 타월 한 장…… 이런 조각난 장면들을 머릿속에서 꿰맞추면 전체 욕실을 떠올릴 수 있었다.

'최소한의 보여주기' 전략과도 같은 그의 사진은 짜맞추는 재미와 함께 그의 집에 대한 호기심과 환상을 한껏 부풀리는 효과를 낳았다. 욕실 사진을 찬찬히 들여다보고 있으면 그는 샤워를 유난히 좋아하는, 그럼에도 욕실은 늘 건조하게 유지하는 깔끔하고 예민한 성격의 남자 같았다. 사진으로 보는 그의 공간은 너무도 정갈하고 모던해서 자칫 차가워 보일 수 있었다. 주방엔 화기(火氣)가 없고 욕실엔 물기가 느껴지지 않으며 실내엔 온기가 묻어나지 않아 사람 사는 냄새가 나지 않기 때문이다. 하지만 좀더 세심하게 들여다보면 그의 흔적이 어렴풋하나마 분명히 존재하고 있다. 이를테면 이런 것들…… 금속 받침대에 다소곳이 얹혀 있는, 그의 손길에 마모되어 부드러운 굴곡을 이루고 있는 하얀 도브 비누, 혹은 싱글 주인 특유의 애정 혹은 집착이 묻어나는 작은 허브 화분의 윤기 나는 이파리 같은 것 말이다. 또 있다. 식탁 한쪽에 덩그러니 놓인 머그 커피잔에서 피어오르는 향취까지……. 퍼즐 놀이하듯 이렇게 조각 컷으로 그의 삶의 공간을 짜맞추어보는 일은 흥미로웠다.

디디의 시선이 낯선 사진 하나에 머문다. 하얀 거품이 묻은 면도기 사진이다. 갓 떨어져나온 남자의 몸의 일부가 먼지처럼 거뭇거

못 면도날에 들러붙어 있을 것 같은, 그의 흔적과 체취가 가장 많이 배어 있는 사진이다. 그는 갑자기 왜 면도기 사진을 올려놓을 생각을 했을까? 예리한 면도날과 부드럽고 따스한 피부, 이질적인 두 접촉이 만들어내는 팽팽한 긴장 위에서 면도는 이루어진다. 디디는 면도하는 남자를 보면 화장하는 여자를 보는 것처럼 연민 비슷한 감정을 느끼곤 했다. 예전에 읽은 아우슈비츠 수용소의 어느 유태인 이야기 때문인지도 몰랐다. 그는 동료들에게 매일매일 면도할 것을 권했다. 작은 유리 조각을 이용하더라도 면도를 빠뜨려서는 안 된다. 그래야 젊어 보이며 또한 긁고 문지른 덕으로 혈색이 좋아 보인다. 노동력이 있는 것처럼 보여야 그들은 살아남을 수 있었던 것이다. 화장을 한번 해봐, 디디. 그러면 바깥바람이 쐬고 싶을지도 몰라. 거울 앞에 앉은 빈이 언젠가 말했다. 디디는 빈이 화장할 때 토닥거리는 소리와 화장품 향내가 좋았다. 그것만으로도 충분했다. 무엇이든 소유가 돼버리면 변질되기 시작한다는 것, 좋은 건 거리만 잘 유지하면 계속 누릴 수 있다는 걸 디디는 잘 알고 있었다.

면도가 끝나고 애프터셰이브 로션을 바른 남자는 외출을 했을까. 남자에게서 나는 향은 간혹 그 곁을 스쳐가는 여자에게 성적 호기심을 불러일으키기도 할까. 섹스파트너가 아닌 그저 동거만 원하는 이런 남자의 섹스스타일은 어떨까……? 어쩌면 그는 보통 사람과 전혀 다른 성적 취향을 가졌을 수도 있다. 전희를 가장 중요하게 여기며 삽입은 하지 않는, 아니면 그것이 애당초 불가능한 남자일 수도 있다. 남자에겐 삽입이 여자에겐 관통이 되는 불합리한 몸의 구조 탓에 관습적 섹스를 거부하는 극단적 페미니스트일 수도 있고, 심리적 외상에 몸의 반응이 순조롭지 않은 경우일 수도 있는 것이다.

우연히 시계를 본 디디는 서둘러 상상의 늪에서 빠져나왔다. 벌써 정오를 향해 가는 시간이다. 원고 마감시간이 얼마 남지 않았다. 디디는 인터넷 창을 닫고 '흔글'을 열었다.

디디의 직업은 속칭 '야설' 작가, 인터넷사이트에 성인소설을 연재한다. 여성잡지 기자로 출발했지만 경력 3년 차에 잡지는 폐간되었다. 입사 일주일 만에 처음으로 떠맡은 일이 야설 작가의 길로 이끈 계기라면 계기였다. 이거 정말 수습기자가 쓴 원고 맞아? 운명은 이렇듯 작은 일에서 비롯되었다. 디디의 경우는 그랬다.『킨제이보고서』와『건강다이제스트』와 과월호 잡지 몇 권이 어느 날 디디의 책상에 놓였다. 차장은 수습기자에게 맡길 만한 일이 없어 고민하던 차에 자신의 애물단지 원고를 테스트 겸 장난삼아 넘겨본 것이라고 나중에 털어놓았다. 복사와 창고 정리 일로 일주일 내내 사막을 헤매는 기분이었던 디디에게 차장이 넘겨준 일은 오아시스에서 물을 길어올리는 작업 같았다. 디디의 첫 업무였던 침실 특집 기사는 편집부 내에서 적지 않은 반향을 일으켰다.

아니, 수습기자가 침실 기사를 이렇게 새끈하게 소화해내다니!

게다가 독창적이기까지 하잖아요.

정신연령이 어른 뺨칠 수준인데요.

글쎄, 뭐니 뭐니 해도 이런 건 실전 경험이 우선 아니겠어요?

맞아, 이런 발칙한 감각은 배워서 되는 것도 아니지.

아냐, 그 반대일 수도 있어. 술꾼이 물장사로 성공하는 것 봤어?

클클, 키르르 장난 섞인 웃음이 비죽비죽 쏟아졌다. 그것이 스포츠 혹은 경제 관련 기사라도 마찬가지였을 테지만, 첫 단추가 그렇게 꿰어지는 바람에 디디는 섹스 칼럼 전문기자가 되었다. 부서 내에서 모두가 꺼리던 그 일이 수습기자에게 가뿐하게 떠넘겨진 것이다.

싱글이면서 이 분야 베테랑이라지……?

잡지 폐간 후 디디는 부부 클리닉 인터넷사이트 카운슬러로 일했다. 오프라인과 온라인의 중간쯤 되는 성격의 일이었다. 하지만 그 사이트도 1년이 못 가 문 닫는 바람에 야설 작가로 들어서는 건 더 쉽고 빨라졌다.

포르노그래피

'포르노그래피는 상상력 빈곤한 성인에게나 넘겨라'

디디가 속해 있는 성인소설 사이트 홈페이지 타이틀이다. 디디의 소설에서 따온 구절 하나를 살짝 비틀어 쓴 문장이다. 책의 죽음이 공공연하게 점쳐지는 시대의 흐름에 야설도 영상물에 밀려 완전히 익사하는 듯했다. 하지만 그것은 다른 활자매체와는 달랐다. 인터넷이라는 거대한 구조선에 의해 화려하게 부활한 것이다. 서점에서도 찬밥 신세를 면치 못했던 그것은 휴대폰과 e북으로 영역을 넓혀가며 온라인 세상에서 '킬러 콘텐츠'로 떠올랐다.

포르노그래피야 다 보여주는데 무슨 자극이 있겠어요. 보일 듯 말 듯 해야 더 호기심이 동하죠. 우리끼리 얘기지만, 대중의 시선 끄는 데 섹스만큼 '저비용 고효율' 수단이 또 어디 있나요. 사이트 대표는 장삿속을 솔직하게 털어놓았다. 이 업계에서는 우리 사이트가 '지존'이에요. 유료회원 5만, 하루 평균 조회 수만 해도 20만이 넘으니까……. 그의 머릿속에서 금세 돈으로 환산될 그 수치가 디디에게는 숫자로만 맴돌았다. 거기다 요즘은 갈 데까지 간 야동에 신물을 느끼는 사람이 많아 우리 사이트 전망이 더 밝아졌어요. 디디는 사이트 운영 수익이 회원들의 야설 읽기만으로 끝나는 것이 아니라는 것도 알고 있었다. 하지만 그건 자신과는 무관한 일이었다. 디디에겐 자신의 노동의 대가가 정해진 시간에 정확히 지불된다는 사실이 중요했다.

이미 디디는 그 사이트에서 인기 작가로 자리를 잡았다. 조회 수가 단적으로 말해주었다. 이제는 사이트 관계자 어느 누구도 디디의 원고 내용을 문제 삼거나 노골적인 요구를 해오지 않는다. 원고만 제때 보내면 매달 정해진 시간에 급여가 들어왔다. 지금껏 어느 한쪽도 약속을 어긴 적 없이 갑과 을의 관계는 잘 유지되어왔다. 지난 5년간 디디가 사이트 관계자와 직접 만난 건 세 번뿐이었다. 온라인에서 모든 일이 해결된다는 것, 그 일의 첫손 꼽을 매력은 거기에 있었다.

디디의 핵심 코드는 동성애. 자신만의 색을 띠게 되자 다른 작가와 변별력을 가졌다. 단순화할수록 개성과 전문성은 강해 보였다. 주제와 변주로 이루어지는 음악처럼, 디디는 자신의 코드에 맞추어 이야기와 소재를 마음껏 변형해나갔다. 야설에도 격이 있음을 보여주는 작가네요. 성인소설에서 이렇게 섬세한 심리묘사는 처음이에요. 골수팬이 더러 감상을 표현해올 때는 야설 작가도 전혀 존재감 없는 직업만은 아니라는 생각이 들었다. 이런 유의 중독성 있는 글은 고정 독자의 확보가 무엇보다 중요했다.

너무 자폐적이잖아. 빈은 누구보다 신랄한 비판자였다. 글이란 게 어쩌면 이렇게 쓰는 사람을 쏙 빼닮을까. 빈은 디디의 두문불출 생활을 글의 분위기와 곧잘 연관해 꼬집었다.

독자를 욕구불만 상태에 빠뜨리는 것, 그건 내 전략이기도 해. 약점을 부각시켜버리면 오히려 장점이 되거든. 디디는 덤덤하게 받아넘겼지만 나름의 확신이 담긴 말이기도 했다. 적어도 이 바닥에서는 충분히 먹혀드는 논리였다.

디디, 넌 자신의 세계에 너무 깊이 매몰돼 있어. 도피벽이나 다름

없는 거야. 그걸 설마 네 세계인 것처럼 착각하는 건 아니겠지.

방문객

    텅텅 텅텅, 텅텅 텅텅.
    문 두드리는 소리…….
    거침없는 소리로 미루어 택배 기사가 분명하다. 아주 가끔 외판원이나 근처 교회 신도들이 전도하러 오기도 하지만 그들의 노크 소리는 자신감이 없다. 조심스러워하며 가볍게 몇 번 두드리다 슬그머니 사라진다. 택배 기사도 대개는 조용히 물건을 현관 앞 선반대에 올려놓고 간다. 인터넷 주문 시 언제나 '배송 기사에게 전하는 말'난에 디디는 그렇게 부탁해놓기 때문이다.
    안녕하세요-
    문을 열자 쾌활하고 우렁찬 젊은 남자의 목소리가 달려든다. 인터넷 쇼핑몰의 주문배송품을 가지고 온 택배 기사다. 번들거리는 땀, 구릿빛 얼굴의 건장한 젊은 남자가 어깨에 멘 박스를 집 안에 들여놓는다. 땀내가 물씬 풍긴다.
    '부재 시 현관문 앞에 두세요.'
    박스에 붙은 운송장 메모가 눈에 띈다. 실수는 택배 기사가 아니라 디디 자신이 했다. '부재 시'라는 단서가 붙어 있다. 무심결에 그렇게 쓴 모양이었다.

 그의 어깨에 실려온 건 물건만이 아니었다. 어느 집 마당에 피었을 법한 꽃향내가 흠뻑 뿌려졌다. 택배 기사가 사라지고 나서도 디디는 향기에 취해 현관 입구에 붙들리듯 서 있었다. 아카시아향이다. 그날도 꼭 이맘때였던 것 같다. 꽃향기가 어지러이 밀려들던 화사한 봄날. 노크 소리에 문을 열었을 때 현관 밖에는 꽃나무 한 그루가 서 있는 것 같았다.

 아까 메시지 드렸던…… '야생화'예요. 닉네임에 어울리게 여자는 짧은 아이보리색 트렌치코트에 하늘거리는 파스텔톤 스카프를 둘렀다. 화사한 차림이었다. 디디는 집을 보러 오겠다는 다섯 명 가운데 야생화를 낙점한 자신의 선택에 스스로 만족했다. 싱그러운 바깥 공기가 여자와 함께 밀려들었다.

 바람이 많이 부나 보네요? 디디는 습관적으로 날씨 얘기부터 꺼냈다. 여자의 앞머리가 살짝 흐트러져 있었던 것이다.

 네, 약간. 봄바람이라 기분 좋을 정도예요. 그녀는 앞머리를 희고 가느다란 손가락으로 쓸어내렸다. 밝은 첫인상과는 달리 집 안으로 들어선 그녀는 의외로 우울하고 지친 기색이었다. 화사한 차림은 그걸 감추기 위한 의도로 보였다.

 이 방이에요. 디디는 그녀에게 방문을 열어 보였다. 집에서 유일하게 햇빛이 잘 드는 방, 디디로서는 밝은 분위기에 익숙지 않아 비워두는 곳이었다.

집이 전체적으로 어두운 편이네요. 집 안을 찬찬히 둘러본 그녀가 말했다. 누구에게나 채광은 집 고르기의 중요한 조건일 것이다. 디디가 맨 처음 이 집을 보았을 때 어둡고 가라앉는 분위기가 마음에 들었던 것처럼……

죄송하지만, 담배 한 대 피워도 될까요? 야생화가 창가로 다가가며 조심스레 물었다. 디디는 고개를 끄덕였다. 야생화는 환기를 위해 창부터 열려고 했으나 창은 꿈쩍도 하지 않았다.

오래 닫혀 있었던 창인가 봐요. 엷은 미소를 띠며 야생화가 말했다. 디디는 창 쪽으로 다가가 직접 창문을 열었다. 의외로 순순히 열렸다. 주인을 알아보네요, 창이. 엷은 웃음을 머금은 채 그녀는 침대 한쪽 귀퉁이에 걸터앉았다. 그러고는 작은 백에서 담배를 꺼냈다. 가느다란 에쎄 한 개비가 그녀의 도톰한 입술 사이를 비집고 들더니 이내 라이터 불이 붙여졌다. 깊숙이 빨려 들어간 담배 첫 모금의 연기가 그녀의 입술 사이로 길게 뿜어져 나왔다. 봄 햇살이 커피색 스타킹을 신은 그녀의 발등 위에 부드럽게 걸려 있었다. 무릎에서 시작된 선이 날씬한 종아리를 지나 뒤꿈치까지 매끈하게 흘러내리는 각선미였다. 부옇게 흐려가는 공기와 함께 봄날 오후의 게으른 평화가 방 안 가득 흘러넘쳤다.

야생화…… 닉네임이 잘 어울려요. 디디의 호기심 어린 말에도 그녀는 조용히 담배만 피웠다. 고요 속에 피어오르는 담배 연기는 묘한 긴장을 자아냈다. 마지막 모금을 빨아들이고 담뱃불이 완전히 꺼졌을 때였다.

느닷없는 울음이 그녀에게서 흘러나왔다. 오래오래 눌러온 감정의 봇물이 터진 듯했다. 흐느낌은 그녀의 가녀린 어깨를 타고 발끝으로 흘러내리더니 집 안 구석구석을 적셨다. 디디는 낯선 세계에 툭 내던져진 자신을 보았다. 부석부석 메마른 몸이 그녀의 눈물에 젖어들더니 급기야 눈물의 바다에 표류하는 느낌이었다. 얼마나 떠다녔을까. 아득한 시간이 흐른 것 같았다. 울음은 가라앉았고 바닥에 머물던 햇빛도 주먹만큼 남기고 빠져나갔다.

미, 안, 해, 요. 야생화가 간신히 울음을 삼키며 말했다. 그녀의 얼굴은 이미 눈물에 녹은 마스카라로 기괴하게 얼룩져 있었다. 피카소의 〈우는 여자〉가 떠올랐다. 디디는 망설임 끝에 티슈 한 장을 내밀었다. 건네진 티슈는 그녀의 손가락 끝에 걸려 미세하게 떨리고 있었다. 그녀는 손가락 하나 까딱할 기력도 없어 보였다. 디디는 그녀 곁으로 바싹 다가앉아 손수 얼굴을 닦아주기 시작했다. 눈가에서부터 이마와 양미간과 콧잔등, 뺨, 턱까지 세심하게 닦아나갔다. 잘 지워지지 않는 얼룩은 침을 묻혀 꼼꼼하게 닦아냈다. 뾰족하거나 옴폭한 얼굴의 굴곡을 따라 촉촉하고 매끄럽고 탄력 있는 피부의 질감과 온기가 손끝으로 전해졌다. 오밀조밀 섬세하게 빚어진 피조물의 촉감은 소름 끼치도록 생생했다. 눈 흰자위에 맺힌 붉은 실핏줄도, 눈 밑의 희미한 기미 자국도, 차양처럼 드리운 검고 짙은 속눈썹, 그리고 인중의 고랑을 지나면 만나는 도톰한 입술…… 한 바탕 눈물 세례에 씻긴 그녀의 얼굴이 비 온 뒤의 숲처럼 맑고 투명하게 살아났다. 한 송이 야생화였다.

디디는 그녀의 흐트러진 머리카락을 가지런히 쓰다듬었다. 머리카락은 디디의 손등 위로 시원스레 흘러내렸다. 거기까지만 생각이 났다. 다음 일이 어떻게 일어났는지는 기억에 없었다. 그녀의 뺨이 언제 디디의 얼굴에 닿았는지, 따스하고 촉촉한 혀가 어떻게 디디의 입술을 파고들었는지……. 블랙홀 같았다. 몸과 영혼이 순식간에 빨려 들어갔다. 낮은 탄성이 한숨처럼 흘러나왔다. 아릿한 연민과 낯섦 끝에 그토록 감미로운 심연이 기다리고 있을 줄은 몰랐다.

위이잉 위이잉. 그날 밤 디디는 낯선 소리에 잠을 깼다. 처음엔 메마른 겨울 숲을 스치는 바람 소리였다. 귀에 익으니 그것은 신열을 앓을 때 내는 신음 소리로 다가왔다. 벽과 바닥, 천장 곳곳에서 흘러나온 소리가 독가스처럼 고였다. 깊어지던 신음은 나중엔 울음으로 변해갔다. 견고하고 매끈하고 안정돼 보이던 집은 구조물의 외피에 지나지 않았다. 감춰져 있던 것들이 하나 둘 맨살을 드러내기 시작한 것이다. 매끈한 벽체에 미세한 금이 가고 그 틈새로 차가운 공기가 드나들기 시작했다. 뼛속까지 한기가 파고들었다. 철골 뼈대와 시멘트 벽돌에서 부식된 가루가 쉴 새 없이 흘러내리며 집은 몸살을 앓기 시작했다. 디디도 마찬가지였다. 불면에 시달리다 가까스로 잠들었나 싶으면, 깨어날 때는 번번이 가위눌렸다. 신열이 가라앉을 기미가 보이지 않았다. 디디는 창을 꼭꼭 닫고 커튼을 단단히 여몄다. 다음 날도 그다음 날도 마찬가지였다. 원래의 일상으로 돌아가려 애썼지만 잘되지 않았다. 집도 사람도 구멍이 숭숭 나버린 뒤였다. 야생화가 일으키고 간 파문은 적지 않았다.

   같이 살고 싶어 왔어요.

   일주일 뒤, 작은 여행 가방을 앞세우고 야생화가 나타났다. 정착할 곳을 찾아 오래 헤매고 다닌 집시 같았다. 차림새부터 그랬다. 엄지발가락엔 빨강 페디큐어가 칠해져 있고 긴 목선이 두드러지는 탱크톱에 얇은 니트 조끼를 걸치고 있었다. 발목까지 내려오는 얼룩덜룩한 날염 치마는 스팽글이 나선형으로 흘러내렸다. 바람이 불면 어디론가 휙 날아가버릴 것 같은 차림이었다.

   이름은 정수빈, 그냥 빈이라고 불러요. 빈은 디디의 승낙이 떨어지기도 전에 가방을 현관 안쪽으로 들여놓았다. 게임의 규칙은 자연스레 깨어졌다. 우연은 가볍게 문지방을 넘었다. 디디는 빈의 등 뒤에서 철제 현관문을 닫았다.

   어릴 적부터 폐소공포증이 있었지요. 마이너 블루는 언젠가부터 메일로 질문을 보내면서 자신의 이야기를 덧붙이기 시작했다. 이 복층의 오피스텔 꼭대기층을 구한 것도 그 때문이고요. 그런데 이제 이 넓은 공간이 숨을 죄어와요.

   텅 빈 공간의 가위눌림, 그 공포를 디디는 잘 알고 있었다.

   혹시 님도 어떤 강박증에 시달린 적 없어요? 열두번째 메일의 질문이었다. 디디는 속내를 들킨 것처럼 뜨끔했다. 그와 메일을 주고받으면서 디디는 내심 '도착공포'를 느껴오던 터였다. 여행을 할 때 목적지에 가까워올수록 불안해지는 증상, 달리는 차에 계속 머물고자 하는 열망 같은 것. 메일을 주고받는 횟수가 쌓일수록 디디는 이 게임이 영원히 지속되었으면 하는 집착이 강해졌다. 하지만 강물은 언젠가는 바다에 이르고 기차는 결국 종착역에 다다르게 마련이다. 그의 메일도 약속된 횟수를 향해 갔다.

내게는 오프라인 공포가 있어요.

디디의 답신은 간단명료했다. 온라인상의 관계를 지속하고픈 욕망과 그의 하우스메이트가 된다는 게 사실상 불가능하다는 암시가 같이 담겨 있는 답신이었다.

외출

도대체 콘크리트 숲 어디서 이런 향이 풍겨나는 걸까. 찌르는 듯한 아카시아향에 디디는 아뜩아뜩 현기증이 일었다. 이 향기에 홀려 밖으로 나온 것이다. 얼마 만의 외출인지도 어렴풋하다. 아카시아향은 5월의 밤을 이상하게도 나른하게 만들었다. 골목길에서 유모차를 끌고 밤 산책을 나선 젊은 부부와 맞닥뜨렸을 때 그 나른함은 절정에 달했다. 평화에 그림자처럼 따라붙는 게 바로 이 나른함과 권태가 아닐까. 그들을 지나치면서 디디는 생각했다.

번화가로 접어들자 현란한 조명과 네온사인, 사람들의 움직임으로 눈이 부시다. 챙 모자를 쓰고 나온 게 그나마 다행이었다. 사람들은 바퀴벌레처럼 건물이나 골목 여기저기에서 슬금슬금 몰려나와서는 다시 무리 지어 사라지곤 했다. 자동차 경적 소리, 무리 지어 선 사람들이 나누는 잡담과 웃음, 가로수를 부둥켜안은 취객, 행인들의 소매를 잡아끄는 호객꾼…… 도심의 밤거리는 세일 마지막 날의 백화점처럼 복작거렸다.

불 좀 빌릴 수 있을까요? 한 남자가 담배를 꺼내 물며 디디에게로 다가왔다. 모자 챙 아래로 보이는 남자의 얼굴은 취기로 발그레했다. 체크무늬 남방의 가운데 단추 하나가 살짝 열려 있는 게 눈에 띄었다. 디디는 하마터면 남자의 단추를 바로잡아줄 뻔했다. 무심결에 손을 움직이려다 뒤늦게 깨닫고 멈춘 채로 디디는 남자의 물음에 묵묵히 고개만 가로저었다. 라이터가 없다는 사실이 그렇게 미안할 수가 없었다. 디디의 눈빛과 마주한 남자는 멋쩍은 듯 머리를 긁적이며 돌아섰다. 아마도 그는 디디를 남자로 착각했던 모양이다. 디디는 멀어져가는 남자를 멀거니 바라보았다. 담배 한 개비조차 남의 손길을 필요로 한다는 사실에 가슴이 서늘해졌다.

텅 빈 공중전화 부스 앞을 지난다. 거센 인파에 디디는 머리가 지끈거릴 지경이다. 무수한 눈길이 좀체 익숙해지지 않았다. 다리도 슬슬 통증을 호소해왔다. 이제 그만 집으로 돌아갈까. 보금자리를 떠올리며 걸음을 되돌리려는 순간, 건너편 건물 하나가 디디의 눈길을 끌었다. 타워형 건물 꼭대기에서 고혹적인 조명이 흘러나오고 있었다. 마이너 블루와 그의 오피스텔이 떠올랐다. 조각난 사진들이 퍼즐처럼 꿰맞춰지면서 그의 공간이 유혹하듯 어른거렸다. 화려한 야경이 내다보이는 거실, 깨끗하고 아늑한 욕실, 묵직한 커피향이 우러나는 주방을 갖춘 그의 오피스텔……. 그것이 정말 존재하는 것일까. 디디는 그의 집이 궁금했다. 그러자 마이너 블루의 오피스텔이 밤바다의 등대처럼 반짝이기 시작했다. 목적지가 생기고 나니 걸음은 한결 가볍고 빨라졌다.

어느새 디디는 지하철역 입구 계단을 내려가고 있었다. 늦은 시간의 지하철은 한산했다. 드문드문 자리를 차지하고 앉은 취객들은 졸고 있거나 휴대폰에 빠져 있었다. 취한 남자 하나는 노약자석을 침대 삼아 편안하게 뻗어 있었다. 늙수그레한 사내 하나가 선반에 놓인 신문을 수거해서 느릿느릿 지나갈 즈음 지하철은 한강을 건넜다.

바깥으로 나오니 밤공기가 제법 서늘했다. 바람에서 강 냄새가 났다. 두어 블록 지나자 여러 고층 건물 가운데 그가 사는 오피스텔 이름이 네온사인으로 선명하게 빛났다. 디디는 불빛을 향해 열심히 걸어갔다. 어디선가 구급차 사이렌 소리가 들렸다. 도시 곳곳에서 일어나고 있을 크고 작은 사건들의 기미가 묻어 있는 소리였다. 지금쯤 어느 술집에서는 취한 남자가 난동을 부리고, 실직한 어느 가장은 한강 다리를 기웃거리고 있을지도 모른다. 시장 뒷골목 어느 모텔에서는 출장 마사지걸과 남자가 화대를 놓고 신경전을 벌이거나, 썰렁한 집에서 사경을 헤매는 독거노인도 있을 것이다. 구급차 사이렌 소리가 점점 가까워온다.

마침내 디디는 우뚝 솟은 성처럼 느껴지는 마이너 블루의 오피스텔 건물 앞에 섰다. 유리벽 사이로 로비가 훤히 들여다보인다. 늦은 시간인데도 안내 데스크에는 안내원과 몇몇 사람이 둘러서 있었다.

같이 살아보고 싶어서 찾아왔어요. 그가 문을 열어준다면, 첫마디는 그렇게 할까. 빈이 그랬듯이, 나직하면서도 확신에 찬 목소리로. 갑작스러운 디디의 출현에 그는 어떤 반응을 보일까. 빈을 처음 맞아들였을 때처럼, 꽃향기에 취하듯 감미로운 혼돈에 휩싸이지는 않을까. 놀이공원의 바이킹을 타고 있는 기분이었다. 빈과 함께한 생활은, 즐겁고도 긴장된 나날의 연속이었다. 상승과 하강의 기복이 또렷이 전해질 때마다 디디는 아찔아찔했다. 언젠가는 돌아와야 한다는 걸 알면서 누군가와 같이 삶의 여정에 오르는 것은 여전히 두렵고도 가슴 설레는 일일까.

떠나야 할 것 같아. 디디, 이 생활이 이제 지겨워졌어. 바이킹의 줄이 툭 끊어졌다. 그녀는 어느새 야생화로 돌아가 있었다. 마침 오디오에서는 빈이 들고 왔던 GOD 3집의 〈거짓말〉이 흘러나오고 있었다. 난 니가 싫어졌어 우리 이만 헤어져 다른 여자가 생겼어 너보다 훨씬 좋은 실망하지는 마 난 원래 이런 놈이니까 제발 더 이상 귀찮게 하지 마 잘 가(가지 마) 떠나지 마 행복해(떠나지 마) 나를 잊어줘 잊고 살아가줘(나를 잊지 마) 나는(그래 나는) 괜찮아 (아프잖아) 내 걱정은 하지 말고 떠나가(제발 가지 마)

 노랫말이 엇갈리며 흘러나오는 동안, 빈의 음성은 비현실적일 정도로 또렷했다. 실은, 새로운 사람이 생겼어……. 담담한 빈의 목소리를 들으며 디디는 오디오의 CD를 바꿨다. 디디, 네게도 좋은 사람이 생겼으면 좋겠어, 진심이야. 가요의 후렴구 같은 한마디가 흘러나오고 이어 새 곡이 시작되었다.

 비켜주세요!

 건물 입구로 발을 들여놓으려 할 때, 디디의 등 뒤로 한 무리의 사람들이 들이닥쳤다. 그 기세에 눌려 디디는 옆으로 물러날 수밖에 없었다. 구급차에서 내린 사람 셋이 황급히 건물로 들어갔다. 그들은 들것과 여러 응급처치 장비를 갖추고 있었다. 디디는 건물 바깥에서 그들의 화급한 움직임을 지켜보았다. 구급차는 꼭 자신의 뒤를 쫓아온 것 같았다.

 안내 데스크에 둘러선 사람들이 심각한 눈빛으로 로비를 이리저리 오가는 모습을 지켜보던 디디는 돌아섰다. 건물을 등지고 천천히 걸었다.

 우연이라고 생각지 말아요. 디디, 당신을 잘 알고 있어요, 오래전부터.

첫날, 여행 가방 속의 물건을 하나씩 꺼내놓으며 빈은 말했다.

온라인에서 당신은 일정한 주기로 다른 닉네임으로 변신하죠. 패로디, 좀머C, 다다, 제로섬……. 그리고 한 달에 한 번씩 당신은 정기적으로 하우스메이트를 구했죠. 그동안 이 집을 다녀간 수십 명의 사람 중 하나가 나예요. 2년 뒤에 다시 나타났을 때 당신은 나를 기억하지 못하더군요. 빈은 온라인에서 오랫동안 디디를 관찰해온 것 같았다. 처음 이곳에 발을 들여놓았을 때, 알 수 있었어요. 한 번도 하우스메이트를 들여놓은 적이 없는 집이란 걸. 문도, 가구도, 바닥도, 천장도, 실내 공기에도 어느 하나 틈입하기 힘든 집주인의 완강함이 느껴졌어요. 한 달에 한 번, 하우스메이트가 되려는 이들과의 만남, 그것이 당신이 세상과 접촉하는 유일한 방식이란 것도 알았죠.

빈은 날카로웠다. 결말에 이르러 사건의 전모를 밝히는 추리물의 형사 같았다.

집과 사람을 동시에 잃었을 때, 내겐 운명처럼 불쑥 당신이 떠올랐어요. 다행히 당신은 그 자리에 머물러 있더군요. …… 내 속에 또 다른 내가 있다는 사실을 발견한 것, 그게 내가 당신을 찾은 이유예요.

빈은 처음이자 마지막 하우스메이트였다. 그녀의 등장과 함께 집은 나날이 바뀌어갔다. 블라인드가 걷힌 창으로 흘러든 빛은 오래 머물렀고 바깥 공기는 수시로 창턱을 넘나들었다. 비릿한 생선 연기, 된장국의 보글거림, 때론 풋풋한 과일향과 커피 내음이 어우러져 집 안을 떠다녔다. 경쾌하거나 잔잔한 음악이 번갈아가며 흘렀고 오가는 발길에 먼지도 많이 떠다녔다. 물고기 한 쌍이 유영하는 작은 어항이 TV 옆에 놓이더니 다음 날은 산세비에리아 화분이 어항과 이웃하게 되었다. 디디는 빈이 일으키는 변화에 그저 몸을 내맡기고 있었다. 빈과 함께한 시간은 따뜻한 나라에 여행 와 있는 기분이었다. 언젠가는 돌아갈 거라는 걸 알면서도 지속하고픈 여행. 가슴 한쪽에 도사리고 있던 도착공포증은 빈과의 유대감을 더 끈끈하게 했다.

어느새 한강변이다. 자정을 넘긴 시간인데도 사람들 발길이 끊이지 않는다. 음악을 들으며 강변을 따라 뛰어가는 남자, 팔을 앞뒤로 힘차게 저으며 걸어오는 모녀, 강아지를 데리고 나선 젊은 부부와 아이들. 그들은 쉴 새 없이 디디 주위의 공기를 가르며 오갔다. 시멘트 계단 한쪽에는 청춘남녀, 혹은 불륜으로 보이는 커플이 앉아 있었다.

한 남자가 유유히 다가온다. 차림도, 걸음걸이도 운동을 하러 나선 사람 같지는 않다. 음악을 들으며 그는 한가로이 산책을 즐기고 있었다. 그가 일으키고 간 바람에서 엷은 향내가 풍긴다. 혹 이 남자가 마이너 블루는 아닐까. 이 향기, 걸음의 속도, 이어폰에서 희미하게 흘러나오던 재즈 선율…… 일련의 이미지가 마이너 블루를 떠올리게 했다.

스슥, 또 다른 누군가가 디디의 소매를 스치며 앞질러간다. 강아지를 데리고 나선 남자다. 혹시 이 남자는 아닐까……. 또 다른 누군가가 디디 곁을 스친다. 긴 생머리가 말총처럼 찰랑이는 여자, 레깅스에 달라붙는 반소매 티셔츠 차림이다. 몸의 선이 빈을 닮았다. 부드럽고 따뜻한 몸에서 풍기던 체취, 맑은 목소리…… 빈의 실체가 또렷이 떠오르는가 싶더니 수증기처럼 사라진다.

세상은 무수한 마이너 블루, 야생화로 넘쳐나고 있었다.

디디, 이제 그만해. 설마 이 게임을 너 혼자 즐기고 있다고 착각하는 건 아니겠지. 너 역시 마이너 블루를 찾는 스무번째, 혹은 서른세번째 방문객에 해당될지도 몰라.

강바람이 분다.

마이너 블루, 당신도 그런 무수한 유령 가운데 하나인가?

디디는 걸음을 멈추고 어지러이 오가는 사람들을 바라본다.

유령이 유령을 만나면 어떻게 인사를 나누지?

디디는 자신이 서둘러 떠나온 오피스텔을 바라본다. 건물은 거대한 크리스마스트리처럼 빛을 발하며 우뚝 서 있다. 찾아오세요. 이런 사람과 함께 살고 싶으면. 마이너 블루는 자신만의 공간에서 이 밤을 고즈넉하게 누리고 있을 것이다. 새 하우스메이트와의 만남을 꿈꾸며. 그 아늑한 공간을 방해하거나 소유하려 해서는 안 된다. 거리만 잘 유지하면 어떤 관계는 적어도 지속할 수는 있으니까. 어느 날 갑자기 민들레 꽃씨처럼 휙 사라짐으로, 누군가의 삶에 시커먼 구멍을 남겨놓을 수는 없는 일이다.
 디디는 지친 몸을 잔디밭에 뉘었다. 풀 향기가 짙다. 밤하늘의 별들이 멀찍이 떨어져 제각각 반짝이고 있다. 강바람이 온몸을 훑고 지나간다. 디디는 갑자기 물구나무가 서고 싶어졌다. 늦은 밤 강변을 떠도는 이 무수한 익명의 유령들 사이에서……

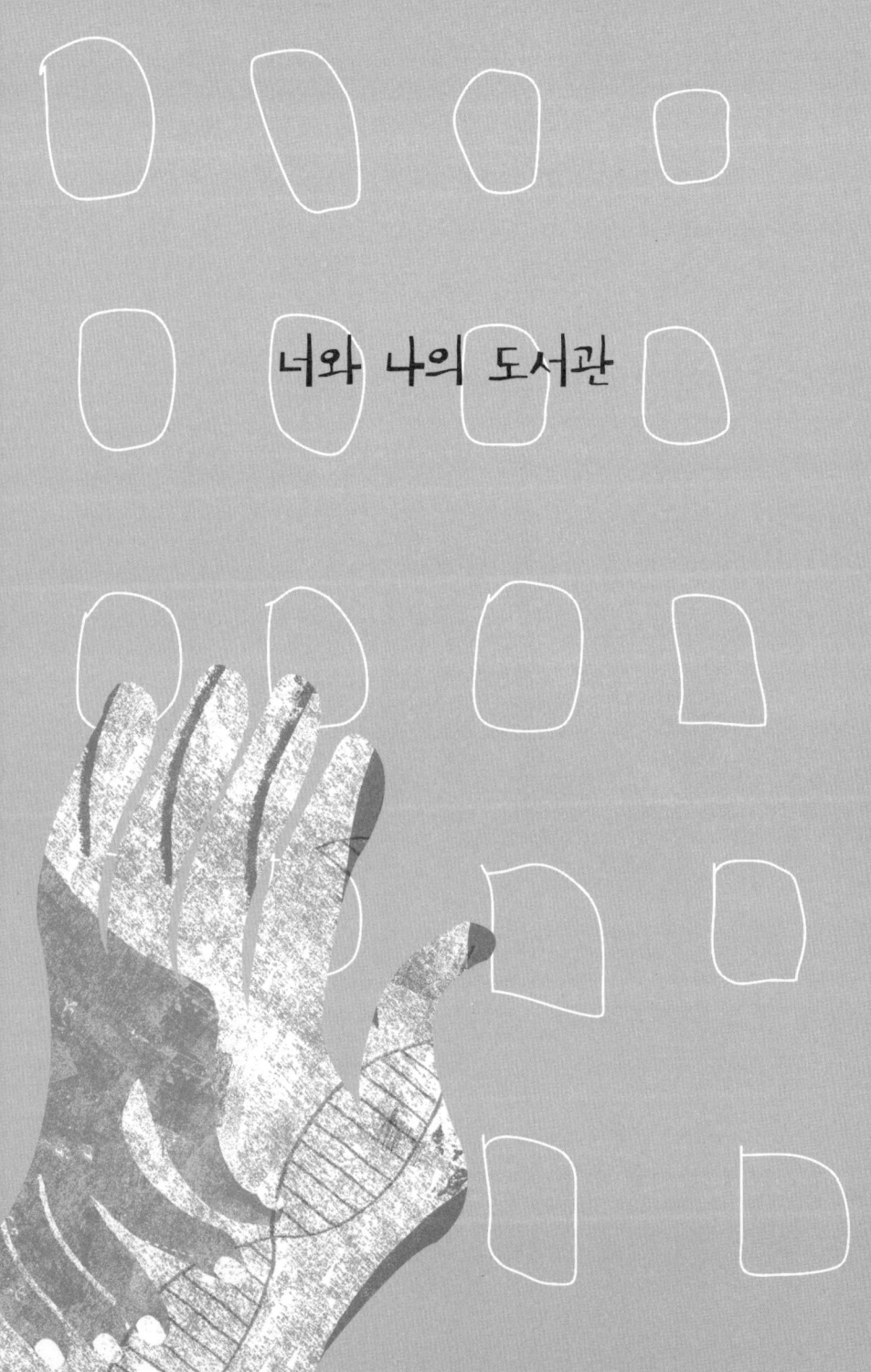

내가 진짜처럼 보여?

반드르르한 이파리가 도발하듯 묻고 있다.

누구든 그냥 지나치기 힘들었을 터였다. 진짤까, 아닐까? 호기심에 으레 손이 따랐을 것이다. 앤슈리엄만 봐도 그렇다. 뾰족하게 솟아오른 노란 꽃술과 그것을 접시처럼 받치고 있는 빨간 꽃잎과 초록 잎사귀 모두, 에나멜 칠이라도 한 듯 윤기 나고 매끈해 도무지 생화 같지가 않다. 이 실내 정원을 이루고 있는 관상용 식물 거의가 그렇다. 실물을 감쪽같이 본뜬 이미테이션, 시쳇말로 '짝퉁'처럼 보인다. 그래서일 테지. 자세히 들여다보면 자잘한 손톱자국투성이다. 녹색 이파리나 붉은 꽃잎 가장자리가 살짝 찢겨 있고 그 부위에 어김없이 엷은 갈색 얼룩이 번져 있다. 완벽한 때깔과 모양을 갖춘 식물의 태생적 오만함이 자아낸 상처.

준서도 처음엔 그랬다. 가짜와 진짜를 도무지 분간하기 힘든, 신의 손에 가까운 기술복제시대를 살아가고 있는 그 역시 호기심을 억누를 수 없었다. 손톱 끝으로 초록 이파리를 살짝 눌러보았다. 여린 잎이 금세 찢어졌다. 상처 난 이파리의 눅진한 기운이 손가락 끝에 묻어났다. 코끝에 갖다대니 풀 비린내가 희미하게 풍겼다. 산 것이었구나, 하는 깨달음과 동시에 가슴 한편이 아릿했다. 의심의 대가였다.

희한하네. 사내 자슥이 어째 이런 풀 이파리에 관심이 많노.

사강의 거칠고 구수한 사투리가 초록 풍경 위로 불쑥 날아들곤 했다. 휴게실 복도를 그득 메우던 중저음의 목소리……. 이곳으로 발길이 자주 끌렸던 것도 그 영향이 컸다. 동경과 열망으로 가득 찼던 시간이었다. 이 실내 정원이 없었더라면 준서에게 지난 3개월은 지루하고 무미건조했을, 아니 애당초 있지도 않았을 시간이었다.

맨 처음 이곳에 실내 정원을 제안한 이는 U 사서였다.

"우물이 어떨까요?"

그날 아침 회의 분위기를 뜨악하게 만든 한마디가 발단이 되었다. 정보화시대에 그것도 하루 이용객이 수천 명에 달하는, 호텔로 치자면 5성급에 해당하는 수도 서울의 대표적인 공공도서관 마당 한복판에 뜬금없이 우물이라니.

"아무리 전복적 상상력이 대세라지만 '전설의 고향'도 아니고 '우리 것을 찾아서'를 실천하는 시범 관공서도 아니고…….."

사서 A의 뼈 있는 우스갯소리에 슬렁슬렁 웃음이 번져가는가 싶더니 분위기는 이내 싸늘해졌다. 그는 U의 제안에 우회적으로 찬물을 끼얹으려다 자충수를 둔 셈이었다. 예술 관련 잡지에나 마르고 닳도록 쓰일 법한 '전복적 상상력'은 젊은 관장의 단골 멘트였고 더욱이 관장이 참석하는 월례회의 자리였다. 잠시 어색한 침묵이 감돌더니, 기회는 다시 U에게로 돌아갔다. 그녀는 사적 제 몇 호로 지정된 도서관 건물의 역사적 의미에서 시작해 요즘 건축 경향과 정원 조경에 관한 미학적 문제까지 밀고 나간 다음, 다시 도서관 마당 한복판으로 돌아왔다.

"60~70년대 공원을 방불케 하는 분수대만 없어도 전체 조경의 도식적인 분위기가 많이 누그러들지 않을까요."

관장이 가장 싫어하는 말이 '도식'이나 '권위' 또는 '구태' 같은 말이었으므로 그는 U의 다음 말에 귀가 솔깃할 수밖에 없었다. U는 자리만 차지하고 있는 녹슨 분수대 대신 왜 우물이 적격인지를, 우물의 상징과 풍수상의 의미, 정원 조경과의 미적 조화까지 곁들이며 조목조목 늘어놓았다. 직원회의인지 학술회의장인지 헷갈릴 정도로 심도 깊고 조리 있는 의견에 관장은 시종일관 눈을 빛냈으나 막상 그녀가 대안으로 내놓은 우물 앞에서는 별로 목말라하지 않는 기색이었다.

"그 문제는 시간이 있으니 차차 생각해보기로 하지요. 그보다 더 시급한 문제는……."

관장이 다음으로 내놓은 안건은, 휴게실 조성에 관한 것이었다. 이용자 대상의 설문조사에서 가장 큰 불만으로 꼽힌 게 휴식공간이었다. 두번째 안건에서도 다수의 침묵으로 썰렁한 분위기가 이어지자 U가 다시 구원투수로 나섰다.

"정보 도서관 이미지에 걸맞게 우리 도서관의 허브라 할 만한 곳에다 친환경 개념의 휴게실을……."

그녀가 제안한 골자는 실내 정원을 겸한 친환경 휴게실을 디지털열람실 앞 복도 공간을 활용해 만들자는 것이었다. 사람들은 우물만큼 황당해하지는 않았으나 선뜻 수긍하지도 않았다. 장서 규모 외에 그들 도서관의 자랑거리가 수목원을 연상시키는 넓은 정원이었다. 거대한 정원을 가진 도서관에 굳이 애들 소꿉장난 같은 미니 실내 정원이 필요할까 싶었던 것이다. 하지만 딴죽 거는 이도 없었다. 다수의 무관심과 게으름에 힘입어 U의 제안은 현실화할 것처럼 보였다. 그리고 마침내 현실화되었다.

U가 일하는 디지털 정보열람실 앞 넓은 복도에 작은 실내 정원을 가진 휴식공간이 만들어진 것이다. 창가 벽을 따라 나직한 펜스가 둘러진 화단이 길게 이어졌고 가운데 넓은 공간에는 원형 화단이 조성되고 실내에서 잘 자라는 관상용 관엽식물이 그득 심어졌다. 그 화단을 빨간 벨벳 패브릭 소파가 둥글게 에워싼 모습이, 언

뜻 보면 화환이나 하트 모양을 연상시키면서 '도서관의 허브'로 상징될 만했다.

U가든.

누군가에 의해 실내 정원은 그렇게 명명되었다. 그 일을 떠맡고 싶지 않은 이의 속내가 담긴 아이디어라는 걸 알면서도 U는 만족스러워했다. 초록 식물의 생기가 그녀의 얼굴에 감돌았다. 그때부터 U 곁에는 식물도감과 원예 관련 잡지와 단행본들이 쌓이기 시작했고, 잉글리시아이비, 앤슈리엄, 협죽도, 포인세티아…… 주위 섬기기도 어려운 이국 식물들 이름이 그녀의 입을 통해 주문(呪文)처럼 흘러나왔다. 실내 정원을 향한 U의 관심과 애정은 모성애에 가까웠다. 그녀의 피부는 풋풋하고 싱그러웠으며 목소리에서는 상큼한 풀 향기가 나는 것 같았다.

새로 조성된 친환경 휴게실은 U에게는 물론, 도서관의 새로운 상징과 자부심으로 떠올랐다. 그 일이 있기 전까지는.

*

휴게실 창으로 흘러들어온 햇살이 빨간 원형 소파에 막 닿기 시작하는 오후 두시, 준서는 마지막 계단을 올라섰다. 벽의 시계가 오늘도 정시 출근임을 알려주었다. 영어 학원이 끝나면 그는 곧장 이 도서관으로 와서 밤 열시까지 디지털 정보열람실에서 사서 보조로 일했다. 제대 후 다음 학기까지 남은 시간을 활용해 신청한 공공근로였다. 휴게실로 막 들어서는 준서의 눈길을 끈 것은 창가 구석 쪽 소파에 잠들어 있는 한 사내였다. 역 앞 비둘기처럼 지난겨울부터 도서관을 끈질기게 맴돈다는 홈리스 사내. 그는 자신이 가진 모든 것으로 보이는 검은 배낭을 끌어안고 벽 쪽으로 몸을 비스듬히 기댄 채 잠들어 있었다.

"혹시, 저 아저씨, 아닐까요?"

준서는 열람실 입구에서 마주친 U사서에게 나직하게 말했다.

그날도 탐정놀이 같은 과제와 함께 하루가 시작된 것이다.

U는 유리문 너머로 흘끗 사내를 일별했다.

"추리극에서 저렇게 티 나는 범인 본 적 있어?"

U가 고개를 저으며 말했다.

하기야, 범인이 뻔히 짐작되는 추리물이 어디 추리물인가. 준서는 자신의 넘겨짚기가 안이하고 어설펐다는 자책이 들었다.

"더군다나 그 범인이 홈리스일 가능성은 제로에 가깝지. 삶에 대한 기대나 의욕이 없는 사람이 무슨 분노가 있겠어."

U의 지적에 준서의 고개가 끄덕여졌다. 보통 사람 눈높이로는 이해하기 힘든, 극도의 '귀차니스트' 경지에 올라 있는 이들이 그들 아닌가. 그들이 뭔가에 예민하게 반응한다는 것 자체가 모순 같았다.

사내가 지금 필요로 하는 건 걸터앉아 있는 소파 한쪽 귀퉁이였다. 추운 날이면 열람실 구석 라디에이터 옆자리에 앉아 뒤적이던 책 위에 그대로 얼굴을 묻고 잘 수 있는, 꼭 그만큼의 자리가 그가 이 도서관에서 필요로 하는 전부로 보였다. 행동반경과 존재감을 최소화할 것. 그의 몸은 세상의 보이지 않는 요구에 아주 잘 적응해 있는 것 같았다. 지저분하고 남루한 행색이, 보는 이의 시선을 불편하게 하는 것만 빼면 사내가 남에게 피해를 주는 일은 없었다. 그런 치들은 도서관의 핵심 재산인 자료를 교묘한 수법으로 빼돌리는 일도, 빌려간 책을 반납하지 않아 직원들 골머리를 앓게 하는 일도 없었다. 날렵하고 약삭빠른 손놀림으로 뭇 시선을 피해가며 공공시설물에 해코지하는 일 따윈 가능해 보이지도 않았다.

"저, 15분만 연장해주면 안 될까요?"

DVD 전용 좌석에 앉아 있던 이용자가 준서 앞에 다가섰다. 볼 때마다 바뀌는 귀고리 덕에 쉽게 낯을 익힌 이십 대 남자다. 오늘은 실처럼 가느다란 금속 링에 완두콩알만 한 푸른 터키석이 달린 귀고리가 오른쪽 귓불에서 찰랑거리고 있다.

"죄송합니다. 더 이상은 곤란한데요. 다른 이용자가 있어서……."

준서가 예의 바르게 거절했다. 최대 이용시간 2시간이 지나면 컴퓨터는 자동 종료하도록 프로그램돼 있었던 것이다.

"내 자리 다음 시간에는 아직 예약자가 없던데요."

"실시간 이용자도 많거든요. 내일 와서 다시 보시죠."

이렇게 말하면 대개는 선선히 물러간다. 하지만 청년의 눈빛은 터키석만큼 완강해 보였다.

"10분 남은 영화 보러 내일 또 여길 오란 말인가요?"

준서가 당혹해하는 사이 그는 계속 말을 이었다.

"정황에 맞게 담당자가 이용자의 편의를 봐줘야죠. 원칙만 내세우려면 로봇을 갖다 놓지 왜 사람이 앉아 있습니까."

준서는 그의 지적에 적절한 대꾸가 떠오르지 않았다. 터키석의 푸른빛을 보며 지중해의 바닷물을 농축시키면 저런 결정체가 나오지 않을까, 하는 생각에 빠져 있었던 것이다. 청년의 히스테릭한 반응조차 그 푸른빛에 잘 어울린다고 생각하며…….

그때, U의 시선이 모니터 화면을 벗어났다.

"저희도 이런 경우는 차라리 로봇이 대신 앉아 있는 게 낫겠다 싶어요. 늘 예산 부족에 시달리는 공공시설만 아니라면 말이죠. 우리 인건비야 로봇에 비하면 거저나 다름없으니까요. 공공도서관과 사설 DVD방 이용자의 자세가 달라야 하는 것도 비슷한 맥락 아니겠어요."

U의 노련한 일침에 상황은 생각보다 빨리 마무리되었다.

일그러진 표정으로 돌아서는 푸른 귀고리를 보자 준서는 허전하면서도 마음이 짠했다.

"난, 저 남자 좀 의심스러워. 매번 컬트영화만 골라보는 것도 그렇고……."

U는 반납한 DVD를 케이스에 집어넣으며 멀어지는 푸른 귀고리의 뒷모습을 향해 눈을 흘겼다.

매사가 이런 식이었다. 사소한 일에도 의심의 눈초리가 따라붙었다. U사서는 물론, 다른 직원도 마찬가지였다. 그 일이 있고 난 뒤부터였다.

"준서 학생, 들어오면서 휴게실 소파 봤어?"
그날 팀장의 첫마디는 자못 심각했다.
그의 한마디에 이끌려 간 휴게실에서 준서는 섬뜩한 광경과 맞닥뜨렸다. 새 벨벳 소파에 누군가 잔인하게 칼질을 해놓았던 것이다. 빨간 벨벳 위에 그어진 예리한 칼자국 사이로 누런 스펀지가, 동물의 내장처럼 비어져 나와 있었다. 피비린내 나는 살해 장면이라도 목격한 기분이었다.

평소 디지털 정보열람실을 마지막으로 나서는 이가 준서였다. 전날도 여느 때와 다름없이 정직원 한 명과 열람실 문을 잠그고 복도 휴게실까지 둘러본 다음 퇴근했다. 그때까지 휴게실은 아무 이상 없었다.

일명 '소파 난자 사건'의 해결을 위해 몇 차례 임시 회의가 소집되었다. 도서관으로서도 심각한 일이 아닐 수 없었다. 실내 정원에 빨간 벨벳 소파와 롤 블라인드까지, 관공서 냄새가 전혀 안 나게 최신 인테리어 감각으로 심혈을 기울여 조성한 휴게실은 나날이 변화·발전하는 도서관의 상징이었던 것이다. 그런 의미 깊은 곳에서, 앉기도 조심스러운 새 소파에 흠집 낼 생각을 하다니. 그것도 흉기로 잔인하게……. 충격적 일인 만큼 평소 회의 때와는 달리 온갖 의견이 쏟아졌다. 사건을 널리 알려 이용자들의 공공질서 의식을 일깨우는 캠페인을 대대적으로 벌이자는 제안도 있었고, CCTV를 설치해 범인을 색출하고 앞으로의 일에 대비해야 한다는 의견도 나왔다. 누구는 말썽의 소지가 있는 휴게실 자체를 없애야 한다는 권위주의 발상까지 했다. 제안은 풍성했으나 늘 그렇듯 예산과 인력 부족이라는 굳건한 벽에 가로막혀 어느 하나 실현 가능해 보이지 않았다.

보다 현실적인 해결책이 U에게서 나왔다. 그녀의 손을 거친 뒤처리는 끔찍한 기억을 희석시켜줄 만큼 애교가 깃들어 있었다.

'CCTV 작동 중'

굵직한 견고딕 글자가 A3용지 한 장을 가득 메웠다.

"공갈이긴 해도 효과는 분명 있을 거야."

휴게실 어디에도 CCTV로 볼 만한 것은 없었지만 U는 가짜 문구가 담긴 용지를 당당하게 벽면 여기저기 붙여놓았다.

흉물스럽게 변해버린 소파에 대한 우려와 안타까움도 말끔히 해소되었다. 칼질당한 소파가 감쪽같이 재탄생한 것이다. 바나나·딸기·고양이·돌고래 문양이 칼자국을 대신해 아플리케 처리되어 예쁘고 귀여운 소파로 태어나 있었던 것이다.

"역시 U다운 아이디어야."

"아플리케 솜씨는 어떻고. 꼭 핸드메이드 소파 같잖아."

"명품 저리 가라네."

변신한 소파 앞은 칭찬의 임시 무대였다. 평소 U의 적극성에 곱지 않은 시선을 보내던 직원들도 이번만큼은 예외였다. 다들 아낌없는 찬사를 보냈다. 아쉬운 건 그들의 시선이 패브릭에만 머물러 있다는 점이었다. U가 그동안 얼마나 많은 책과 잡지를 뒤적이며 방법을 고민했는지, 재료를 구하기 위해 얼마나 힘들게 발품 팔고 다녔는지, 아플리케 작업하느라 휴일도 없이 얼마나 바쁘게 보냈는지, 이면의 진실을 아는 이는 준서뿐이었다. 해결을 위한 U의 자세가 준서에겐 변신한 소파 이상의 감동이었다.

"사서라는 직업도 괜찮을 것 같아요. 문헌정보학 같은 걸 전공해서……."

자신의 진로를 구체적으로 생각하게 된 것도 U의 영향이 결정적이었다.

"사내 자슥이 웬 사서는, 인생 갑갑하게스리."

사강 선배의 반응은 예상을 크게 벗어나지 않았다. 고시생의 눈에는 고시 패스 외의 어떤 성취나 직업도 매력으로 비치지 않을 것 같았다. 도서 분류기호를 매기고 책을 대출해주거나 먼지 나는 서고에서 반납해온 책을 꽂거나 하는 게 사서 일의 전부로 알고 있는 그에게는 더더욱.

준서도 이곳에서 일하기 전까지는 그와 비슷한 생각이었다. '사서'라는 직업을 떠올리면 숫자와 글자가 두서없이 뒤섞인 복잡한 도서 분류기호가 먼저 연상되었다. 책등에 달라붙어 수십 수백만 권 책들을 구분해주는 표시로 존재하는 그것처럼, 사서란 직업은 안정적이긴 하지만 더없이 지루하고 무미건조한 일의 반복일 거라는 선입견이 있었던 것이다.

"그래, 앞으로 우얄찌 구체적으로 생각은 해봤나?"

기대치 않았던 한마디가 사강에게서 나왔다.

"편입도 있고 전과도 한 방법이죠."

준서가 자신의 생각을 구체적으로 펼쳐놓자 사강은 관심을 보이며 차분히 들어주었다.

사강은 준서와 같은 대학 동아리 선후배 사이였다. 선우사강. 프랑수아 사강을 연상시킬 정도로 이국적인 이름에 어울리게 도회풍의 댄디하고 지적인 외모였으나 말투와 성격은 '월드컵 4강전' 할 때의 '사강'에 가까웠다. '사내 자슥이'를 입에 달고 사는, 경상도 출신 특유의 보수성과 거친 매력이 있는 다혈질의 남자로 학교 시절 동아리 여학생들에게 의외로 인기가 많았다. 준서와는 무려 다섯 학번이나 차이가 나는 바람에, 아쉽게도 학교에서 친할 기회는 없었다.

"제5열람실 장기수, 그게 요새 내 처지 아이가."

공공근로를 시작하던 날, 준서는 졸업한 그와 3년 만에 마주쳤다. 그는 세번째 도전하는 행정고시 수험생이었다. 서른을 코앞에 둔 고시생 선배는 캠퍼스에서의 풋풋했던 모습이 많이 바래 있었다. 탁해진 피부에, 웃으면 눈가에 주름이 잡히기 시작했고 머리숱도 훌쩍 줄어 있었다. 하지만 준서는 그런 모습이 오히려 친근해 좋았다.

"어린이열람실 소파, 리폼할 거야."

DVD목록 정리 작업을 끝낸 U가 새 일거리를 책상 위에 올려놓으며 말했다. 지난번처럼 아플리케 처리할 패브릭이었다. 소파 사건 때 U의 솜씨에 감탄한 어린이열람실 사서가 부탁한 일이었다. 그걸 위해 U는 휴일에도 시장을 헤집고 다녔을 터였다. 남들 같으면 외출의 좋은 핑곗거리가 될 일도 U는 퇴근 후나 쉬는 날, 자신의 개인 시간을 써가면서 했다. 일하는 재미를 왜 포기하나, 라는 식이었다. 전형적인 일중독자인 U를 바라보는 다른 직원들의 냉소 어린 시선처럼, 준서도 한 번씩은 그런 그녀가 납득이 안 될 때도 있었다. U는 동료들과 잘 어울리지도 않았다. 그 외로움을 일로 달래는 것인지, 워낙 사교에 취미가 없어서인지는 알 수 없었다. 준서가 공공근로를 시작하고부터 U는 준서와 가장 절친한 사이였다.

"가위도 역시 일제야. 손의 느낌부터 다른걸."

U가 천을 자르며 감탄했다. 준서의 일제 커터를 빌려 써본 다음부터 U는 '메이드 인 저팬' 제품을 선호하기 시작했다. 얼마 전에는 바느질 도구 일체를 일본 제품으로 장만했다고 자랑을 늘어놓았다. 그 자랑의 핵심은, 재래시장에서 중국 제품을 피해 모든 도구를

일본 제품으로 장만한다는 게 현실적으로 얼마나 어려운지에 관한 것이었다.

U는 소파 사건 이전까지는 실내 정원에 흠뻑 빠져 있었다. 그녀 곁에 있던 준서도 그 정보의 수혜자였다. U는 정원 디자이너로 변신해 요즘 유행하는 정원 스타일과 전 세계 유명한 정원의 모습을 두루두루 보여주었다. 그때마다 도서관의 위력은 십분 발휘되어, 잡지와 대형 컬러 화보, DVD까지 동원되었다. 준서는 세계적으로 유명한 첼시의 플라워쇼를 영국 왕실 초청으로 가서 직접 보고 온 느낌이었다. U의 관심사는 끝이 없었고 그와 관련한 정보 또한 무궁무진했다. 수십만 권의 장서 곁에서 10년 일해온 노하우로 보이기도 했다.

사서 경력 10년쯤 되면, 책 꺼풀만 봐도 무슨 내용인지 대충 알 수 있어. 사실 책이란 게 끊임없는 다른 책의 언급 아니겠어.

그녀는 준서의 찬사를 담담하게 받아들였다.

사진, 요리, 악기 연주, 공예, 바느질…… 손으로 하는 모든 일에 U는 남다른 관심과 재능을 보였다. 눈썰미와 손재주가 빼어나 남들 수준을 따라잡았나 싶으면 어느새 훌쩍 한 경지에 올라 있었다. 그런 재능과 열정을 펼쳐놓을 장이 있으면 금상첨화일 테지만, 하느님도 분배의 문제에 까다로운지라 누구에게든 결코 다 주는 법이 없었다. U는 그때까지 연애 한 번 못 해본 삼십 대 중반의 싱글이었다.

"내사 마, 연애에 대한 기억도 가물가물하다."

사강은 이따금 고시생의 비애가 묻어나는 푸념을 늘어놓았다.

그는 준서의 일이 끝나는 시간에 맞춰 휴게실을 잘 찾았다. 그 시간이면 사람들 눈치 안 보고 마음껏 담배를 피울 수 있는 데다, 단조로운 생활에 말상대도 절실했을 터였다. 대학 시절 그의 곁에는 언제나 사람이 들끓었다. 3년 고시생 생활은 그로부터 많은 것을 앗아갔다. 윤기 나던 피부도, 짙고 풍성한 머리칼도, 친구도, 연애 상대도……. 준서는 그에게서 엿보이는 결핍이 오히려 그를 차분하게 가라앉히는 것 같아 좋았다.

"느것들 인자부터 실력 발휘 한번 해봐라."

사강은 옆의 식물들을 손으로 몇 번 쓰다듬더니 담배를 꺼내들었다. U가 안다면 까무러칠 만한 일이다. 그녀에게는 미안한 일이지만 준서는 사강이 내뿜는 담배 연기에 휴게실이 부옇게 흐려지는 모습이 싫지 않았다. 벽의 '금연' 문구가 흐릿해져가는 것도, 초록 식물들이 운무에 휩싸이는 것도. 그 광경을 물끄러미 바라보고 있노라면 현실의 경계가 스르르 허물어지는 것 같았다.

독을 조심해야 해. 치명적인 독을 품고 있는 게 많아.

U가 말했다.

사냥이나 전쟁 때 이 나무의 수액을 화살촉에 묻혀 독화살을 만들어 썼다지.

그녀는 길쭉한 협죽도 이파리를 손끝으로 천천히 훑어내렸다.

물론 약으로 쓰기도 해. 모든 약은 독이고 또한 모든 독은 약효가 있으니…….

U는 그곳을 '힐링가든'으로 불렀다.

이 싱그러운 풀들이 다 독초라니……. 준서는 놀랐다. 하지만 더 놀라운 건 그것들이 하나같이 온화하고 다소곳한 얼굴을 하고 있다는 사실이었다.

가증스럽다고? 천만에. 그건 관계를 어떻게 맺느냐에 달렸지. 우리가 이것들을 입으로 가져가지 않는 한, 이들은 우리에게 영원히 이롭고 사랑스러운 이웃이라고.

그녀의 손길은 잉글리시아이비와 디펜바키아를 거쳐 포인세티아로 넘어갔다.

귀 기울여봐. 무슨 소리가 들리는 것 같지 않아?

위잉- 위잉- 바람을 닮은 소리. 공기를 정화하는 소리일까, 독을 만드는 소리일까.

준서는 U와 함께 그들의 사랑스러운 이웃 사이를 거닐었다. 풀들이 쑥쑥 자라 울창한 숲을 이루는가 싶더니 숲은 이내 미로가 되었다. 준서는 그 황홀한 숲속을 하염없이 헤매 다녔다.

"이 도서관 말이라, 일제 때 지어진 다 낡아빠진 시멘트 건물을 왜 안 털어 짓나 궁금했는데, 인자 알겠다."

하루는 창밖을 내다보던 사강이 대단한 비밀이라도 밝혀낸 듯 한마디 했다.

"건물 높아지믄, 꼭대기에서 뛰어내리고 싶은 인간이 어데 한둘이겠나……."

생뚱맞은 대답에 준서는 웃음부터 나왔다. 그럼에도 뒤끝이 서늘해오는 건 어쩔 수 없었다. 그건 고시생의 비애나 푸념에 그치는 말이 아니었다.

짠한 마음을 가라앉히기 위해 준서는 창밖으로 눈길을 돌렸다. 메마른 분수대가 한눈에 들어왔다. 마지막 물줄기가 언제 뿜어져 나왔는지 알 길 없는 녹슨 금속관과 군데군데 페인트칠이 벗겨져 나간 바닥이 황량하게 펼쳐져 있었다.

"오늘, 보라 결혼한 날이었는기라. 현채랑."

그가 우울해한 이유가 드러났다.

정현채-나보라-선우사강. 관계의 트라이앵글이 선히 그려졌다. 긴 한숨을 담배 연기에 실어 하염없이 뿜어내는 그의 뒷모습이 준서의 가슴에 서늘하게 들어앉았다. 상실과 체념으로 무기력해진, 서른을 코앞에 둔 남자의 등. 준서는 하마터면 그 등을 감싸안을 뻔했다. 펜스에 발이 걸려 주춤하는 바람에 정신을 차렸다.

혹 사강 선배가…… 하는 의문과 함께 그때 준서의 뇌리에 어떤 장면이 번개처럼 스쳤다. 칼질당한 소파, 누렇게 비어져 나온 스펀지가 그의 뒷모습과 겹쳤다. 상실과 자괴의 늪에서 허우적거리는 제5열람실 장기수의 일탈! 그의 뒷모습을 물끄러미 들여다보고 있으니 충분히 그럴 만하다는 생각이 들었다. 그러자 사건은 다른 모습으로 다가왔다. 처음 사고 현장과 맞닥뜨렸을 때의 끔찍함 같은 건 오간 데 없었다. 거침없는 칼질, 빨간 천 조각들이 허공에서 경쾌하게 흩날리는 장면이 떠올랐다. 빨간 패브릭은 묵직한 소파를 감싼 외피가 아니라 허공을 마음껏 날아다니는 가벼운 천 조각이었다. 한 인간의 파괴적 충동을 대신해 순교한 아름다운 조각 천.

그의 뒷모습에서 준서는 '이유와 명분이 있는 가학'을 보았다.

*

"세상에, 또 일어났어. 먼젓번과 똑같은 사건이."

한 달 만이었다. 수법도 같았다. 다른 점이라면, 지난번 사고를 피해간 다른 소파가 희생되었다는 것이었다. 직원들 사이에 또다시 긴장이 감돌고 의심의 눈초리가 따라붙기 시작했다.

"범인은요, 예상 밖의 인물일지도 몰라요. 여리고 치밀하고 낭만적인……."

추리 전문가 흉내라도 낸 것 같은 준서의 말에 U가 고개를 돌렸다.

"아얏!"

외마디 비명과 함께 그녀는 손을 감싸쥐었다. 왼손 약지에 붉은 핏방울이 맺혔다. U는 손톱을 다듬던 중이었던 것이다.

준서는 재빨리 티슈를 뽑아 그녀에게 내밀었다.

"잠깐만요."

그는 자신의 가방에 있는 소독약을 꺼내 상처 부위를 소독한 다음 일회용 밴드를 붙여주었다.

"준서, 간호사 해도 되겠다. 준비성 좋고 세심하고, 손도 이쁘고……."

그의 처치에 손을 내맡기고 있던 U가 말했다.

준서는 준서대로 그녀의 손에 감동해 있던 참이었다. 상처를 감싸느라 가까이서 들여다본 U의 손은 부지런하고 일 욕심 많은 사람의 손과는 거리가 멀어 보였다. 우아하고 고왔다. 투명한 분홍빛 손톱은 건강해 보였고, 가느다란 손가락은 곧고 길었으며, 살결은 희고 매끄러웠다. 그 손의 매혹에 이끌려 준서는 엉뚱한 약속까지 하고 말았다.

"이번 휴관일에 나와서 도와드릴까요?"

그녀의 소파 리폼 일을 거들겠다는 말이었다.

U는 반가워하며 밴드가 둘러진 손가락을 내밀었다.

"약속해."

준서는 그녀의 손가락에 자신의 새끼손가락을 걸었다.

그 손짓이 신호라도 된 듯, 갑자기 열람실 한쪽이 소란스러워졌다. 37, 38번 좌석에 나란히 앉은 이용자 둘이 다투는 소리였다. 준서는 급히 그곳으로 다가가 그들을 바깥 휴게실로 이끌었다. 대학생으로 보이는 청년과 '무기수' 사내였다. 청년의 이어폰에서 흘러나온 음악 소리가 다툼의 원인이었다.

"난 아저씨한테서 나는 냄새도, 다리 떠는 것도 참고 있었단 말예요. 그런데 이어폰에서 음악 소리 좀 흘러나온 것 가지고 그렇게 사람을 면박 줄 수 있냐고요!"

청년은 억울하다는 듯 그동안 참아온 말까지 내뱉었다.

직원들 사이에서 '무기수'로 통하는 그를 준서도 오래전부터 알고 있었다. 일명 '삐삐'로 불리던 호출기에 얽힌, 중3 때 있었던 일화가 사내를 준서의 기억에 또렷이 들어앉게 했다. 열람실 좌석을 잠시 비웠다 돌아왔을 때, 가방에 넣어둔 호출기가 보이지 않았다. 가방을 샅샅이 뒤지고 책상 주위를 아무리 둘러보아도 호출기는 없었다. 체념하고 가방을 꾸려 일어서는데 누군가 준서의 어깨를 툭 쳤다. 그 남자가 준서의 호출기를 내밀었다. 진동으로 해놓았던 그것이 가방 안에서 계속 울렸던 탓에 그가 문제의 호출기를 압수하듯 보관하고 있었던 것이다. 소리에 꽤 예민한 사람 같았다. 진동으로 해놓은, 그것도 가방 속에서 울리는 남의 호출기를 꺼낼 생각까지 한 걸 보면……. 남자는 고시 준비생으로 보였다. 그의 좌석은 칸막이에 누런 종이 서류철을 덧대 가린 데다 책상 밑에는 민법 관련 책들과 방석, 사전 등속이 놓여 있었다. 준서가 중3이었으니 그때만 해도 남자는 이십 대 후반 아니면 삼십 대 초반이었을 것이다. 그 후로도 그는 도서관에서 종종 볼 수 있었다. 준서가 고등학생이 되고 대학생이 되고 군 입대, 제대를 하고 복학을 앞둔 지금까지도. 삐삐가 단종되고 휴대폰이 대중화되고 그 휴대폰이 카메라폰, MP3폰, 위성DMB폰, 급기야 스마트폰으로 진화해가고 있는 지금도 그는 이 도서관에 머물고 있었다. 변화라면 이십 대 청년이었던 그가 이제는 희끗한 머리의 중년 아저씨로 옮겨 앉은 것뿐이었다.

"저 아저씨, 한동안 잠잠하다 했더니……."

U가 중얼거렸다. 그 한마디에 담긴 연민과 힐난, 그리고 의심의 그림자를 준서가 모를 리 없었다.

무기수의 생활 리듬은 맞물린 톱니바퀴 같았다. 식사를 하고 나면 그는 어김없이 이곳을 찾아 정확히 30분간 웹서핑을 하고 일어났다. 오후 한시와 일곱시에 각각 한 번씩, 하루 두 번이었다. 똑같은 생활반경, 예외 없는 일상의 되풀이였다.

나, 정년퇴직해도 저 친구는 여기 남아 있을걸.

사내에게 '무기수'라는 별명을 붙인 최고참 사서가 말했다. 그에 따르면 지난 십수 년간 사내가 이 도서관을 떠난 적은 없었다는 것이다.

티격태격하던 두 남자가 사라진 뒤에도 준서는 무기수 사내에게서 풍기던 냄새가 코끝에 맴돌았다. 물이든 공기든 흐르지 못하는 것에서 나는 냄새 같았다. 켜켜이 내려앉은 시간과 어우러져 내는 묘한 냄새……. 준서는 박물관을 떠올렸다. 무기수 사내가 그의 앞을 스치고 갈 때, 준서는 이따금 그런 환상에 사로잡혔다. 자신은 까까머리 중3으로, 무기수는 이십 대로 돌아가고 다른 이용자들은 그 상태로 박제화된다. 디지털열람실을 가득 채운 컴퓨터는 단종 모델로 한쪽 코너에 전시된다. 빼곡히 꽂힌 저 CD와 DVD까지도⋯⋯. 열람실은 순식간에 인류의 지나온 어느 시기를 보여주는 박물관의 한 부스를 이루는 것이다.

"준서, 그 선배 좋아하지? ⋯⋯ 아주 많이."
U가 물었다. 뒷말의 여운이 길게 남는 말이었다.
사강을 떠올리는 말에 준서는 잠시 긴장했다. 비밀이 드러나서라기보다는 그녀에게 진실을 터놓지 않았다는 게 마음에 걸렸던 것이다. 그녀를 좋아하고 따랐지만 그건 다른 문제였다. 지금껏 어느 누구에게도 털어놓지 않은 사실이었다. 자신이 남들과 근본적으로 다르다는 걸 안, 열일곱 살 때부터.
굳이 말하지 않아도 그녀가 알게 될 거라는 믿음은 있었다. 그걸 깨닫고 자연스럽게 받아들이면 친구가 되고, 그러지 못하면 아는 사람에 머무는 것이다. 지금까지 그래 왔다. 개인적 취향의 문제를 '고백'이라는 거창한 형식을 취한다는 것부터가 어색하고 촌스러워 보였다.
"언제 알았어요? 바느질 배우고 싶다고 했을 때?"
준서는 손을 멈추고 U를 바라보았다.
그녀는 고개를 가로저었다.
"그럼, 사서 되고 싶다고 했을 때?"

"아니. 조금 전, 바느질 솜씨 보고. 그 전까지는 긴가민가했는데, 그걸 보니 확신이 생기더라."

U가 웃으며 말했다.

처음, 준서가 직접 바느질을 해보고 싶다고 했을 때, U는 놀라는 눈치였다. 준서가 바느질 작업까지 도우러 나설 거라곤 예상치 못한 모양이었다. 하지만 그녀는 이내 준서의 의욕과 호기심을 인정해주었다. 손수 시범을 보이고 난 다음, 준서에게 바늘을 건네주었다. 사실 그때까지만 해도 U는 미심쩍어하는 눈치였다. 몇 번의 연습 끝에 준서가 아플리케 하나를 손색없이 완성하자 그녀는 주저 없이 준서 몫을 할당해주었다.

"타고났어. 천상 여자야."

U는 준서의 바느질 솜씨를 보며 감탄했다.

사실 U에 비한다면 준서는 걸음마 수준에 지나지 않았다. 솜씨와 속도, 둘 다 그랬다. 그럼에도 준서는 그녀의 칭찬이 싫지 않았다.

"그 선배도 알아?"

U가 무심히 스치듯 물었다.

준서는 말 대신 고개만 가로저었다. 그녀처럼 무심히.

가슴에 품은 장미 한 송이를 혼자 키워가는 것. 그것이 언젠가부터 준서의 연애 방식이 되었다. 이번 경우도 일방통행의 운명이란 걸 알고 시작한 일. 더 이상의 욕심은 없었다.

"꼭 무인도에 와 있는 것 같지?"

U의 말대로 휴관일의 도서관은 망망대해에 떠 있는 섬 같다. 바늘 움직이는 소리마저 들릴 정도로 적막한 섬. 또한 그곳은 세상에서 보이지 않던 것까지 훤히 보이는 신비의 섬이었다. 특수 렌즈라도 들여다보듯 자세하고 선명하게.

칼자국을 감추는, 아니 그것을 감싸는 바느질을 손수 하면서 준서는 또렷이 볼 수 있었다. 칼날이 지나간 자리, 베어진 선들의 길이와 간격까지도. 그것은 감정의 일시적인 폭발이나 충동으로 생겨난 것이 아니었다. 가까이에서 찬찬히 들여다보지 않으면 알 수 없는, 베어진 자국을 가느다란 바늘로 조심스럽게 따라가며 한 땀 한 땀 수놓아보지 않으면 결코 알 수 없는 사실이었다. 무자비해 보이던 칼자국은 빈틈없는 계산으로 만들어진 하나의 길이었다. 고양이와 딸기와 돌고래가 서로 조화롭게 어울릴 수 있는 간격까지 염두에 둔 세심하고 치밀한 칼질……. 준서는 떨리는 손으로 바늘땀을 하나씩 만들어가면서 새로운 진실을 깨우쳤다.

축하해, U 사서. 이번에 정규직으로 발령났다며.

사서 A, B, C가 차례로 U에게 축하 인사를 건넸다.

도서관 사서직에도 정규직과 비정규직이 있다는 걸 준서는 처음 알았다.

"돌고래 말이야, 위로 내뿜는 이 물줄기, 바닷물일까 체액일까?"

그녀의 마지막 아플리케는 돌고래였다.

준서는 언뜻 돌고래의 눈물을 연상했다.

"오줌 누는 것처럼 보이지 않아? 돌고래답게 위로 쏘아올리면서 누는 오줌……."

그녀의 재치 있는 대답에 준서는 안도했다.

"둘이 하니 역시 빠르네."

일은 한나절 만에 마무리되었다.

변신한 소파는 이전의 것과는 사뭇 달라 보였다. 준서는 자신의 손길이 닿음으로써 일의 결과가 이렇게 다르게 보일 수 있다는 사실에 놀랐다.

"내가 근사한 점심 살게."

U가 준서의 노고를 치하하며 말했다.

그녀는 여기저기 널린 물품을 하나씩 챙겨 넣기 시작했다.

"아차, 이걸 잊을 뻔했네."

U가 바느질 상자에서 뭔가를 꺼냈다.

준서에게서 빌려갔던 일제 문구용 칼이었다. 그녀는 커터 날 끝을 테이블 바닥에 대고 힘껏 눌러, 닳은 부분을 날렸다.

"그동안, 잘 썼어."

그녀는 깔끔하게 정리한 칼을 준서에게 내밀었다.

"가지세요. 그 칼 좋아하시잖아요."

준서는 그것이 자신보다 U에게 더 요긴할 거라고 생각했다.

"필요할 때가 있을 거야. 잘 챙겨둬."

그녀는 준서에게 기어이 그걸 건네주었다.

길고 단단한 칼의 감촉이 소름 끼치도록 생생하게 전해졌다. 준서는 그것으로 U와 내밀하고 끈끈한 유대라도 맺은 기분이었다. 아니, 이미 맺어져 있는지도 몰랐다. 처음 그것을 U에게 빌려줄 때부터.

엄밀히 말해 칼은 준서의 것도 아니었다. 휴게실 어딘가 굴러다니던 걸 주운 것이었다. 원래 주인은 누구였을까?

홈리스 사내, 사강 선배, 팀장, 푸른 귀고리 청년, 무기수 아저씨, 도서관장, 사서 Ａ Ｂ Ｃ……. 이곳에서 만난 얼굴들이 하나하나 스쳤다. 그들은 차례로 등장했다 사라지는가 하면 다시 나타나 하나의 얼굴로 겹치기도 했다. 그러다 어느 순간 사라져버렸다. U마저 보이지 않았다. 준서는 무인도에 혼자 남았다.

위잉- 위잉-. U의 힐링가든이 활발하게 호흡을 시작했다.

윤기 나고 매끈한, 하지만 자세히 들여다보면 자잘한 상처투성이인 초록 이파리들이 너도나도 고개를 들었다. 그들은 준서를 빤히 올려다보며 물었다.

우리가 진짜처럼 보여?

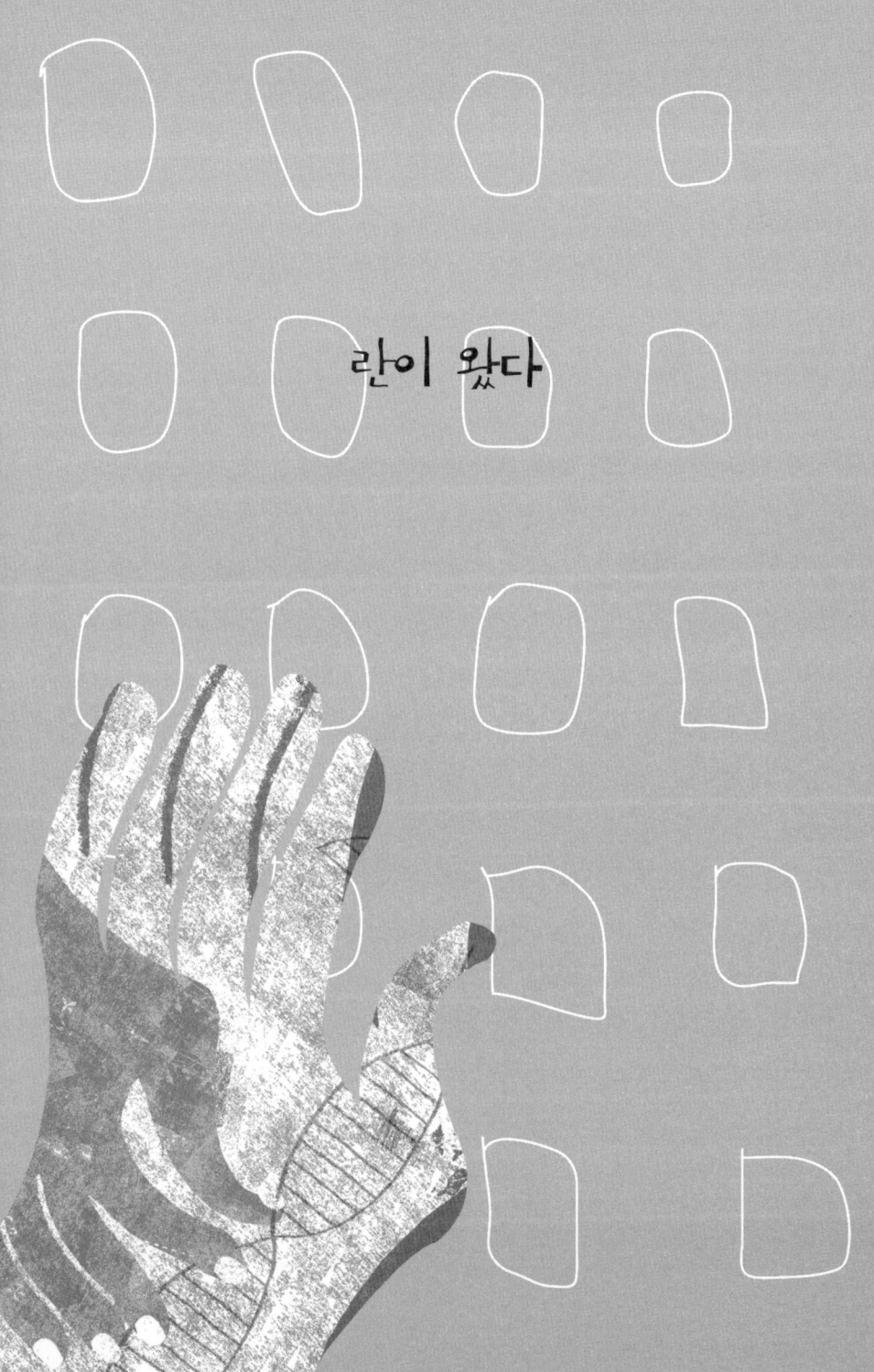

란이 왔다. 바람처럼 느닷없이.

란이 몰고 온 지프차 뒷좌석에는 누런 종이 박스가 여럿 실려 있었다.

"한 달만 신세 좀 져야겠어."

가정 있는 주부가 한 달씩이나, 하는 의문을 가질 겨를도 없이, 집주인의 대답 따윈 들을 생각도 없다는 듯 란은 종이 박스를 내 집 현관에 하나 둘 내려놓았다. 무심할 정도로 익숙하고 자연스러운 손길로. 우린 그런 사이였다. 예고도 없이 나타나 남의 주거 공간에 스스럼없이 발을 들여놓는, 그런 뜬금없고 격의 없는 행동을 당혹해하거나 낯설어하지 않는 사이.

스무 살 때 같이 자취 생활을 한 게 우리의 첫 인연이었다. 그 뒤로 쉴 곳이나 도피처가 필요해지면 고향 집 찾듯 서로를 찾았다. 우리는 '친했다'기보다 '무심'했기에 서로에게 편한 존재였다. 둘이 닮은 구석이라곤 없었다. 같이 일을 도모한 적도, 취미를 공유했던 적도 없었다. 한 평짜리 방에서 같은 이불을 덮고 자면서도 우리는 각자 다른 별에서 온 외계인 같았다. 란이 풍랑 심한 바다에서 배를 구하기 위해 키를 잡고 나서는 용의주도한 실천가 타입이라면 나는 잔물결 위에서 하는 뱃놀이에도 멀미를 일으키는 무위도식 타입에 가까웠다.

짐을 다 들여놓은 란은 복도 계단에 앉아 담배부터 빼물었다. 란이 뿜어내는 담배 연기는 희미한 공기의 흐름을 타고 실내로 흘러들었다. 연기는 이 눈앞의 새로운 상황을 선선히 받아들이도록 최면이라도 걸듯 나를 감싸왔다. 못 말리는 골초였던 란 탓에 내 스무 살의 아침은 늘 담배 연기와 함께 시작했다. 란은 잠에서 깨면 머리맡을 더듬어 담배부터 찾아 물었다. 예민한 기관지를 가진 나는 란의 담배 연기가 내 호흡기를 잠식해가는 걸 잠결에도 또렷이 느낄 수 있었다. 콧속으로 흘러들어온 연기는 목구멍을 지나며 일부는 식도의 점막에 달라붙고 나머지는 기관지 모세혈관까지 이르며 서서히 내 몸속으로 스며들었다. 언젠가는 내 기관지가 담배 연기에 찌들 대로 찌들어 숨통을 옥죄어올 거라는 공포에 사로잡히면서도 나는 간접흡연에 익숙해갔다. 란이 담배를 피우면서 잠기운을 완전히 떨치듯 나 역시 나중에는 란의 담배 연기를 맡지 않으면 아침을 시작할 수 없을 정도로 중독돼 있었다.

란과 나는 자주 만나는 사이도, 연락이 잦은 편도 아니었다. 일년에 한두 번 연락이 닿으면 어디서 어떻게 살고 있는지, 최소한의 안부만 주고받았다. 통화는 3분을 넘지 않았다. 란이 네번째 결혼을 하고부터는 더더욱 연락이 뜸했다. 네 번. 보통 사람들의 상상을 초월하는 결혼 횟수에도 란은 아랑곳하지 않았다. 란은 정작 자신의 문제보다는 내 일에 더 관심과 우려를 나타냈다.

―너, 그거, 결혼이었다고 할 수 있니?

언젠가 란은 납득할 수 없다는 듯, 아니 가소롭다는 듯 내게 되물었다. 내가 '실패한 결혼' 운운했을 때였다. 난 내가 그걸로 엄살을 부리거나 청승을 떤 것 같아 부끄러웠다. 더더욱 란 앞에서……. 그때 란의 한마디에, 난 내 삶의 이력에서 결혼이란 사건을 분필 자국 지우듯 말끔히 지워버렸다. 란의 삶을 떠올려볼 때 그것은 결혼이 아니라 '깜짝 이벤트'나 대형 마트에서 시간대별로 하는 '반짝 세일'에 불과한 것이었다. 어쨌든 나는 누군가와의 관계를 끝까지 성실하게 이행해야 하는, 가정이란 울타리를 지키며 사는 사람에 대한 뿌리 깊은 경외와 열등감을 갖고 있다. 실패를 딛고 두번째 결혼을 시도하는 사람은 내겐 초인 같아 보인다. 그러니까 내게 란은 초인을 훌쩍 넘어선 경지에 있는 '그 무엇'의 존재였다.

"철수세미 없니?"

부엌에서 냉수 한 잔을 쭉 들이켜고 난 란의 첫마디였다.
　프싯, 실소가 났다. 초인의 경지를 넘어선, 한 달 작정으로 집 나온 여자의 첫마디가 고작 '철수세미'라니. 내 집에서 그걸 찾는다는 것도 생소하기 짝이 없었다. 행주 대신 티슈를, 걸레 대신 키친타월을 쓰는 내 집에 철수세미가 있을 리 만무다. 란은 주방을 한번 둘러보더니 더는 살림살이에 관해 묻지 않았다. 싱크대 위 칸을 열어봤다면 더 놀랐을 것이다. '바로 먹는' 또는 '3분'이 수식어로 따라붙는 패스트푸드 음식들이 상표를 달리하면서 다양하고 다채롭게, 전시(戰時)에 대비해 사재기라도 한 듯 빼곡히 쌓여 있었던 것이다. 환경 관련 시민단체에서 일하고 있는 란에게는 '죽음의 밥상' 현장을 목격한 것이나 다름없을…….
　란은 자신이 가져온 박스에서 꺼낸 티베트 음악 CD를 플레이어에 올려놓았다. 잔잔한 명상음악일 거라는 예상을 뒤엎고 발랄한 댄스곡이 흘러나왔다. 해발 3,700미터 고원에 우뚝 선 포탈라궁과, 그 위로 펼쳐진 푸른 하늘을 양털 구름이 경쾌하게 흘러다니는 영상이 떠올랐다. 란은 박스의 물건들을 꺼내 정리하기 시작했다. 목적지에 도착해 막 짐을 푸는 여행객처럼 보였다. 나 역시 란을 따라 여행에 나선 듯 설레고 흥겨운 기분에 젖었다.
　다섯번째 곡이 끝나고 나서야 나는 란이 왜 집을 나왔는지 물어보지 않았다는 데에 생각이 미쳤고 철수세미 이후로 우리의 대화가 끊어졌다는 사실도 깨달았다. 우린 둘 다 말이 많은 편이 아니었다. 통화를 3분 이상 넘기지 않는 것도 그것과 무관치 않았다. 란은 워낙 과묵했고, 나는 3분 넘게 얘기하면 목이 아팠다. 주부가 한 달 집을 나와 있어야 하는 이유라야 사실 뻔할 수 있다. 나는 란의 네 번째 결혼이 위기에 처했을 거라는, 안타깝긴 하지만 내 빈곤한 상상력으로도 빗나가지 않을 것 같은 짐작을 해냈다.

"남편이 한 달만 시간을 좀 갖자고 해서……."

뭔가 한마디는 해야 할 것 같아서 던진 내 질문에 란은 스스럼없이 답했다.

"여전하구나, 네가 움직이는 건."

나는 란의 스타일을 나무라듯 지적했다. 문제가 생기면 란은 늘 자신이 짐을 챙겨 집을 나왔다.

"당연하지, 내 집이 아니잖아."

그러더니 란은 고개를 들어 실내를 휘 둘러보았다.

"너도 여전하네, 뭐."

각자 여전히 생겨먹은 대로 살고 있다는 말이었다. 그 말에는 '변함없음' 또는 '한결같음'에 대한 안도도 깔려 있을 거라고 나는 자위했다.

우린 80년대가 기울 무렵 대학에 발을 들여놓은, 이제는 케케묵은 말이 돼버린 '턱걸이 386세대'였다. 나의 경우는 숫자상 일치만 빼고는 아무 연관 없는 명칭이지만, 란의 삶과는 떼려야 뗄 수 없는 말이다. 그 시절 대학 문턱을 드나든 많은 젊음이 그랬듯 란은 운동권이었고, 그중에서도 골수였다. '골수'라는 말에 어울리지 않게 란은 생각과 행동이 적절히 조화를 이룬, 그들 가운데서도 드물게 사려 깊고 균형 있는 시각을 가진 활동가라는 말을 언젠가 나는 란의 친구의 친구에게서 전해 들었다.

    그즈음의 나는, 란과 내 친구들이 빠져 있는 문제에 대해 강 건너 불구경이었다. 실은 그것마저 시들해, 일찌감치 구경도 접은 채였다. 그렇다고 졸업 후를 준비할 정도로 현실감각이 있는 것도 아니었다. '불법'이라는 꼬리표로 훨씬 더 확실한 수입을 보장해준 과외 아르바이트가 내 대학 시절의 유일한 '활동'이었다. '자발적 고아' 신세였던 나는 그것으로 학비와 생활비를 해결하면서 간신히 대학을 마칠 수 있었다. 그 외의 시간은 내 방에 틀어박혀 곰팡내 나는 고전, 혹은 가벼운 베스트셀러 시집이나 만화 또는 란의 책꽂이에 꽂힌 사회과학 필독서까지, 도무지 취향이 엿보이지 않는 취향으로 책을 뒤적이며 보냈다. 그것도 시들해지면 혼자 나가서 영화관이나 찾아다니며 소일하곤 하는 단조롭고 대책 없는 청춘이었다. 밖에서 유령처럼 떠돌다 내 방에 들어서면 오히려 숨이 틔었다. 나는 복잡한 바깥일에 얽혀 힘들고 분주하게 사는 란을 이해하지 못했고, 란 역시 단조롭고 생각 없이 사는 나를 납득하기 어려웠을 것이다. 하지만 우리는 각자의 삶에 아무런 개입도 하지 않음으로 서로를 인정해주었다.

란은 일찌감치 현장으로 갔다. 막연히 '문화운동'이라는 말은 들었으나, 나는 란이 가는 현장이 어떤 곳이며 무슨 일을 하는지도 몰랐다. 알려고 하지도 않았고 알아서도 안 되는 일이었다. 처음부터 그랬다. 란의 어떤 책자나 유인물은 내가 들춰보면 안 되었고, 란이 몇 날 며칠 집에 들어오지 않을 때도 이유를 캐묻지 말아야 했다. 우리가 서로에 대해 무관심한 건, 거기서 비롯한 습관일 수도 있었다. 어쩌면 그 습관이 우리의 관계를 지속시켜주었는지도 몰랐다.

"이러고 나니 꼭 내 집 같은걸."

뒤섞여 있던 박스 속 물건들은 말끔히 분류되어 장식장 한쪽을 차지했다. 나라면 반나절은 걸렸을 일을 란은 1시간 만에 말끔히 해치웠다. 4성급(란의 네 번의 결혼에 나는 기꺼이 황금별을 달아줄 수 있다) 주부의 손놀림은 놀라웠다. 누구는 란의 결혼 횟수에 질려하거나 선입견을 가질 수도 있겠지만, 란을 아는 사람이라면 납득 못할 일도 아니다. 처음과 두번째는 나도 잘 아는 결혼이었다. 란은 우리의 예상을 뒤엎고 학과 선배였던 첫사랑의 남자와 일찌감치 결혼했다. 3대독자인 남자의 집에서 일찍부터 재촉해온 것 때문이었다. 우리에겐 란의 결혼이 충격이라 할 만큼 의외의 '사건'이었다. 현모양처를 원했던 시댁 어른들은 결혼 후 란의 바깥 활동을 금했다. 난데없는 금족령은 란을 원인 모를 병으로 몰아가 시름시름 앓게 했고 지켜보다 못한 란의 남편은 결단을 내렸다. 란의 결혼

생활은 1년도 못 가 막을 내렸다. 세상으로 나오면서 란의 병은 씻은 듯 사라졌다.

란의 두번째 결혼은 그 일이 있고 3년 뒤에 있었다. 란이 문화운동을 하다 만난 사람으로 나도 잘 알던, 한때 내가 몸담았던 사진 동아리 선배 K였다. 다들 이상적인 커플이라고 입을 모았다. 삶의 지향과 이념이 같은 동지끼리의 결합이었던 것이다. 하지만 란의 두번째 결혼도 우리 기대에 부응하지 못했다. K의 전시회 사진이 국가보안법에 걸렸던 것이다. 좁은 골목길과 그 속의 사람들과 삶의 풍경을 담아내던 그의 정감 어린 흑백사진이 어떻게 국가보안법에 걸릴 수 있는지 납득이 되지 않았으나, 내가 아는 그의 서정의 흑백사진 시기는 오래전 막 내린 얘기라고 누가 귀띔해주었다. K의 구속은 그들의 결혼 6개월 만의 일이었고 그때 란은 임신 5개월째였다. K는 1년 반 만에야 겨우 풀려났다. 옥살이 후유증인지, 세상으로 나온 K는 심신이 많이 망가져 있었다. 그는 술을 마시면 아무에게나 폭력을 휘둘렀고 우울증까지 앓았다. K는 결국 자살로 생을 마감했고, 란은 세 살짜리 아들과 단둘이 남았다. 남들이 평생에 걸쳐 겪기도 힘든 삶의 파란과 굴곡이 란의 이십 대에 일어난 일이었다.

그런 란의 삶과 비교한다는 건 어쭙잖은 일이지만, 내게도 일찍이 삶의 지각변동이 없었던 건 아니다. 스무 살 직전에 찾아온 가족이라는 울타리의 무너짐이 하나의 전주곡이었다. 뒤늦게 자유를 갈망하는 내 부모 덕에 나는 '관계'의 대차대조표를 일찌감치 작성할 수 있었다. 또래 친구들이 부모에게 용돈을 더 긁어낼 궁리를 하는 동안 나는 핏줄이라는 태생적 관계의 변수와 그 한계에 관해 고민해야 했다. 법적으로 이미 이혼 상태였던 엄마 아빠는 회사 부도 직전의 위기와 더불어 새로운 삶의 상황에도 직면해 있었다. 엄마는 상처(喪妻)한 첫사랑의 남자와 이 땅을 떠나고 싶어 했고, 작은 무역회사 사장이었던 아빠는 절망적 상황에서도 경리 여직원과 새 가정을 만들려는 한 가닥 희망에 부풀어 있었다. 울타리가 견고하던 시절, 집안의 중심이었던 '나'란 존재는 어느새 부모의 장밋빛 미래를 좀먹을 애물단지로 변해 있었다. 나 스스로 내 존재의 모멸스러움에 견디기 힘들었던 시절이었다. 위태로운 울타리를 제일 먼저 벗어난 건 그들이 아니라 나였다. 난 내 생에 오점을 남기고 싶지 않았다. 그들에게 짐이 되느니, 내가 먼저 울타리를 벗어나는 게 낫겠다고 생각했다. 그들로부터 버림받기 전, 나 스스로 자유를 찾기로 마음먹은 것이다. 그것으로 내 부모에 대한 태생적 빚은 완전히 청산하는 것이라고 생각했다. 그렇게 나는 스무 살을 코앞에 두고 자유의 몸이 되었다.

란이 오고 내 생활은 180도 바뀌었다.
"이번엔 칩거 모드라고."
란이 말했다.

예전에는 상상할 수 없었던 일이다. 란은 눈만 뜨면 나가서 눈 붙이기 직전에 들어왔다. 그 덕에 자취방은 오롯이 내 차지였다. 초등학교 시절부터 학교에 운동장 있는 것이 불만이던, 못 말리는 칩거형인 나는 수업시간만 빼고는 (때론 수업시간에도) 자취방에 틀어박혀 지냈다. 나중에 내가 란의 집에 한시적으로 얹혀살 때도 마찬가지였다. 객(客)인 내가 란의 집을 온종일 차지하고 있었다. 그런 전력 탓에 란이 내 집을 통째로 점거하더라도 난 불평할 처지가 못되었다. 기껏해야 한 달인걸, 싶었다. 나는 란에게 내 공간을 고스란히 내주기로 했다. 그로써 한 달간 내 생활은 '체험 삶의 현장'을 택한 셈이었다.

다음 날, 아침 일찍 나는 집을 나섰다. 나의 작업실을 공공도서관으로 정했다. 시간의 틀에 맞춰 살아야 하는, 내 눈에는 세상에서 가장 불우한 신분으로 보이는 학생과 직장인들 틈에 끼여 나는 이른 아침 공기를 가르며 걸었다. 월급쟁이 생활을 접은 지 햇수로 딱 10년. 시간이 가속페달을 밟고 휙 지나가버린 느낌이었다. 검은 구두 뒤축과 뾰족한 하이힐 굽과 날선 무수한 바지와 가느다란 종아리의 소유자들, 일상의 흐름에 단련된 그들 무리를 따라 나는 지하도로 빨려 들어갔다. 여전히 미어터지는 2호선 지하철을 타고 탁한 공기를 들이마시며 그들과 시루 속 콩나물 같은 처지가 되어 목적지로 향했다.

도서관의 변신도 놀라웠다. 정문 입구에서 직원이 좌석표를 나뉘주던 일은 옛말이었다. 이용자가 회원증을 직접 바코드 판독기에 읽히고 자동발매기에서 표를 뽑는, 기계적으로 하는 일은 기계에게 맡기는 것이 훨씬 인간적이라는 생각이 들게 하는 방식으로 바뀌어 있었다. 10년이라는 시간의 더께만큼 적응도 간단치는 않았다. 단단한 껍데기에 깃들어 살던 달팽이가 하루아침에 민달팽이로 나앉은 기분 같았다. 모니터 화면을 벗어나면 이내 건너편 자리에 마주앉은 이의 낯선 시선과 마주쳤다. 더욱이 그가 영화를 보거나 채팅을 하면서 키들거리던 중이었다면 더 어색하고 멋쩍었다. 옆 사람 이어폰에서 흘러나오는 테크노 음악이나 건너편 여학생의 비스킷 씹는 소리, 노트북 자판 두드리는 소리, 마우스의 클릭 소리도 거슬리긴 마찬가지였다. 그 모든 것이 이물스럽게 여겨졌다. 민달팽이의 곤혹이란 온몸에 와닿는 감각의 이물스러움에 있을 것 같았다.

디지털열람실과 연속간행물실, 인문·사회과학 자료열람실을 한 번씩 훑고 나서도 해는 하늘 꼭대기에서 내려올 기미가 보이지 않았다. 구내식당에서 늦은 점심을 먹고, 다시 한 번 각 열람실을 반복해 돌고, 도서관 마당을 두어 차례 거닐고 나서야 뉘엿뉘엿 해가 기울었다. 10년 만에 찾은 도서관에서 바라보는 하루해는 참으로 길었다. 귀갓길에 올랐을 때는 오래전에 떠나온 고향 집으로 되돌아가는 심정이었다.

"배고프겠다."

란은 저녁 준비를 해놓고 나를 기다리고 있었다.

생선 구이와 김, 고추조림, 콩자반, 시금치나물……. 깔끔한 한정식집 상차림을 떠올리게 하는 저녁상이었다. 눈앞의 성찬에 감격하면서도 나는 선뜻 수저를 들지 못했다. 반가운 만큼 낯설었다. 같이 살 때도 우리가 마주앉아 제대로 된 식사를 한 기억은 없었다. 엄연한 주부 경력에도 내겐 란의 활동가 이미지가 유난히 강하게 남아 있었던 것이다. 내 기억의 관성, 그것이 깨지면서 일으키는 혼란 때문이었을까. 혀의 탐닉과 위장의 포만감에도 나는 만족스럽지 않았다. 란의 세심한 손길에서 나는 완벽주의에 대한 란의 강박증을 보고 있는 것 같았다.

"란, 집 나왔으면 집 나온 사람답게 지낼 수 없어?"

나는 빈 그릇을 개수대에 집어넣으며 기어이 불편한 심기를 드러냈다.

나의 어이없는 반응에도 란은 전혀 개의치 않았다. 아무 대꾸 없이 담배를 챙겨들고 밖으로 나갔다.

란이 고무장갑을 마련해놓았지만 본 척도 않고 맨손으로 설거지를 했다. 란이 싱크대 아래 칸 식기들을 체계적으로 분류해 정리해놓은 것까지 못마땅해 처음대로 흩뜨려놓았다. 어쩌면 나는 란의 완벽주의에 주눅 들었거나 그것을 질투하는 것일 수도 있었다. 늘 나보다 한 차원 높은 경지에 있는 란을 끌어내려 내 눈높이에 맞추고 싶었는지도 몰랐다. 란이 내 집에 얹혀사는 동안만이라도.

란의 담배 연기가 싱크대 앞까지 흘러들었다. 그 옛날 잠에서 깨어나 피우던 바로 그 담배 연기였다. 연기의 효과는 컸다. 꼬일 대로 꼬였던 심사가 조금씩 풀어지기 시작했다. 88라이트. 늘 같은 담배였지만 란이 내뿜던 연기는 내겐 그날그날 다르게 다가왔다. 대개는 내 목구멍과 기관지를 오염시키는 유해성 연기였으나 때론 늦가을 낙엽 타는 냄새나 저물녘 골목으로 흘러나오는 음식 냄새처럼 구수했다. 어떤 날의 담배 연기는 란이 거리에서 묻혀온 최루가스처럼 매캐했고 어떤 날은 달동네 판잣집 야학 교실에서 묻어온 곰팡내처럼 눅눅했다. 그것은 란이 읽고 나면 태우는 유인물의 갈피에서 나는 종이와 잉크 냄새처럼 은밀하고 불온함을 풍기는가 하면 '자유'니 '노동'이니 '해방' 같은, 누구에게는 사무치도록 절실하지만 내겐 구태의연하게 들리는 구호의 외침이 물질로 화한 냄새 같기도 했다. 내 발길이 미치지 못하는 세상 구석구석의 냄새 같은 그 연기를 맡으며 나는 때때로 나라는 존재가 그것에 질식당해 사라져도 좋겠다는 충동에 사로잡히기도 했다. 그런 복잡미묘한, 세상의 모든 구린 것들, 아니 세상의 모든 순결하고도 불온한 것의 종합 세트 같은 냄새는 세월이 흐르면서 내 스무 살 기억의 중심에 굳건하게 자리 잡았다.

"신고식 하느라 생색 좀 냈더니······."

담배를 다 피우고 들어선 란은 내 눈치를 살피며 말했다.

둘 사이에 생기는 감정의 삐걱거림 틈틈이 동거 생활의 즐거움도 없지 않았다. 늦은 밤, 대형 마트 상품진열대 사이를 카트를 끌고 오가며 어른 둘이 들어앉아도 될 만한 카트가 가득 차도록 장을 보고, 그것들을 주방과 거실 바닥에 잔뜩 늘어놓은 채 '우리에게 내일은 없다'라는 식으로 먹고 뒹굴거나 술을 마시기도 했다.

"내 생애 최고의 휴가 같아."

입가의 맥주 거품을 닦으며 란이 말했다. 그 한마디가 우리를 재건축 결정이 난 낡은 아파트에서 단번에 몰디브 해변으로 옮겨다 주었다. 도심의 매연 대신 물기 머금은 바닷바람이 우리를 감쌌다. 란의 출현 자체가 내겐 그랬다. 무미건조한 사무실에 배달되어온 공기정화용 화분처럼, 그 신선한 기운에 취해 첫 일주일이 훌쩍 지나갔다.

둘째 주로 접어들면서 새 생활에 익숙해지는가 싶더니, 내 기관지가 말썽을 부렸다. 밤마다 나는 기침에 시달려야 했다. 체질적으로 기관지가 약한 내게 탁한 공기는 치명적이었다. 지하철 타는 일이 점점 두려워졌고 도서관 가는 일도 꺼려졌다. 하지만 컴퓨터 본체 위에 놓인 탁상 달력은 란이 못 박은 기간의 반도 지나지 않았음을 알려주었다. 그런 나의 곤혹을 눈치채기라도 한 것일까. 란이 말했다.

"우리, 여행 갈래?"

*

란의 잿빛 코란도는 볼수록 시베리안허스키를 닮았다. 용감하고 듬직해 보였다. 란의 애견은 질주 본능을 오래 참고 있었다는 듯 우리를 태우고 거침없이 달렸다.

"어디로 갈까?"

톨게이트를 빠져나와 고속도로로 들어서면서 란이 물었다. 나는 뜨악한 눈길로 란을 쳐다보았다. 여태껏 갈 곳도 정하지 않고 있었다니.

"늘 이런 식이었어, 너. 일 저지르고 나서 생각하는 것."

내가 나무라듯 말했다.

란은 어깨를 으쓱해 보였다.

"그냥 계속 달려. 남쪽으로."

"남쪽 어디로?"

란이 눈을 동그랗게 뜨며 나를 쳐다보았다.

내겐 딱히 떠오르는 곳도 없었다.

"커다란 산이 있거나, 넓은 바다를 볼 수 있는 곳 아무데나."

구체적인 건 란에게 맡기겠다는 투였다.

"알았어."

란은 어딘가를 떠올린 것 같았다. 그 어디가 어디든 나는 궁금하지 않았다. 집만 아니면 어디든 상관없었다.

서너 시간 달리고 나니, 지리산 자락이 보였다.

"이 근처에 사는, 잘 아는 남자가 하나 있는데. 잠깐 얼굴이라도 보고 갈까?"

고속도로 휴게소 쓰레기통 안의 모래에 담배꽁초를 비벼 끄며 란이 말했다.

"누군데?"

미심쩍은 눈초리로 내가 물었다.

"준, 이라고……."

란이 겸연쩍어하며 말했다.

준은 란의 하나뿐인 아들이었다. 지리산 자락에 있는 대안학교에 다니는…….

"늘 이런 식이었어, 너! 행동부터 하는 것 같지만 이미 계산 다 끝내고 있었잖아."

나는 또다시 투덜거렸다.

고속도로를 벗어난 차는 얼마 뒤 '깡촌' 냄새 물씬 나는 시골길로 접어들었다. 먼지 나는 비포장 길을 한참이나 달린 끝에 준의 학교에 도착했다. 나직한 산 아래 지어진 학교는 펜션을 연상시키는 하얀 목조 건물이었다.

"학교가 아니라 휴양지네. 애들이 공부는 안 하고 빈둥빈둥 놀기만 하는 거 아냐?"

"빵점을 맞더라도, 감옥보다야 휴양지가 백번 낫지."

"너, 대한민국 학부모 맞아?"

"자식 키우면서 나라 버린 지 오래야."

확 트인 마당 여기저기 무리 지어 있는 학생들이 보였다. 농구공을 쫓아다니는 운동권 무리도 있고 구석 벤치에 혼자 앉아 만화책 보는 아이, 바닥에 둥글게 퍼질러 앉아 사물놀이 연습을 하는 아이들도 있었다.

"엄마아!"

느티나무 아래 오종종 모여 있던 무리 가운데서 한 녀석이 튀어나오며 외쳤다. 오렌지색 티셔츠를 걸친 힙합 바지 차림에 머리가 어깨까지 와닿는 껑충한 키의 사내 녀석. 우리 앞으로 달려와 란과 포옹하는 녀석을 보는 순간, 나는 심장이 멎는 줄 알았다. 엄마보다 머리 하나만큼 더 큰 키의 준은 환생한 K였다. 녀석과 눈이 마주친 순간, 나는 'K형' 하고 외칠 뻔했다. 어깨까지 오는 긴 머리만 아니었어도 분명 그랬을 것이다. 호리호리한 몸매에 큰 키, 가무잡잡한 피부, 유난히 희고 가지런한 치아에 짙은 눈썹, 그리고 오른쪽 눈 아래 자리 잡은 점까지, 누가 뭐래도 녀석은 'K 2세'였다. 가슴 저 깊은 곳에서 뜨거움이 울컥 치밀었다.

준은 K가 감방에 있을 때 란 혼자 낳은 아들이다. 녀석을 마지막으로 본 건 K의 장례식장에서였다. 세 살짜리 아이가 막대사탕을 입에 물고 조문객들 사이를 정신없이 뛰어다녔다. 엄마의 상복 치맛자락을 붙잡고 까르르 웃어대던 모습도 선명하게 기억났다.

우리 셋은 차에 올랐다. 나는 원래 내 자리를 준에게 내주고 운전석 바로 뒷좌석에 앉았다. 차가 낯선 풍경 속으로 서서히 미끄러져 갔다. 시간을 훌쩍 거슬러가는 기분이었다. 스무 살 시절의 란과 나와 K, 셋이 차 속에 앉아 있었다. 니콘 수동카메라의 노란 끈이 늘 한쪽 어깨에 얹혀 있던, 서울의 골목길과 달동네는 자신의 손으로 오롯이 담아내겠다고 하던 K선배……. 이 방법이 가장 정직한 것 같아서, 라며 표준 렌즈와 흑백사진만 고집했던, 그래서 사진 찍는 사람치고 늘 몸이 가볍던 그였다. K를 안 건 란보다 내가 먼저였다. 고질적인 칩거형 성격을 고쳐보려고 2학기 때 사진동아리에 들어가면서였다. 거기서 K선배를 만났다. 선배들을 열심히 쫓아다니던 초보 시절, K를 따라나선 적도 몇 번 있었다. 북촌 골목길과 정릉, 봉천동 달동네였던 기억이 난다. 파격적 앵글로 잡아내는 그의 흑백사진은 확실히 다른 이들과 차별화되었다. 공모전에서 몇 차례 큰상을 거머쥘 정도로 그는 공인된 실력가였다. 날카로운 눈빛을 가진 예민한 인상과는 달리 세심하고 따뜻한 성격의 K는 나를 포함한 동아리 여학생들의 선망의 대상이었다. 그가 훗날 란의 남편이 된 것이다. 그때 처음으로 나는 란을 부러워했던 기억이 났다.

란과 K의 신혼집, 그곳을 내가 찾았던 적도 있었다.
―내 이럴 줄 알았어.
커다란 여행 가방 사이에 짐짝처럼 서 있는 나를 맞으며 란이 말했다. 뉴욕행 석 달 만에 모든 걸 접고 제자리로 돌아왔을 때였다. 김포공항에 내려 갈 곳 없어 막막해하던 나는 란의 집을 떠올렸다. 명륜동 언덕배기에 있는 K와의 신혼 보금자리. 마침 란은 혼자였다. K는 여전히 감옥에 있었고 두 살배기 아들 녀석은 친정에 맡겨 놓은 상태였다.

―거봐, 내가 가지 말라고 했잖아.

제일 큰 가방을 끌어옮기던 란이 나무라듯 말했다. 데이트 나갔다 바람맞고 돌아온 친구에게 하는 투였다. 무슨 일이든 우리는 덤덤해할 줄 알았다. 그래서 나는 란의 집을 찾았을 것이다. 그 덤덤함의 근거는 각자 기질 탓도 있겠지만, 시대의 분위기 때문일 수도 있었다. 개인적 삶의 굴곡쯤이야 하찮게 보일 정도로 암울하고 막막했던 시기를 살았기 때문인지도 몰랐다. 나는 란의 집에 머물며 내 삶의 시차에 적응해야 했다. 흔적도 없이 날아가버린 2년 세월, 그리고 막막하게 펼쳐진 앞날, 그 두 시간의 틈에 어정쩡하게 낀 채로.

발단은 그날, P를 만나면서였다.

―계약 결혼, 그거 어떨 거 같아?

P에게서 처음 그 말이 흘러나왔을 때, 그건 취기 젖은 농담에 지나지 않았다.

퇴근길, 충무로 뒷골목에서 우연히 대학 사진동아리 친구였던 P를 만난 것이다. 졸업 2년 만이었다. 반가움에 그날 술자리가 길어졌다. 맥주 10병을 비우는 동안, 졸업을 앞둔 P는 진로의 고민을 털어놓았고 나는 직장생활의 고달픔을 넋두리했다. 그는 불투명한 앞날에 불안해했고 나는 쳇바퀴 생활에 갑갑해했다. P는 사진동아리 시절부터 하우저의 예언을 입에 달고 다녔다. 영화의 시대가 온다. 동아리에서는 K선배 다음으로 문제적 인물이 P였다. 그는 뉴욕가서 영화를 공부하는 게 꿈이라고 했다. 하지만 대학 등록금도 간신히 마련할 정도로 가난한 집 자식인 데다, 현실적으로도 뾰족한 대책이 없었으니 그에게 뉴욕행은 꿈 그 자체였다.

우리는 맥주잔을 비우며 각자의 앞날에 대해 이런저런 각본을 만들어내놓기 시작했다. 황당한 각본이 즉흥적으로 쏟아져나오더니 마침내 쓸 만한 것 하나가 걸려들었다.

─경, 딱 1년만 더 고생해. 보험 든다고 생각하고. 네가 1년만 내 생활 책임져주면 그동안 내가 뉴욕에서 자리 잡아, 널 해방시켜줄 테니. 그때부터는 내가 모든 거 책임질게. 나는 영화 공부하고, 넌 전문번역가가 되면 되잖아.

'해방'이란 말에 나는 솔깃했다. 그건 칩거형인 내 태생적 딜레마에 대한 해결책이기도 했다. 뉴욕은 단번에 그와 나의 이상향으로 떠올랐다. 가상의 시나리오가 우리 마음속에 들어앉는가 싶더니 그것은 이내 확신으로 변했고 바위 같은 현실로 굳어졌다.

─미래의 뉴요커를 위하여!

웨스턴바로 자리를 옮긴 우리는 한목소리로 외치며 건배했다.

서울, 무엇보다 충무로 바다을 벗어날 수 있다면 나는 몸도, 영혼도, 그림자도 죄다 팔아넘길 수 있을 것 같았다. 그날 처음으로 나는 P와 잤다. 우리의 계약은 그렇게 성립되었다.

 "경, 여기서 한 장, 어때?"
 란은 내게 카메라를 건네고 화엄사 대웅전 앞 세번째 돌계단에 준과 함께 섰다.
 푸른 하늘과 대웅전 처마에 걸린 풍경과 단청을 배경으로 활짝 웃고 선 엄마와 아들. 나는 줌을 이용해 그들을 내 앞으로 쭉 끌어당겼다. 클로즈업된 인물은 란과 준인지 란과 K인지 헷갈렸다. 각황전 바랜 처마 아래, 사사자삼층석탑 앞, 화려한 단풍나무와 돌담 위 스러져가는 기왓장 앞에…… 그들을 차례로 세웠다. 그들을 당기고 밀고 하면서 나는 시간을 내 마음대로 조정하고 있는 기분이었다.
 찰칵 찰칵. 렌즈는 절정의 순간을 향해 열렸다 닫혔다. 125분의 1 또는 250분의 1초의 환희의 순간을 포착해 남기는 것. 쓰라린 일일수록 깊이 각인되는 기억의 고질적인 병폐 때문에 사진이 존재하는 게 아닌가 싶기도 했다. 빛과 희열의 순간이 눅눅한 기억의 자리를 대신해 들어앉는 것. 누군가 사진을 두고 말한 '뺄셈의 미학'에는 그런 뜻도 담겨 있어 보였다. 슬픔을 지워낸 자리에 기쁨을 심어놓고, 상처를 몰아낸 자리에 원래의 평화를 되돌려놓는 것. 그것이 순간의 눈속임이든, 쓸쓸한 삶을 향한 위안의 몸부림이든 나는 내 모델들을 차근차근 기록해 담았다. 차창으로 들어오는 오후 햇살을 받으며 꾸벅꾸벅 졸고 있는 준, 하품하는 란, 음악을 들으며 헤드뱅잉하는 준, 숟가락을 들고 티격태격하는 란과 준……. 그 모습 위로 언뜻언뜻 K가 어른거리기도 했다. 달동네 골목길이 어지럽게 펼쳐지고 어디선가 매캐한 냄새가 나는 것 같기도 했다. 스무 살의 나도 보였고 빌어먹을 P도 나타났다.

―그 거짓말, 정말이야?

나와 P의 관계, 그리고 우리 둘의 계획을 주변에 알렸을 때, 친구들은 하나같이 믿기지 않는다는 반응이었다. 놀라워하긴 란과 K도 마찬가지였다. 우리는 주위의 반응에 전혀 개의치 않았다. 미래를 위해 우리는 더 이상 지체할 이유가 없었다. 뉴욕행을 위한 일은 빠를수록 좋았다.

―그래도 식은 올려야지.

몇 년 만에 나타난 엄마는 생모로서의 권리를 포기하려 들지 않았다. 아빠도 마찬가지였다. 두 사람은 당신들의 실패한 결혼을 내게는 결코 대물림하지 않겠다는 의지를 확실히 보였다. 집안 문제로 옮겨오자 P와 나의 원래 의도가 이상하게 변질되어갔지만 어쩔 수 없었다. 서로에게 '윈윈 게임'이라 할 만한 타협이 이루어졌다. 나는 그들의 요구를 받아들이는 대신 그들이 내미는 달콤한 물질을 거머쥘 수 있었다. 식을 치르기 일주일 전, P와 나는 모든 절차를 마쳤다.

―자식은 갖지 말자. 우리 처지에 무책임한 일이잖아.

P의 말에 나도 선뜻 동의했다. P는 자신의 의지를 확고하게 보여주려는 듯 불임수술을 자청했다. 혼인신고를 마치고 P와 나는 보건소부터 찾았다.

―이거 하면, 나중에 아파트 분양받을 때 가산점도 준대.

P가 수술 후 어기적어기적 걸어나오며 말했다.

잠시 뒤, 우리는 담당의사를 찾아가 불임수술 확인서를 요구했다.

―자식이 있다는 증명서가 있어야 하는데요.

안경 낀 여의사의 말에 P의 정보는 반쪽짜리였음이 드러났다.

결혼식까지 한 달 만에 모든 게 일사천리로 진행되었다. 한 달 후, P는 뉴욕으로 떠났고 나는 그를 위해 1년짜리 보험 같은 직장생활을 더 하기로 했다. 나는 피보험자의 처지에서 합의한 약속을 성실하게 이행했다. 하지만 계절이 서너 번 바뀌고 계약 기간이 만료되었을 때, P와 연락이 끊겼다.

―너, 술부터 좀 끊어야겠다.

부엌 한쪽 구석에 쌓인 빈 소주병을 박스에 담으며 란이 한마디 했다.

뉴욕에서 시작된 내 불면증은 귀국 후에도 마찬가지였다. 수면제보다야 술이 낫겠다 싶었다. 소주 한 병을 비우고 새벽녘에 가까스로 든 잠은 아침나절 란의 담배 연기에 깨곤 했다. 예전처럼 나의 아침은 란이 뿜어내는 담배 연기와 종이 태우는 냄새로 시작했다. 아침이면 전날 보던 책이나 인쇄물을 말끔히 태워 없애는 란의 습관도 여전했다. 모임이 있은 다음 날은 태울 게 더 많았다. 일주일에 한 번, 란의 집에서는 모임이 있었다. 란처럼 현장에서 일하는 사람들의 비밀모임이었다. 연령층이 다양한 남자와 여자가 반반 섞인 그 모임에서 란은 '란'이 아닌 '희'로 불린다는 사실도 알았다.

  화요일 저녁 여덟시. 그들의 모임 시간 10분 전이면 나는 방을 비워주기 위해 어김없이 밖으로 나섰다. 모임이 끝날 때까지 나는 명륜동과 혜화동 골목 구석구석을 헤집고 다녔다. 모임은 늘 자정이 가까워서야 끝났으므로 나는 길눈 어두운 사람처럼 같은 골목길을 서너 차례 오갔다. 골목길이 지겨워지면 성균관대 캠퍼스 뒷산을 올라 삼청공원으로 빠지기도 했고 어떤 날은 동숭동으로 접어들어 낙산을 오르기도 했다. 낙산공원 정자에 앉아 갓 상경한 시골 사람처럼 하염없이 서울 야경을 내려다보았다. 일자리부터 구하고 모든 걸 다시 시작해야 했지만 가로등 환한 거리로는 나서고 싶지도 않았다. 제대한 군인이 다시 입대해야 하는 그런 기분이었다. 동숭동 뒷골목 포장마차에서 술을 마시는 날은 시간이 빨리 흘러 좋았지만 일주일 모은 용돈의 절반을 날려야 했다. 그즈음 란은 빈털터리인 나를 위해 용돈도 챙겨주었다. 아침에 일어나면 머리맡에 언제나 천 원짜리 지폐 석 장이 놓여 있었다.

  —이 정도면 충분히 할 수 있겠지?

어느 날, 란이 내게 영어 동화책 번역 일거리를 던져줌으로써 나의 무위도식형 칩거도 막을 내릴 시점에 이르렀다. 그 일은 신기하게도 불면증까지 없애주었다. P가 제안했던 나의 미래의 직업은 란에 의해 첫 단추를 꿴 셈이었다.

―P, 제발 연락 좀 해. 죽었는지 살았는지.

뉴욕의 P에게서 갑자기 연락이 끊겼을 때, 나는 둘이 저어가던 쪽배 위에 홀로 남은 기분이었다. 사흘이 멀다 하고 P에게 편지를 띄웠지만 감감무소식이었다. 그를 찾아나서야 하나 기다려야 하나, 몇 달을 더 갈등하며 보냈다. 하지만 이미 나도 막다른 길에 와 있었다. 회사는 사표를 낸 상태였고, 뉴욕행 외에는 출구가 없었다. 미아가 되더라도 뉴욕의 미아가 되어야 했다. P의 마지막 편지에 적힌 주소를 들고 나는 무작정 비행기에 올랐다. 남은 재산을 몽땅 챙겨들고 도박하러 가는 도박꾼 심정이었다. 뉴욕의 야경은 카지노 불빛처럼 휘황했다.

나의 극적 상상을 비웃듯, P는 마지막 주소지에 그대로 살고 있었다. 녹슨 우편함에 붙은 영문 이니셜이 그걸 증명해주었다. 501호. 입구에서부터 쾨쾨한 곰팡내가 나는, 엘리베이터도 없는 낡은 아파트 맨 꼭대기층이었다. 복도 창으로 흘러들어오는 빛에 칠이 벗겨진 벽과 녹슨 철제 난간이 적나라하게 드러났다. 창틀에 얹혀 있던, 일주일 전 날짜의 커피 얼룩이 묻은 「뉴욕타임스」를 계단에 깔고 앉아 나는 501호 주인을 기다렸다. 30분, 1시간, 2시간이 지나도록 계단을 오르내린 사람은 007가방을 든, 외판원으로 보이는 흑인 남자 하나뿐이었다. 짙은 액취를 풍기던 그가 지나가고 난 다음 이상하게도 허기가 몰려왔다. 나는 맥도날드에서 먹다 남겨온 것을 배낭에서 꺼냈다. 퍽퍽하고 기름 냄새 나는 감자튀김을 씹으며 허기와 무료함을 달래는 동안, 복도 벽에 손바닥만 하게 머물던 빛도 빠져 나가버렸다. 마지막 남은 감자튀김을 입에 다 털어넣었을 때, 아래층에서 들리던 인기척이 점점 가까워왔다. 마침내 소리의 주인공이 모습을 드러냈다. 우중충한 계단 난간 사이로 화사한 하늘색이 보이는가 싶더니 긴 머리가 가슴 선까지 흘러내리는 금발의 여자가 나타났다. 스팽글이 수놓인 하늘색 머리띠가 부드러운 금발 위에 얹혀 있었다. 그 뒤로 낯익은 얼굴이 나타났다. 건강하고 윤기 나는 구릿빛 얼굴, 길게 기른 검은 머리를 뒤로 질끈 묶어 뉴요커 분위기가 풍기는 동양인 남자…… P였다. 둘은 운동을 마치고 돌아온 듯 각자 테니스 라켓과 운동 가방을 들고 있었다. 감자튀김을 다 삼키지도 못한 나는, 복도에서 엉거주춤 어색한 대면을 할 수밖에 없었다. 마지막으로 넘긴 감자튀김이 목구멍에 걸려 있어, 나는 아무 말도 할 수 없었다.

하늘색 머리띠는 501이라는 숫자가 적힌 현관문 앞에, P는 문 앞 첫번째 계단에, 나는 그 계단을 내려온 층계참에 자리 잡았다. 간간이 아래층 계단에서 발소리와 문 여닫는 소리가 들렸고 카레 냄새가 났고 창밖 저 멀리로는 전철이 저녁노을을 가르며 무심히 오갔다. 낡은 아파트 계단에 쭈그리고 앉아 우리는 꼬박 밤을 새웠다. 날이 부옇게 밝아오도록 셋은 완강하게 자기 자리를 지켰다. 그린란드 지도 모양의 녹슨 얼룩이 나 있는 501호 철제 현관문은 끝까지 열리지 않았고 하늘색 머리띠는 결코 자리를 양보하지 않았다. 히스패닉으로 보이는 뚱보 청소부 여자의 걸레질에 밀려 나는 그곳을 떠나올 수밖에 없었다. 후들거리는 걸음으로 간신히 5층 계단을 내려온 나는 그들의 아파트를 등지고 걸었다. 해가 머리 꼭대기에 올라설 때까지. 부드러운 잔디밭과 나무 벤치가 있는 넓은 공원에 이르러, 밀려드는 졸음과 피로를 참지 못하고 나는 마침내 고꾸라졌다.

―고년, 참 맛있게 생겼네.

등 뒤에서 취한 사내의 목소리가 들렸다. 목소리는 맨발의 발목에서부터 목덜미까지 끈적이며 달라붙었다. 란의 화요 모임이 있던 어느 날 밤, 동숭동 뒷골목에서 낙산 오르는 길로 접어들었을 때였다. 사내의 말에 심사가 꼬여버린 나는 걸음을 멈추고 돌아섰다. '쌍시옷 소리'가 반사적으로 흘러나왔다. 파괴적 충동에 휩싸여 나는 사내를 노려보았다. 사십 대 초중반의 사내는 네년이 째려보면 어쩔 건데, 하는 눈빛으로 되쏘았으나 알코올 기운에 눈동자가 많이 풀려 있었다. 예전 같았으면 서둘러 달아났거나 모른 척 지나쳤을 테지만 그때는 달랐다. 이미 나는 뉴욕 할렘의 대표적인 슬럼가 밤거리를 석 달 내내 헤매다 온 참이었다. 여차하면 나는 사내의 배를 찌르거나 얼굴을 긋고 달아날 각오였다. 마침 주머니 속엔 비장의 무기도 있었다. 뉴욕 슬럼가를 헤매고 다닐 때부터 내 청바지 뒷주머니에 꽂혀 있던, 스위스제 군용 나이프였다.

사내는 취기에도 분위기가 심상찮음을 알아차린 것 같았다. 어느 순간 뒤돌아보았을 때, 사내는 사라지고 없었다. 전봇대의 가로등만 휑한 길바닥을 비추고 있었다.

"우리 오늘, 저기서 저녁 먹을까?"
란이 가리킨 곳은 낙조가 바라보이는 전망 좋은 식당이었다.
음식이 나오기를 기다리면서 두 모자는 평퐁처럼 이야기를 주고받았다. 그들의 대화에 끼어드는 대신 나는 카메라에 담긴 사진을 되돌려보았다. 란과 준, 란과 나, 준과 내가 번갈아가며 짝을 이루고 배경도 바꿔가며 찍은 장면들이 우리가 지나온 길을 그대로 보여주었다. 그중 불타는 단풍나무 앞에서 찍은 사진 하나가 눈길을 끌었다. 준이 엄마를 팔로 감싸안고 활짝 웃는 모습이 클로즈업되어 있었다. 어느새 마흔이 넘어버린 란의 얼굴이 또렷이 보였다. 자잘하게 잡히기 시작한 눈가의 주름에도 불구하고 란의 눈빛은 여전히 열정과 자신감으로 차 있었다. 준이라는 존재가 더 윤기를 보태주는 것 같았다. 그 위로 K의 모습이 어른거렸다. 지금껏 지내오면서 나는 란을 부러워한 적이 딱 한 번 있었는데 그것이 K와의 결혼이었다. 그리고 또 한 번, 지금 사진 속 두 모자의 모습이 그랬다. 란의 지난한 삶에 드문드문, 하지만 또렷이 박혀 있는 보석 같은 결실…….

넌, 관계에서 한 번이라도 이렇듯 찬란하게 타오른 적 있었니?

사진은 발에 차인 연탄재처럼 내게 그렇게 묻고 있었다.

괜히 심사가 꼬였다. 나는 삭제 버튼을 눌러서 그 눈부신 사진을 휴지통 폴더에 넣어버렸다.

"엄마 안녕! 경 이모, 담에 또 봐요!"

준은 가벼운 포옹을 끝으로 차에서 내렸다.

'카메오 출연'처럼 짧은 동행이었다. 학교 마당으로 뛰어가는 녀석을 바라보고 있으니 가슴속에서 뭔가가 휑하니 빠져나간 기분이었다. 우리 여행의 목적이 녀석을 보는 일이었던 것처럼 이상하게도 무기력해졌다. 란은 한동안 묵묵히 차만 몰았다. 갈림길을 저만치 앞두었을 즈음, 비로소 란에게서 첫마디가 흘러나왔다.

"집으로 돌아갈까, 아니면 여행을 더 할까?"

서울행 고속도로와 남해, 둘 중 하나를 택해야 했다. 나는 집으로 가고 싶었다. 이정표를 보니 집을 향한 열망이 더 커졌다. 그래서 나는 큰 소리로 답했다.

"여행."

욕망의 반대편을 택하니 내가 진실로 원했던 게 바로 이것이 아니었을까, 하는 생각이 들었다.
"좋아."
란은 핸들을 꺾어 반대쪽으로 방향을 잡았다.
란은 담배를 빼서 물었고, 나는 조수석 발치에 놓인 검은 비닐봉지를 뒤적거려 캔맥주를 하나 꺼내 마셨다. 미적지근한 맥주는 쓴맛 강한 탄산 보리 음료에 불과했다.
무심히 스쳐가는 차창 풍경은 느릿느릿 기어가는 시간을 보여주었다. 모든 것이 아득해 보였다. 미지근한 맥주 두 캔을 비워낸 나는 눈앞의 비현실적인 상황을 떨치기 위해 카메라를 꺼냈다. 그리고 습관처럼 그 속에 담긴 사진들을 들여다보았다. 화엄사 대웅전 앞에 선 란과 준, 삼층석탑 앞에 선 준과 란, 남해대교를 등지고 선 준과 나……. 순서를 거꾸로 해서 보았다. 지나왔던 시간이 역으로 흘러갔다. 다시 순차적으로 그리고 반대 방향으로…… 란이 나처럼 보이기도 하고 준이 K처럼 보이기도 했다. 시간이 돌고, 사람이 돌고, 풍경이 돌고, 세상이 도는 것 같았다. 머리가 어찔어찔했다. 나는 사진을 고정시켰다. 어지럽던 마음도 진정되었다. 삭제해버린 사진 생각이 났다. 이번 여행의 하이라이트라고 할 만한 사진! 휴지통 폴더를 뒤졌더니 다행히 사진은 그대로 남아 있었다. 활활 타오르는 단풍나무 앞에 선 란과 준. 그 눈부신 순간이 되살아나 또렷이 자리 잡았다.

―이 사진, 너다워 보여.

언젠가 란은 책장 네번째 칸 구석 자리에 있는 내 사진을 용케도 찾아냈다.

뉴욕 방황 3개월 만에 남긴 유일한 사진 한 장. 뉴욕에서의 마지막 날, 브루클린공원 벤치에 앉아 있는 모습이었다. 파릇한 잔디밭 위로 낙엽이 뒹구는 이국의 풍경 속에 나는 들어가 앉아 있었다. 벤치 등받이에 한쪽 팔을 걸치고 정면을 응시하는 사진 속의 나는 광대뼈가 불거져 보일 정도로 퀭한 몰골이었다. 떠돌다 지쳐 정착할 곳을 찾는 집시 여자 같았다. 누가 벤치에 놓고 간 폴라로이드카메라로 공원 청소부 아저씨가 검은 머리의 동양 여자에게 선심 쓰듯 찍어준 것이었다.

뉴욕 브루클린공원, ×년×월×일×시.

사진은 피사체가 깔고 앉은 시간을 또렷이 보여주었다.

내가 그곳을 줄기차게 맴돌았던 것은 P를 되찾기 위해서도, 정착을 모색하기 위해서도 아니었다. 본전 생각 때문이었다. 충무로 뒷골목에서 뉴욕 슬럼가 뒷골목에 이르기까지 흔적도 없이 날아가버린 내 젊음의 한 시기, 그리고 궁핍을 견디며 매달 꼬박꼬박 불입했던 나의 보험료에 대한……

3개월 내내 뉴욕을 떠돌았지만 나는 두 번 다시 P의 집을 찾지 않았다. 그곳에서 차로 30분 거리의 도시에 살고 있는 엄마에게도 연락하지 않았다. 그리 행복할 것 같지 않은 엄마의 삶에 느닷없이 나타나 혹을 덧붙이고 싶은 생각은 추호도 없었다. 혼자 그곳을 헤매고 다니면서 나는 줄곧 본전 생각만 했다. 3개월 만에 간신히 결론을 내린 나는 미련 없이 서울행 비행기에 올랐다.

귀국한 다음, 나는 P에게 편지를 썼다. 그동안 내가 P에게 보냈던 모든 것을 즉각 되돌려줄 것을 요구하는 내용이 담긴 편지였다. 보험료 원금은 물론 그동안의 이자까지 꼼꼼하게 계산한 청구서까지 동봉했다. 하지만 P에게서는 아무 연락이 없었다. 그때부터 나는 P를 아는 사람만 만나면 P가 얼마나 나쁜 놈인지에 대해 떠들어댔으며 그들에게서 기어이 동조의 한마디를 얻어내고야 말을 마쳤다. 그로부터 2년 뒤, P는 내가 청구한 금액 가운데 원금만 돌려보내왔다. 그에 대한 이자는 내가 그동안 P에 대해 늘어놓았던 험담으로 충분히 대신했다는 듯. 피차간에 정확한 계산이라는 생각이 들었다. 그제야 나의 본전 생각은 사라졌고 나는 P를 깨끗이 잊을 수 있었다.

"이렇게 떠돌면서 사는 것도 괜찮겠는걸."

매물도 방파제 위에 올라앉아 멀거니 바다를 바라보던 란이 말했다.

나는 란의 옆모습과 바다를 번갈아 바라보았다. 그러다 나라는 존재의 막다른 길에 닿곤 했다. 집 나온 란과 그런 란을 따라 집을 나온 나.

"그럴 걸…… 그 잘난 결혼은 또, 뭐하러 했어?"

마침내 그 말이 입 밖으로 나왔다. 지금껏 한 번도 하지 못했던, 연민과 냉소가 덕지덕지 묻어나는 해묵은 질책.

란은 바다만 바라보았다. 파도는 줄기차게 밀려들었다. 지치지도 않고 규칙적으로 밀려드는 파도를 보고 있자니 권태롭기도 하고 한심하다는 생각도 들었다. 파도가 한심한 건지 란이 그런 건지 란의 발뒤꿈치도 못 따라가는 내가 그렇다는 것인지……. 어느새 하늘에는 먹구름이 몰려와 있었고 공기는 부옇게 흐렸다.

"그러게 말이다. 근데, 좀 억울한 건, 지금까지 난, 결혼도 이혼도 내가 원한 적이 한 번도 없었다는 거야. 상대가 원해서였거나 운명이 그렇게 문을 두드렸거나……였으니까."

"끝까지 문학적 표현이네. 망할 년."

내가 눈을 흘기며 말했다. 냉소는 아니었다. 란의 말이 틀린 건 아니었으니까. 내가 알고 있는 란의 처음과 두번째 결혼이 그랬다. 둘 다 상대의 끈질긴 요청에 의해 이루어진 것이었고 결말 역시 란의 의지와는 상관없었다. 란은 자기 것을 고집할 줄 몰랐다. 분식집 메뉴 하나 고르는 것조차도. 같이 있다 보면 도대체 란이 원하는 게 뭔지 알 수 없어 답답할 때가 많았다. 정확히 말하자면 답답하다기보다는 사실 편했다. 란은 언제나 내 의견에 따랐으니까. 분식집 메뉴 하나까지도 란은 상대가 원하는 것에 자신을 맞추는, 상대의 그릇 모양에 따라 달라지는 물 같은 사람이었다. 도저히 내가 납득하

란이 왔다

기 어려운, 하지만 란의 시선은 내 눈높이 정도는 훌쩍 넘어선 경지에 있다는 걸 나도 모르지 않았다. 그럼에도 나는, 란의 두번째 결혼마저 비극으로 끝났을 때 란이 자신의 인생에서 다시는 결혼을 떠올리지 않을 줄 알았다. 그런 나의 소박한 기대를 비웃기라도 하듯 세번째 결혼 소식이 날아들었고, 얼마 뒤 이혼 소식도 전해졌다.

―부도 위기에 몰린 남편의 간절한 부탁이었어. 그 사람으로서는 그게 최선의 선택이라고 생각했겠지.

란의 세번째 이혼 사유를 나는 뒤늦게 들었다.

그로부터 몇 년 뒤 있었던 란의 네번째 결혼은 세번째 남자와의 재결합이었다. 종적을 감추었던 그가 3년 만에 재기에 성공해 나타난 것이다.

"그가 내게 다시 청혼해왔을 때 나는 '아, 이 남자랑 끝까지 가겠구나' 그런 확신이 들더라고."

란은 새 담배에 불을 붙였다.

"그랬던 남편이…… 바람이 난 거야. 재밌지?"

웃음을 흘리더니 란은 새 담배를 빨아들였다.

뉴욕에서 P의 아파트를 등지고 걷던 기억이 났다. 후들거리는 걸음으로 간신히 계단을 내려왔지만, 마음은 날아갈 듯 가벼워져 있었다. 악몽의 하룻밤을 퀴퀴하고 좁아터진 아파트 복도에서 지새우면서 내가 한 일은 집착을 버리는 일이었다. 단념하고 떠나기. 마침내 내린 결론이었다. 그 집착을 마음에서 걷어냈을 때의 자유로

움, 훨훨 어디든 날아갈 수 있을 것 같은 해방감을 어떻게 설명할 수 있을까.

"야, 너, 돌아가지 마!"

내가 소리쳤다. 란의 삶에 개입하는 첫 한마디! 진작부터 나는 이러고 싶었는지도 몰랐다. 하지만 느닷없는 바람과 눈치 없는 파도 소리가 내 외침을 삼켜버렸다. 빌어먹을. 바람조차 내 편이 아니었다.

란은 어느새 제방 끝까지 가 있었다. 그리고 바다를 향해 섰다. 파도처럼 온몸을 던지며 살아가는, 스무 살부터 나를 전율시켰던 란의 삶의 태도, 그것을 나는 보고 있었다. 란은 방파제 끝에 서서 미련해 보이도록 꿋꿋하게 바다와 마주하고 있었다. 란은 그런 방식에 너무도 익숙해 있었다. '버리고 떠나기'는 란의 방식이 아니었다.

*

일주일의 여행을 마무리하고 란과 나는 집으로 돌아왔다.

마지막 일주일은 금세 지나갔다. 한 달은 생각보다 금방이었다.

―돌아가면 이제 어떡할 건데?

한시적 동거의 마지막 날이면 우리는 으레 밀쳐두었던 현실 문제를 꺼냈다. 그럴 때면 란은 자신의 일은 걱정 말라는 투로 공을 내게 넘기곤 했다.

―문제는 내가 아니라 너야.

나도 잘 알고 있다. 늘 그래 왔듯 문제는 란이 아니라 나라는 것을. 이번에도 그런 말이 나올 줄 알았다. 그런데 아니었다.

"섬 같다. 네 집……."

예기치 않은 한마디에 나는 눈을 치켜떴다.

"왜? 떠나려니까 갑자기 미련이 남아? 그래도 더는 안 된다는 거 알지?"

나의 단호한 말에 란은 눈을 흘겼다.

란은 현관으로 향하던 발길을 돌려 집 안을 천천히 둘러보았다. 채권자에게 넘어간, 생애 처음으로 마련한 집을 바라보는 집주인의 눈처럼 애착과 미련이 담긴 눈길이었다. 그 눈빛에서 어쩌면 란도, 나도 서로가 변하는 걸 원치 않는지도 모른다는 생각이 들었다.

"근데, 이왕 섬이 될 거라면 떠도는 섬이 낫지 않겠어?"

현관을 앞두고 란이 불쑥 한마디 했다.

섬……. '고향'이라는 단어만큼이나 닳고 닳은 말 앞에 나는 잠시 주춤했다.

"마르고 닳도록 쓰다가 버리렴."

란은 내게 뭔가를 내밀었다.

철수세미를 연상시키던 말과는 달리 내 손에 건네진 건 란의 자동차 키였다. 시베리안허스키를 닮은 자신의 애견을 란은 내게 넘겨주었다. 떠도는 섬을 위하여.

그렇게 란은 갔다. 가볍고 무심한 걸음으로. 하지만 언젠가 다시 나타날 것이다. 바람처럼…….
집은 다시 내 차지가 되었다.

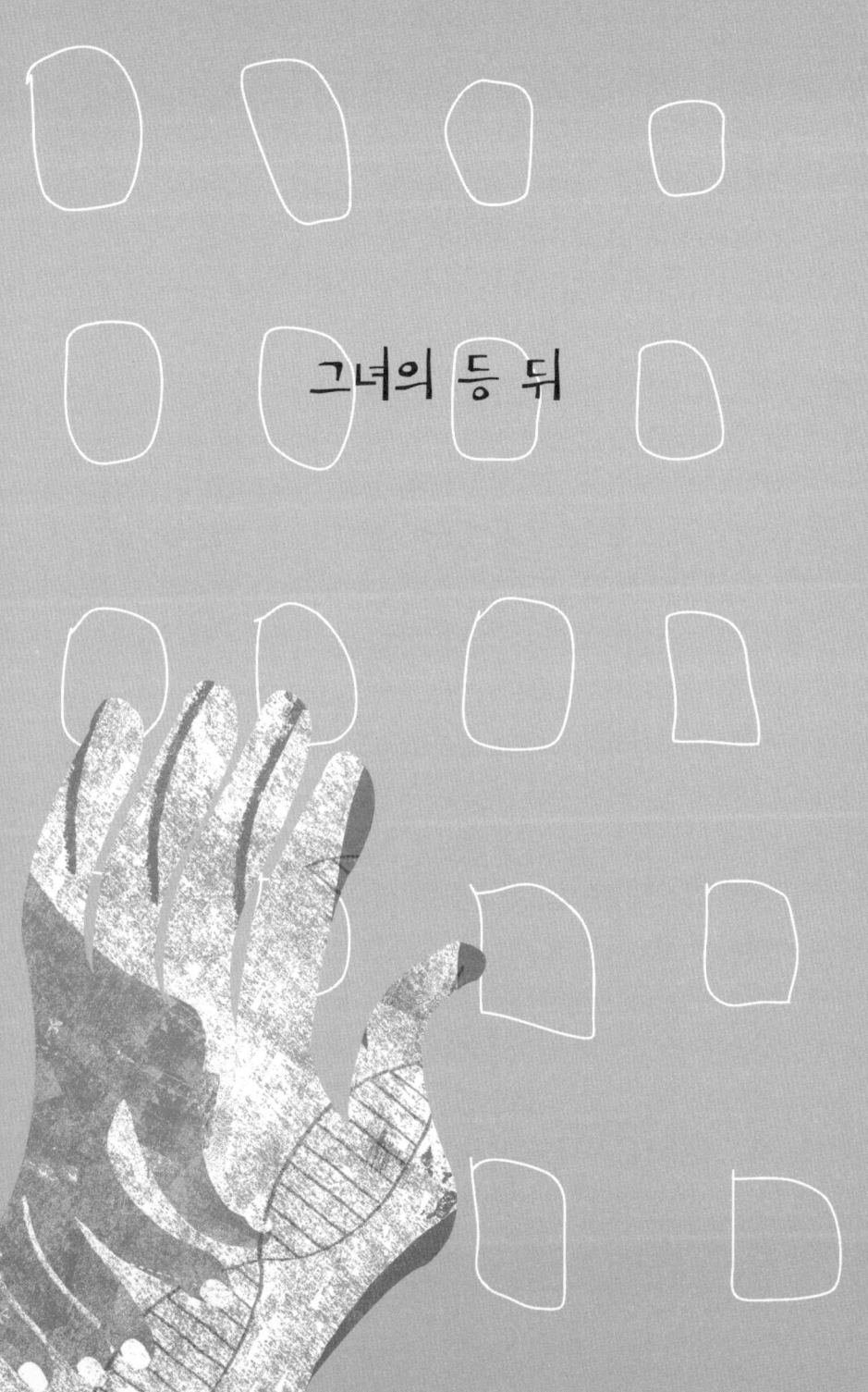

인문과학열람실로 들어서자 실내는 엷은 초콜릿향 같은 책 내음이 은은히 감돌았다. 학문에도 향기가 있다면, 이처럼 누렇게 바랜 종이책에서 풍기는 향내는 인문학에 해당하지 않을까. 결코 발산하는 향이 아닌, 가까이 더 깊이 다가서야만 겨우 맡을 수 있을 정도로 어렴풋한, 하지만 한번 접하고 나면 결코 그 마력에서 빠져나올 수 없는 중독성 강한 향기…….

수연은 더러는 불편하기도 한 자신의 타고난 예민한 후각으로 천천히 실내 공기를 음미하며 입구의 사서 책상 앞을 지난다. 열람실 내부 한쪽 벽면으로는 책들이 빼곡히 꽂힌 서가가 늘어서 있고 반대편 창 쪽으로는 책상이 길게 놓여 있다. 나무의 감쪽같은 변신을 대비시켜놓기라도 한 듯 하나는 종잇장이 되어 서가에 꽂힌 책으로, 다른 것은 뾰족한 모서리와 튼튼한 다리를 가진 책상으로 탈바꿈해 무심히 마주하고 있다.

　사람들이 띄엄띄엄 앉은 넓은 책상 위로 햇살이 비스듬히 비쳐 들어 열람실 안은 고요를 넘어서 나른하기까지 하다. 고전이라도 한 권 빼들고 기꺼이 젖어들고픈 이런 잔잔한 평화 또한 지금의 그녀에겐 강 건너 풍경 같은 것, 수연은 발등에 떨어진 불을 꺼야 하는 자신의 처지를 잘 알고 있다. 그녀는 먼저 도서 검색용 컴퓨터에서 관련 자료부터 찾는다. 여러 책들 중에서 필요한 목록만 추린 다음 서가를 오가며 책을 골라 뽑는다. 실내 분위기는 너무도 가라앉아 있어 그녀의 일거수일투족이 열람실 공기를 온통 술렁이게 하는 느낌이다. 수연은 컬러 화보가 많은 묵직한 미술 관련 책들을 잔뜩 챙겨들고 자신의 자리를 찾아간다. 노트북컴퓨터 전용 자리는 텅 비어 있어 마음대로 골라 앉을 수 있다. 노트북을 챙겨들고 일찌감치 이곳을 찾은 건 당일치기 마감 원고 때문이다. 30매짜리 그림 에세이 원고를 완성해 오늘 중으로 보내야 한다. 땜질 성격이 짙어 보이는 마감 이틀짜리 원고 청탁을 덥석 받아들인 건 다른 잡지의 두 배에 달하는 원고료 때문이었다. 그림과 화가에 관한 자료까지 뒤적여야 하는 글을 하루 만에 쓴다는 게 무리이긴 했지만 평소 관심 있던 분야라 자신 없지도 않았다. 한나절이면 초고가 완성될 것이고 한두 번 손질해 탈고하면 무난히 데드라인을 지킬 수 있을 것이다.

한창 작업 중인데 누가 수연의 어깨를 툭 친다.

―이봐요.

난폭한 손짓에 놀라 올려다보니 웬 낯선 남자가 수연 앞에 떡하니 버티고 섰다. 삼십 대 중후반의, 머리 모양만 '깍두기형'이라면 영락없는 조직폭력배로 보일 정도로 거칠고 강압적인 인상의 더벅머리 사내다.

―나 참 이거, 자판 치는 소리 땜에 일을 못하겠구만…….

사내의 표정과 목소리가 사뭇 위협적이다. 열람실을 휘젓는 난데없는 파문에 사람들 시선이 일제히 쏠린다.

아니, 키보드 소리 안 내고 어떻게 노트북을 쓰나요? 더구나 여기는 노트북 전용 자린데, 하는 항변이 목구멍까지 치밀었으나 열람실 안이라 입 밖에 낼 수가 없다. 사내와 조용히 밖으로 나가서 차근차근 따지며 이야기하고 싶지만 그는 그럴 의향 같은 건 없어 보인다. 나름의 수법인지도 모른다. 여론몰이하듯 여러 사람 앞에서 면박을 주어 찍소리 못 하게 하려는.

교양이나 예의 같은 건 도무지 찾아볼 수 없는 왁살스러운 인상의 사내와 대화를 기대하는 건 어려워 보인다. 타이핑 소리를 문제 삼는 건 둘째치고 생전 처음 보는 낯선 여자의 어깨를 툭 치는 몰상식한 행동만 봐도 알 수 있다. 지금껏 이 자리에서 무수히 노트북을 써왔지만 어느 누구도 소리를 문제 삼은 적은 없었다. 엄연히 노트북 전용 자리인 데다 타이핑 소리는 불가피하기 때문이다. 다만 급히 원고를 쓰느라 키보드 소리가 좀 컸다고 한다면 소리를 약간 낮추어달라고 양해를 구하는 게 마땅했다. 하지만 이 모든 생각은 그녀의 머릿속에서만 맴돌 뿐이다. 수연은 자신의 입장을 한마디도 내비치지 못한다. 곧 따라나온 그녀의 행동 역시 자신의 생각과는 거리가 멀다. 그녀는 소리를 낮추겠다는 뜻으로 고개를 끄덕인다. 남자의 요구에 선선히 따르겠다는, 거의 반사적으로 나온 제스처였다.

더벅머리 사내는 자신의 뜻을 이루었다고 생각했는지 별 대꾸 없이 본래 자리로 돌아간다. 남자의 자리는 수연의 바로 앞쪽 책상이었다. 코앞에 버티고 있는 사내의 넓은 등판을 보자 수연은 숨이 막혀오는 것 같다. 생각 같아서는 다른 책상으로 멀찍이 옮겨 앉고 싶지만 노트북 전용 자리는 정해져 있다. 소리를 줄이는 수밖에 뾰족한 방법이 없다.

수연은 소리에 신경을 쓰면서 문장을 하나 쳐본다. 두두두- 두두두- 글자들이 제 세상을 만난 듯 아우성치며 튀어나온다. 지금껏 한 번도 의식하지 못했던 소리의 요란함에 진땀이 난다. 타이핑을 멈추고 주위를 살피지만 다행히 시선을 주는 사람은 없다. 마음을 가라앉히고 자판 두드리는 속도를 달리하면서 소리의 높낮이를 가늠해본다. 한 문장을 단번에 치는 습관 대신 구절을 나누어 천천히 쳐본다. 속도가 느릴수록 소리는 분명 작아진다. 자판을 살짝 누른다는 느낌으로 타이핑하니 자음이 모음과 부속품처럼 기어나와 한 개의 글자로 어우러지는 과정이 꼭 슬로비디오를 보는 것 같다. 느릿느릿한 글자들의 조합을 들여다보고 있으니 멀미가 날 지경이다.

수연은 손 감각을 얼추 익힌 다음 다시 작업에 들어간다. 원고는 도입부에서 멈춘 상태다. 끝 문장은 마무리하지도 못한 채였다. 남자가 어깨를 툭 친 순간이 이때였다. 뜬금없이 가해지던 일격……. 그 충격은 차츰 모멸감으로 변해 그녀의 어깨에 화인(火印)처럼 남았다. 수연이 일언반구 할 수 없었던 결정적 이유도 가녀린 어깨 너머로 생생하게 전해지던 완력 때문이었다. 우악스러운 손의 터치에서부터 위협적인 목소리와 표정, 그의 허우대까지 그녀의 몸과 마음을 꽁꽁 얼어붙게 만들었다. 완강한 힘 앞에서 그녀가 취할 행동이란 뻔했다. 거의 생존본능에 가까운, 비굴하리만큼 고분고분한 처신…….

수연은 대각선 방향에 앉은 어떤 남자의 시선을 느끼면서 멈칫한다. 자판 두드리는 소리가 어느새 원래 상태로 돌아와 있었던 것이다. 습관의 힘이란……. 의식이 한눈을 파는 사이 몸에 밴 습관이 되살아나 있었던 것이다. 그녀는 긴장한 시선으로 더벅머리 사내 쪽을 흘끔거린다. 책만 잔뜩 쌓여 있고 의자는 비어 있다. 안도의 숨이 절로 난다. 다시 손가락에 긴장을 실어 천천히 한글을 입력해나간다. 습관이 비집고 들어오지 않도록 긴장을 잃지 말아야 한다.

글이 여전히 도입부를 맴돌고 있다. 더벅머리가 제동을 건 이후부터 원고 내용도 계속 제자리걸음이다. 소리에 대한 집착이 발목을 잡고 있는 것이다. 그녀의 특기가 발휘될 그림 이야기가 본격적으로 펼쳐질 대목이건만 오히려 도입부보다 서술이 더디다. 무심히 옮겨가는 시곗바늘을 보자 수연은 초조해온다. 생각 같아서는 당장이라도 노트북을 챙겨들고 집으로 가고 싶지만 문제는 그림 자료다. 초고를 완성할 때까지는 자료가 곁에 있어야 한다. 그림에 관한 글을 많이 쓰면서도 매번 도서관을 찾아야 하는 자신의 처지도 딱하다. 아무리 기를 쓰고 일한다 하더라도 원고료로 값비싼 화집을 갖출 길은 요원해 보인다. 도서관과는 앞으로도 떼려야 뗄 수 없는 운명적 공생, 아니 기생 관계다.

참, 그걸 왜 여태 생각 못 했지? 손톱을 잘근거리던 그녀에게 퍼뜩 묘안이 스친다. 수연은 노트북 가방에서 A4 용지를 꺼낸다. 십수 년 적응해온 방식. 손으로 직접 쓰는 것이다. 하얀 용지를 책상에 반듯이 펼쳐놓고 펜을 꺼내든다. 마우스를 대신하는 펜의 질감이 정겹지만 이물감 또한 어쩔 수 없다. 하지만 달리 선택의 여지가 없다. 그래도 손 감각만 되살린다면 금세 예전처럼 써나갈 수 있을 것 같다.

막상 펜을 갖다대자 머릿속이 종잇장처럼 하얘진다. 하얀 종이가 눈이 부실 지경이다. 그녀는 연습 삼아 우선 모니터에 있는 마지막 문장을 또박또박 옮겨 적어본다. 두어 번 반복해 적으니 막혔던 생각에 물꼬가 틔는 느낌이다. 그럭저럭 한 단락 써나간다. 완성된 단락을 찬찬히 읽어본다. 문맥이 그리 매끈하지 않다. 다시 앞 문장으로 돌아온다. 펜으로 문장 하나를 포획해서 뒤로 이동 표시를 해놓고 여백에다 첫 문장을 새로 써넣는다. 되풀이해 읽으면서 적절치 않은 용어를 몇 개 고쳐 넣기도 한다. 컴퓨터 모니터에서라면 단번에 말끔하게 처리되련만 종이가 금세 지저분해진다. 여백에 새로 끼워넣은 글씨가 다른 글씨와 크기가 다른 데다 군데군데 고친 용어 탓으로 내용이 한눈에 들어오지 않는다. 정리해서 다시 쓰려니 막막하기도 하려니와 머릿속이 또 한 번 뒤죽박죽되는 느낌이다.

수연은 물끄러미 A4 용지를 들여다본다. 의식의 모든 오류의 흔적이 고스란히 남아 있는 어지러운 종잇장……. 자신의 명료하지 않은 사고의 실체와 맞닥뜨리고 있는 것 같아 자괴감마저 인다. 컴퓨터 모니터에서라면 결코 드러나지 않을 치부가 빳빳이 고개를 쳐들고 있는 것이다. 그녀는 용지를 구겨버린다.

커피라도 한 잔 마시고 와서 다시 시작할까? 새로운 선택의 갈림길에 선 그녀에게 낯선 소리가 엄습한다.

또각- 또각- 또각- 또각-

도발적인 하이힐 소리.

확성기라도 단 듯 소리는 점점 또렷이 더 크게 들려온다. 입구 쪽에서 대학생으로 보이는 젊은 여자가 대학 노트를 끼고 되똥거리며 다가오고 있었다. 까만색 티셔츠에 꽉 조이는 칠부 청바지를 입고 허리에는 얇은 회색 니트를 살짝 둘렀다. 가느다란 발목이 훤히 드러나는 맨발에 분홍색 하이힐 샌들을 신고 있다. 빨간 페디큐어가 칠해진 엄지발톱이 유난히 눈에 띈다. 뾰족한 힐이 시멘트 바닥과 마찰하며 내는 소리가 적잖이 수연의 신경을 긁는다. 자판 두드리는 소리와는 비교도 안 될 정도로 크고 거슬리는 소리다. 아마도 여자의 힐은 뒷굽의 고무 부분이 닳아 징이 드러난 게 분명하다. 그렇지 않고서야 소리가 저렇게 요란할 리 없다.

건너편에 앉은 희끗한 머리의 오십 대 남자가 여자 쪽을 흘끗 돌아본다. 대각선 방향에 앉은 남자도 고개를 들어 여자를 일별한다. 두 남자는 이 열람실 단골 이용자다. 수연도 낯이 익다. 희끗한 머리의 중년은 언제나 세계문학전집 같은 두툼한 양장본 책을 주로 읽는 명작 소설 마니아였고 대각선 방향에 앉은 양복 차림의 남자는 경제·경영 관련 실용서를, 그것도 주로 신간으로 읽었다. 오십 대 중반의 세계 명작 남자는 명예퇴직자쯤으로 여겨졌고 삼십 대 후반의 양복 남자는 임시 실업 상태로 보였다. 실직자는 전직이 은행원이었음 직한 인상이다. 그는 출근 도장이라도 찍듯 거의 매일 양복 차림으로 와서는 이 열람실에서 책을 읽었다.

하이힐이 지나가자 화장품의 짙은 향내가 수연의 자리까지 풍겨온다. 세계 명작은 힐 소리에 민감한 반응을 보인다. 여자가 그의 등 뒤로 지나간 뒤에도 그는 한 번 더 여자 쪽을 돌아본다. 여기저기 흩어져 앉은 열람실 사람들은 그녀가 지나가는 동안 한 번쯤 그녀를 흘끔거린다. 그녀의 발소리와 향기가 일으키는 파문이 꽤나 크지만 그것을 문제 삼는 이는 없다.

소리에 대한 취향이나 반응도 사람마다 다르다. 타이핑 소리에 알레르기 반응을 보이던 더벅머리는 하이힐 소리는 전혀 아랑곳하지 않았다. 그는 한 번도 하이힐 쪽으로 시선을 주지 않은 열람실 내의 유일한 남자로 보였다. 그런가 하면 젊은 실직자는 책장 넘기는 소리에 신경을 곤두세웠다. 그는 더벅머리와 좌석 하나를 띄우고 앉은 상태지만 더벅머리가 책장 뒤적거리는 게 거슬리는지 자주 그쪽으로 곱지 않은 시선을 던지곤 했다. 큰 판형의 책이라면 소리뿐 아니라 책장이 일으키는 바람도 옆 사람에겐 여간 성가신 게 아니다. 사실 더벅머리는 책을 읽는다기보다 뒤적거린다고 하는 게 맞았다. 그는 10분이 멀다 하고 신간 책꽂이에 있는 책들을 잔뜩 뽑아와서는 한쪽에 쌓아놓고 뒤적여가며 뭔가를 찾아 노트에 메모하거나 어떤 부분은 복사를 하러 분주하게 자리를 오갔다. 그는 책의 앞뒤 부분을 집중적으로 살펴보았다. 시장조사 나온 출판사 영업자 같았다. 그가 신간 책장이나 복사기를 왔다 갔다 하면서 일으키는 바람, 일어설 때 끌리는 의자 소리 등 그의 움직임 하나하나가 어느 순간부터 수연을 방해하기 시작한다.

―선생님, 휴대폰은 나가서 사용해주세요.

나직한 목소리로 주의를 주는 도서관 직원 말이 들린다. 서가 구석 쪽에서 누군가 휴대폰 통화를 하고 있었던 것이다.

그새 더벅머리는 책을 또 한 아름 들고 와서는 의자 끄는 소리를 내며 자리에 앉는다. 세계 명작은 펼쳐놓은 책 위에 얼굴을 파묻고 잠시 오수를 즐기고 있다. 그르르- 그르르- 코고는 소리가 나직하게 간헐적으로 들린다. 실직자가 갑자기 휴대폰을 챙겨들고 일어서더니 부리나케 출구 쪽으로 내달린다. 진동 모드로 해놓은 휴대폰이 울릴 때마다 그는 그것을 낚아채 재빨리 밖으로 달려나갔다. 희한하게도 발소리가 거의 나지 않았다. 사람들은 그가 가르고 가는 공기 흐름으로 그의 움직임을 눈치챌 정도였다. 실직자는 휴대폰에 유난히 신경을 썼다. 화장실 갈 때는 물론, 서가에 책을 꽂아놓으러 갈 때도 꼭 들고 다녔고 돌아와 자리에 앉을 때면 언제나 책 바로 옆의 손수건 위에 정성스레 올려놓았다. 연인의 호출을 기다리는 이십 대처럼, 그는 책을 보다가도 수시로 휴대폰 액정을 들여다보는 습관이 있었다. 언젠가 수연은 복도에서 그가 통화하는 걸 얼핏 들은 적이 있다. 그의 목소리는 낮고 부드러웠으며 말투는 침착하고 예의가 발랐다. 통화 내용으로 미루어 그는 아마도 여기저기 이력서를 넣어놓고 연락을 기다리는 중인 것 같았다. 그가 늘 양복 차림인 것도 그것과 무관치 않아 보였다.

이미 정오를 훌쩍 넘어선 시간, 수연은 사람들의 일거수일투족에 온 신경이 가 있는 자신을 발견한다. 노트북을 일찌감치 밀쳐둔 그녀는 촉수를 곤두세운 채 속절없이 화집만 뒤적이고 있다. 이것은 파이프가 아니다. 파이프 그림 속에 들어앉은 문장 하나가 수연의 눈에 아른거린다. '이것은 파이프가 아니다.' 글귀는 그림을 벗어나더니 마음껏 변신해나간다. 이것은 책상이 아니다. 애초에 나무였다. 이것은 책이 아니다. 이것은 한때 나무의 꿈이었다. 어떤 나무는 책을, 어떤 나무는 책상을 꿈꾸었다. 하지만 책상을 꿈꾸던 나무는 책이 되었고 책을 꿈꾸던 어떤 나무는 책상이 되었다. 어떤 책과 책상의 비극은 거기서 비롯되었다. 비극은 어떤 책과 책상에만 깃든 것도 아니다. 이 도서관 열람실에도 있다. 이곳은 도서관이 아니다. 이곳은 저 실직자에게는 일자리를 기다리는 대기실이고, 딱히 갈 곳 없는 명예퇴직 남자에게는 교양적 도피처이자 휴식공간이고 또, 툭하면 하품을 빼어무는 저 권태로운 사서의 철밥통 직장이며 수연 자신에게는…… 작업을 금지당한 작업실이다. 도서관의 비극도 여기에 있다. 한시적 실직자도, 명예퇴직 남자도 애초에 도서관을 원했던 것은 아니다. 그들에게 이곳은 임시 보호소와도 같은 곳. 그들은 이 암울한 공간을 빨리 지나치고 싶어 한다. 다들 자신의 본래의 자리로 돌아가고 싶은 것이다. 이곳이 자신의 일터인 저 도서관 직원처럼……. 그렇다면 자기 자리에 앉은 저 도서관 직원은 진정 삶이 만족스러울까. 그의 늘어진 하품에는 적어도 생활의 안정은 묻어난다. 그 안정이 세계 명작 남자나 양복 실직자에겐 더없는 부러움의 대상일 수도 있다. 하지만 안정된 생활에 만족하도록 인간이 욕심 없는 피조물이라면 애당초 비극 같은 건 생겨나지 않았을 것이다. 욕심은 불만족을 낳고 불만족은 고통을 낳고 고통은 또 다른 비극을 잉태하며 왕성하게 번식해나간다. 평생 책을 읽으며 사는 삶을 꿈꾸었던 사서. 책의 꿈 대신 책의 먼지를 먹어야 하는 그의 운명도 이 도서관의 비극과 무관치 않아 보인다.

오후로 접어들면서 사람들이 하나 둘 늘지만 오늘따라 노트북 이용자는 그림자도 비치지 않는다. 평소에는 노트북 쓰는 사람이 두어 명은 꼭 있었다. 한 사람만 더 있어도 이전처럼 자유롭게 일할 수 있을 텐데. 수연은 그런 누군가의 존재가 절실하다. 두 군데서 동시에 들리는 자판 소리는 상대의 소리를 상쇄시키는 효과가 있어 오히려 덜 요란했다. 그것은 동류의식에서 오는 편안함 혹은 수적 열세에서 벗어난 자신감 같은 심리적 원인에서 비롯한 게 아니었다. 분산으로 인한 소리의 편재(遍在) 효과가 분명 있었다.

더벅머리가 또 바람을 일으키며 지나간다. 이번에는 책까지 몇 권 떨어뜨린다. 끼긱- 의자 끄는 소리까지……. 피해 주는 걸로 따지자면 그가 더 만만찮다. 적반하장이란 이런 경우를 두고 생긴 말 같다. 이대로라면 수연은 원고 마감시간을 지키지 못할 거라는 불길한 예감에 사로잡힌다. 그러자 그것이 물고 올 피해가 꼬리에 꼬리를 물고 펼쳐진다. 잡지사로부터는 신뢰를 잃을 게 뻔하고 앞으로 원고 청탁 받는 데도 지장을 초래할 것이다. 당장 이번 달 생활비도 걱정이다. 그뿐일까. 수연은 어쩌면 앞으로 이 도서관을 영영 찾지 않게 될지도 모른다. 그렇게 되면 큰마음 먹고 장만한 노트북은 데스크톱 기능에 머물 것이며 아직도 갚아야 할 할부금이 서너 차례 남은 노트북은 그야말로 애물단지 신세로 전락할 것이다.

곰곰 생각할수록 수연은 스스로에게 부아가 난다. 왜 더벅머리의 부당한 요구에 맞대응하지 못했을까. 남들처럼 자신도 엄연히 이곳에서 일할 권리가 있었다. 공공장소에서는 어쩔 수 없이 서로 간에 피해를 주고받게 마련이다. 완력을 내세운 사내에게 그것이야말로 잘못된 방법이란 걸 깨우치도록 했어야 했다. 지레 겁먹고 체념함으로써 결국 사내의 나쁜 방식을 인정한 셈이었다. 사내는 자신의 방식이 먹혀들어간다는 걸 믿게 되고 또한 그 잘못된 믿음에 앞으로도 같은 희생자를 만들어낼 것이다.

아니 아니, 어쩌면 이 모든 생각은 비약인지도 모른다. 수연은 자신이 사내의 행동을 지나치게 확대 해석하고 있는 건 아닌지 되짚어본다. 사내의 행동은 그저 세련되지 못한, 나름의 거칠고 서투른 표현 방식에 불과했던 것일 수도 있다. 다른 사람들이 시선을 던지면서 나름의 소극적 표현을 하는 것처럼 말이다. 사내의 행동은 그들보다 조금 더 적극적이고 거칠었던 것일 뿐인지도 모른다. 생각이 거기에 미치자 확신마저 든다. 수연은 자신 있는 손길로 노트북을 끌어당긴다. 원래 방식으로 돌아가기로 작정한 것이다. 소리에 신경 쓰니 도저히 작업이 되지 않았다. 지금까지 헛되이 흘려보낸 시간을 생각해서라도 서둘러야 한다. 긴장을 풀고 스스로 자신감을 갖는다. 자신의 타이핑 소리 역시 더벅머리가 수시로 끄는 의자 소리나 책장 뒤적이는 소음과 마찬가지로 양해받을 수 있는 것이다. 또한 그것은 펼쳐진 책 위에 엎드려 자는 남자의 코고는 소리나 하이힐의 마찰음과 다름없다. 자신이 그런 소리를 아무 불평 없이 견뎌낸 만큼 그들도 남의 소리를 감수해야 한다. 그리고 그들은 기꺼이 그렇게 해줄 것이다.

소리의 강박에서 풀려나자 막혔던 생각이 슬슬 흘러나온다. 타이핑 속도가 생각의 흐름과 같아지면서 원고는 순조롭게 나아간다. 잘하면 저녁 시간 전에 초고를 마칠 수 있을 것이다. 다다다- 오랜 질곡에서 풀려나 경쾌하게 울려 퍼지는 타이핑 소리. 낱낱의 글자들이 모여 단번에 의미 있는 문장을 만들어내는, 이건 소음이 아니라 자유로운 생각의 울림이다. 수연은 이 경쾌한 리듬이 모두에게 불어넣을 활기를 떠올려본다. 졸음을 가시게 하고, 머릿속에 생기를 불어넣으면서 열람실 분위기를 한층 생생하게 살려낼 것이다. 수연은 젊은 여자의 도발적인 하이힐 소리가 열람실에 불러일으켰던 미묘한 반향을 잘 알고 있다. 그것은 수연 자신보다는 남자들에게 훨씬 더 실감 나는 체험인 게 분명했다. 열람실은 하이힐 소리에 일거에 술렁거렸다. 정작 사람들의 관심은 힐이 내는 소음 그 이면에 쏠렸던 것이다. 그 소리가 불러일으키는 감각의 도미노 현상. 또각거리는 힐 소리, 여자의 가느다란 발목과 종아리, 그녀의 몸의 실루엣까지…… 극에 달한 호기심은 책에 머물던 눈길을 소리의 주인공에게로 내몰았다. 흘끗거리는 시선에 은밀하게 묻어나던 성적 환상, 또는 기대. 수연은 그런 미묘한 공기의 흐름을 감지할 수 있었다. 세계 명작 남자가 두 번이나 여자 쪽을 돌아본 건 아무래도 그런 매혹을 한 번 더 즐기려는 의도에서였던 것 같다. 그 여자가 일으킨 소리도 풍겨나던 향내도 이 열람실을 지배하는 종이책 냄새와는 다른 청량함이 있었다. 낯설고 새로운 것이 불러일으키는 신선한 반향, 그것의 힘을 수연은 안다. 자신이 내는 타이핑 소리에도 그런 요소가 분명 있다고 믿는다. 키보드 소리는 점점 신명 나는 리듬으로 살아난다. 그 리듬에 맞추어 그녀의 생각도 날개를 달고 훨훨 내달린다.

―에이, 씨파.

난데없는 상소리에 이어 의자를 박차는 소리. 더벅머리다.

수연은 순간적으로 움찔했지만 일하던 손길을 멈추지 않는다. 시선 역시 14인치 모니터를 절대 벗어나지 않는다. 남의 행동에 일일이 한눈팔 정도로 자신은 지금 그렇게 한가하지 않다. 사람들의 시선이 더벅머리에게로 쏠리는 낌새가 느껴진다. 사내는 험상궂은 표정으로 수연을 쏘아보고 있을 것이다. 그렇더라도 그건 자판 두드리는 소리에 유난히 민감해하는 더벅머리의 개인적인 성향에서 빚어진 문제일 뿐 그 때문에 타인이 방해받을 수는 없다. 더벅머리가 아까처럼 다시 수연에게로 다가와 그녀의 어깨를 툭 치기라도 한다면 이번에는 그녀도 잠자코 있지는 않을 것이라고 마음을 굳게 먹는다.

끼긱- 다시 의자 끄는 소리……. 진땀이 난다. 그래도 처음만큼 두렵지는 않다. 이곳은 엄연히 공공장소이며 상식이 통하는 공간이다. 무뢰한 같은 더벅머리만 이곳에 있는 게 아니다. 교양과 예절을 갖춘 학생과 시민들이 여기저기 자리를 잡고 있다. 인문학 분위기가 풍기는 세계 명작 아저씨도 있고, 더벅머리 존재를 마뜩잖아 하는 실직자도 있으며, 무엇보다 이 열람실의 질서를 책임지고 있는 사서와 도서관 직원이 입구에 앉아 있다. 사리에 어긋나는 일이 벌어진다면 누구든 팔짱만 끼고 있지는 않을 것이다.

몇 초의 정적……. 하지만 더벅머리가 그녀 쪽으로 다가오는 낌새는 감지되지 않는다. 책을 척척 접거나 포개는 듯한 소리. 더벅머리는 자신이 펼쳐놓은 책들을 챙겨들고 있는 모양이다. 그걸 다 집어들면 그는 수연이 있는 쪽으로 성큼 다가오지 않을까. 네 이년 잘났다, 하며 그 책들을 자신의 면상을 향해 날리지 않을까. 그 큼직하고 우악스러운 손으로. 책이 얼굴에 날아들면 어떻게 될까. 낱낱의 종잇장에 얼굴이 베거나, 제본된 모서리에 이마가 찍히거나……. 이판사판, 죽기 아니면 까무러치기지 뭐. 어깨에 화인처럼 남아 있는 모욕감까지 되살리며 수연은 마음을 다잡는다. 의자 끄는 소리가 또 한 번 들리더니 이내 잠잠해진다. 수연은 여전히 작업 중인 손길을 멈추지 않는다. 드디어 발소리와 함께 사내가 움직이는 기척이 난다. 등줄기가 서늘해온다. 온 신경이 그의 발소리에 쏠린다. 촉수를 곤두세워 소리의 향방을 가늠해보니, 사내의 발소리는 분명 수연에게서 멀어지고 있다.

더벅머리의 존재가 완전히 사라졌다는 확신이 드는 순간, 그녀는 은근슬쩍 그의 자리로 시선을 던져본다. 정말 자리가 텅 비었다.

사내는 물론 그의 책들까지 말끔히 사라졌다. 안도의 숨이 가슴 저 깊은 곳에서부터 흘러나온다. 앓던 이가 뿌리째 빠져나간 기분이다. 사내는 어디로 옮겨갔을까. 수연은 조심스레 여기저기 시선을 던져보지만 사내의 자취는 눈에 띄지 않는다. 그녀는 속으로 쾌재를 부른다.

시계를 보니 어느새 오후의 중심부에 와 있다. 도둑맞듯 시간이 덤벙 잘려나갔다. 수연은 더벅머리의 빈자리를 보며 애써 위안을 삼는다. 긴장이 풀려서인지 문득 허기가 밀려든다. 여태껏 점심도 먹지 않았다는 데 생각이 미친다. 그녀는 노트북 전원을 끈다. 구내식당에라도 가서 허기부터 면해야겠다고 생각한 것이다. 코드를 뽑고 노트북을 챙겨든다. 노트북 전용 자리라고 해야 코드를 꽂을 수 있는 콘센트가 부착된 것이 고작이다. 소리도 문제지만 화장실 갈 때도 노트북을 일일이 챙겨 사물함에 보관해야 하는 번거로움이 있다. 노트북 이용자를 위한 도서관의 안이한 배려에도 분명 문제가 있어 보인다. 수연은 사물함 쪽으로 걸어가면서 여기저기 책상을 흘끔거린다. 어딘가 더벅머리가 앉아 있지 않을까. 구석 자리까지 훑어보지만 사내는 보이지 않는다.

열람실 건물을 벗어난 수연은 식당이 있는 건물로 향한다. 잘 다듬어진 정원수들이 그득한 화단을 지나고 두 건물 중간쯤에 놓인 공중전화 부스 앞을 지난다. 휴대폰 탓에 공중전화 부스는 요즘 거의 비어 있다. 나란히 놓인 네 개의 부스 가운데 전화카드 전용인

세 군데는 텅 비어 있고 동전을 쓸 수 있는 부스 한 곳에만 사람들이 줄지어 차례를 기다리고 있다. 평소에도 동전용 전화기에는 이용자가 있는 편이지만 여러 사람이 줄지어 있는 광경은 실로 오랜만이다. 어떤 여자가 통화를 끝내고 부스를 나온다. 뒷사람들 시선이 한결같이 곱지 않은 걸로 보아 여자는 눈치 없이 오래 전화기를 붙들고 있었던 모양이다. 기다리는 사람이 많은 것도 그런 까닭으로 보인다. 하지만 여자는 전혀 미안해하는 기색 없이 부스를 나선다. 아니나 다를까 바로 뒤의 남자가 여자의 뒤에 대고 한마디 한다. 여자도 샐쭉하며 한마디 되받아치고 돌아선다.

―야, 너 뭐라고 그랬어!

갑자기 흥분한 남자의 목소리가 터져나온다.

―야, 너 방금 뭐라고 했냐니까!

거침없는 반말, 험악해지는 목소리.

―재수 없다고 했다, 왜? 첨 보는 사람한테 웬 반말이야, 반말이.

여자의 목소리에도 잔뜩 가시가 돋아 있다.

―뭐? 이 싸가지 없는 년이! 넌 뒤에 줄 선 사람도 안 보이냐. 전화통 10분 넘게 붙들고 있다가 미안하단 말 한마디 없이 나가면서 뭐, 재수가 없다고?

―으악!

챙 모자를 쓴 남자가 억센 손으로 여자의 기다란 머리칼을 잡아채자 여자의 머리는 콩나물 대가리처럼 맥없이 꺾인다. 여자는 남자가 잡아채는 쪽으로 이리저리 몸이 휘둘리다가 급기야 부스 유리 벽면에 세게 부딪힌다. 유리 깨지는 소리에 이어 찢어지는 여자의 비명 소리……. 하지만 남자의 주먹질은 그치지 않는다. 한 손으로 멱살을 잡고 다른 쪽 손이 여자의 얼굴로 사정없이 날아든다. 모든 것이 순간의 일이다. 주위 사람들이 달려들어 남자를 뜯어말린다. 비명 소리에 멀리 있던 사람들까지 웅성거리며 하나 둘 모여든다.
　수연은 도망치듯 그곳을 스쳐 지났다. 심장이 뛰고 속이 울렁거려 더 이상 그 광경을 볼 수 없었다. 남자의 욕설, 여자의 비명과 울음, 사람들의 수군거림이 범벅이 되어 수연의 뒷덜미를 계속 잡아챈다. 그녀는 걸음을 재촉해 곧장 휴게실로 향한다. 악몽이 되살아난 것이다. 수연은 몇 걸음 걷다 흘끗 뒤를 돌아본다. 누군가가 꼭 뒤쫓아오는 것 같아서다. 무심한 표정을 한 낯선 사람 몇몇이 그녀처럼 휴게실로 향하고 있을 뿐이다.
　식당은 음식 냄새와 그릇 부딪치는 소리, 북적거리는 사람들로 어수선하다. 식욕은 이미 싹 가셔버렸다. 수연은 반사적으로 사람들이 모여 앉은 테이블부터 흘끔거린다. 혹 더벅머리가 있지나 않을까 해서다. 구석까지 세심하게 살피지만 그는 눈에 띄지 않는다. 에이 씨파, 자리를 박차고 일어나며 내뱉던 사내의 상소리가 귓전에 맴돌며 남녀의 악다구니 광경이 눈에 어른거린다. 남자의 손아귀에 갈대처럼 휘둘리던 여자, 여자의 얼굴로 사정없이 날아들던 주먹…….

그녀의 등 뒤　**153**

커피나 한 잔 마셔야지. 수연은 밥 대신 커피를 택한다. 커피 한 잔에 나쁜 기억이 싹 씻겨 내려갔으면……. 자판기에 동전을 밀어 넣자 메뉴 버튼에 불이 들어온다. 그녀는 언제나처럼 '블랙' 버튼을 누른다. 종이컵이 톡 떨어지고 커피 나오는 소리가 난다. 커피 크림이나 설탕 같은, 이물질이 섞이지 않은 순수한 블랙이 나올 확률은 얼마나 될까. 자판기 앞에서 커피를 뽑을 때면 습관적으로 떠올리는 생각이다. 그것은 앞사람이 블랙을 뽑아 마셨을 경우에 한한다. 지금껏 이곳에서 수십 잔의 커피를 마셨지만 순수한 블랙을 마셨던 횟수는 두어 번에 불과했다. 대개는 크림과 설탕의 잔여물이 묻어나오는데, 이때의 블랙은 색과 맛이 영락없는 한약이다. 한때는 그녀도 순수한 블랙을 마시기 위해 한 잔을 먼저 뽑아낸 다음 두번째 잔을 뽑아 마시는 까다로움을 보였다. 하지만 이젠 그마저 귀찮고 낭비라는 생각이 들어 그저 그날의 운에 따르기로 한다. 아주 드문 행운의 날엔 순수 블랙을 마시고 대개는 불순한 블랙을 마신다. 종이컵을 빼들자 역시나 확률이 압도적으로 높은 불순한 블랙이다. 사실 별 기대도 없었다. 사내가 어깨를 툭 치던 순간부터 행운을 기대하기는 힘든 날이 돼버렸다.

수연은 커피 마실 적당한 자리를 살펴본다. 창 쪽의 조용한 자리를 찾지만 눈에 잘 띄지 않는다.

―이보세요.

누군가 슬쩍 수연의 팔꿈치를 잡는다. 덜컥 심장이 내려앉는다.

손등 위로 뜨거운 커피가 흘러내리는 걸 느끼며 수연은 겁에 질린 표정으로 뒤를 돌아본다.

 웬 남학생이다. 수연의 놀란 표정에 그 학생이 오히려 더 당혹스러워한다.

 —저, 거스름돈 가져가세요.

 그는 100원짜리 동전 세 개를 수연의 손에 떨어뜨려준다. 500원짜리 동전을 넣고 자판기에서 거스름돈 챙기는 걸 깜빡한 것이다.

 수연은 놀란 가슴을 진정시키느라 한참이나 그 자리에 서 있다. 앞 테이블의 여학생이 들고 지나가는 식판에 종이컵이 부딪칠 뻔하자 비로소 정신을 차린다. 수연은 여학생이 빠져나간 자리에 앉아 커피를 홀짝인다. 미지근해진 커피 맛이 유난히 씁쓰레하다. 여느 날처럼 커피 한 잔의 여유 같은 건 사라졌다. 수연은 마지막 모금을 들이켠 다음 종이컵을 구겨 쓰레기통에 넣고는 곧바로 휴게실을 나선다. 지나왔던 길을 거슬러가야 한다. 두 개의 화단을 지나고 다시 공중전화 부스 앞을 지난다. 부스는 모두 비어 있다. 사람들 자취는 이미 찾아볼 수 없고 네번째 부스 유리 벽면이 깨진 흔적만 남아 있다. 그 여자는 어떻게 되었을까? 수연은 악몽을 떨쳐내듯 서둘러 그 앞을 지나친다.

 열람실 건물로 들어서자 복도가 길게 펼쳐져 있다. 오늘따라 유난히 더 어둡고 좁아 보이는 통로를 빠르게 나아간다. 뒷덜미로 들러붙는 그림자가 의외로 짙음을 느끼며 그녀는 몇 번이나 뒤를 돌아본다. 지나온 복도는 터널처럼 펼쳐져 텅 비어 있다. 잠재된 것에 비하면 눈앞에 도사리고 있는 공포가 오히려 나아 보였다. 더벅머리가 코앞에 버티고 있을 때가 더 안전했는지 모른다. 수연은 3층까지 단숨에 올라 열람실로 들어선다. 안전선 안으로 들어선 느낌……. 뒤에서 자동문이 스르르 닫히자 안도의 숨이 나온다.

세계 명작도, 실직자도 자신의 자리를 묵묵히 지키고 있다. 무심히 머물던 그들의 존재가 어느새 그녀의 마음속에 들어와 있었다. 관계란 건 순간의 일, 단 한 번의 벽 허물기 같은 것으로 보였다. 그 한 번의 벽 허물기로 인연을 맺었다면 그들은 지금 든든한 그녀 편이 돼 있을 텐데. 지금껏 그들과 눈인사 한번 나눈 일 없었다는 사실에 자책감이 든다. 깨달음이란 언제나 늦다.

노트북을 열지만 일에 대한 의욕은 이미 사라졌다. 무리한 원고 청탁을 받아들였던 일이 후회스럽다. 이젠 더 이상 원고가 문제가 아니다. 집까지 어떻게 안전하게 가느냐가 절박한 문제로 떠오른 것이다. 수연은 사내가 사라진 자리를 물끄러미 바라본다. 해방의 기쁨은 잠시였다. 더벅머리가 앞쪽 책상에 버티고 있을 때가 오히려 나았다. 그때는 그가 그곳에만 존재했다. 사내가 사라진 지금은, 그곳을 제외한 모든 곳에 그가 도사리고 있다. 사내는 도처에 살아 숨쉬고 있는 것이다. 그녀의 등 뒤나 옆, 아니 저 너머에, 보이지 않는 모든 곳에…….

도서관을 벗어나는 일도 그리 간단치 않아 보인다. 모두 네 개의 큰 열람실 건물로 이루어진 이 대형 도서관은 정문까지 이르는 길이 공원 하나를 가로지르는 것 같다. 아름드리나무가 곳곳에 솟아 있고 넓은 잔디밭과 연못과 분수까지 갖추어진, 손색없는 공원이라 할 만한 정원이 그녀의 머릿속에 훤히 펼쳐진다. 벚나무 늘어선 길, 등나무 넝쿨 드리운 긴 터널이 계절에 따라 화려하게 변신하는 정원이 우범지대로 돌변해 그녀 앞에 가로놓여 있다. 아름드리나무 뒤, 혹은 어두운 등나무 넝쿨 구석 벤치에서 불쑥 더벅머리 사내가 나타나기라도 한다면……. 공중전화 부스의 여자처럼 수연도 남자의 손에 갈대처럼 휘둘릴 것이다. 앙칼진 목소리의 여자도 남자의 억센 손아귀에서 꼼짝달싹 못한 채 바르르 떨고만 있었다. 말리는 사람들이 없었다면, 그 상황에서 여자는 어떻게 되었을까. 공중전화 시비와 관련한 끔찍한 사건이 불과 한두 달 전에도 있었던 걸 수연은 또렷이 기억해냈다. 술 취한 젊은 남자가 긴 통화에 핀잔을 주던 여고생을 잔인하게 살해한 엽기적 사건이었다. 남자는 둔기로 때려 살해한 그 여학생 얼굴에 불까지 지른 다음 땅속에 파묻었다고 했다.

   수연은 이곳을 벗어날 적절한 타이밍을 떠올려본다. 아무래도 사람들이 한꺼번에 몰려 나가는 시간이 안전할 것 같다. 자료 열람실이 끝나는 저녁 여덟시와 도서관 문이 닫히는 밤 열시, 두 번의 기회가 있다. 하지만 둘 다 어두운 시간이라는 점이 마음에 걸린다. 어둠은 그 자체로 위협이다. 언뜻 세계 명작 남자와 눈이 마주치면서 수연은 새로운 묘안을 떠올린다. 그가 일어설 때 같이 따라나서는 건 어떨까. 몇 걸음 같이 걷다 그와 간단한 인사로 안면을 트면서 자연스레 따라붙는 것이다. 그가 읽는 책들이 어떤 것인지, 사는 동네는 어딘지 등등의 얘기를 주고받으며……. 실직자는 그새 가 버렸는지 아무 흔적도 없다. 수연은 다시 한 번 세계 명작과 눈이 마주친다. 속내를 들킨 듯 얼굴이 달아오른다. 낯가림이 심한 자신의 성격상 그에게 접근하는 게 정말 가능할지 의심스럽다. 그러다 괜히 실없는 여자로 비치기라도 한다면, 아니 그보다 그가 은근히 치근거리기라도 한다면……. 하이힐에 따라붙던 그의 미심쩍은 시선도 마음에 걸린다. 솔직히 자신이 없다. 알은척하지 말고 그저 시침 뚝 떼고 슬그머니 따라붙는 게 더 나은 방법일 성싶다.

일단 그렇게 해서 도서관을 안전하게 빠져나가면, 그다음은 어떻게 할 것인가? 돌담길 골목을 떠올리자 그녀는 다시 막막해진다. 지금껏 오가며 즐기던 그 골목길의 한적한 정취는 오간 데 없다. 그야말로 으슥하고 외진 길이었다. 불과 몇 시간 전까지도 그 길을 유유자적 지나왔다는 사실이 신기하기까지 하다. 오늘만큼은 둘러가는 한이 있더라도 사람들이 많이 다니는 길을 택해야 한다. 큰길로 우회해 간다면 집까지 족히 반시간은 걸리는 거리, 물론 걸어간다는 건 엄두도 못 낼 일이다. 집 현관을 들어서는 순간까지 안심할 수 없다. 도서관 정문 앞에서 무조건 택시를 잡아타는 것도 한 방법이다. 그러면 일차적 탈출은 성공한 셈이며 동네 골목길만 마지막 관문으로 남는다. 하지만 어두울 때는 동네 골목 역시 안심할 곳은 못 된다. 요즘 사람들은 비명 소리에도 잘 내다보지 않는다. 마중 나올 사람이 하나만 있어도 단번에 해결될 문제건만, 그녀의 눈엔 썰렁하게 빈 자취방만 떠오른다. 가족이 아니면 이웃도 도움이 되지만 지금껏 달팽이 같은 생활을 해온 수연에게 그런 뾰족한 대안이 있을 리 없다. 이웃이든 가족이든, 관계란 그랬다. 위안이 되거나 도움이 필요한 짧은 순간을 제외한 대부분의 시간은 서로에게 부담스러운 존재로 머무는 것. 또한 그것은 순간의 혜택을 위해 긴 의무에 복무해야 하는 아주 비효율적인 관계의 방식 같았다. 하지만 지금은 그런 비효율이 그렇게 절실할 수가 없다.

어스름이 깔릴 무렵, 세계 명작이 드디어 읽던 책을 덮는다. 그는 팔을 위로 뻗고 몸을 뒤로 젖히며 길게 기지개를 켠다. 일을 마무리하고 난 뒤의 뿌듯함 같은 것이 배어나는 몸짓이다. 그는 손으로 흐트러진 머리를 몇 번 매만지고 어깨의 비듬을 털어내더니 자리에서 일어난다. 그가 책을 제자리에 돌려놓으러 간 틈을 타 수연도 재빨리 물건을 챙겨 사물함 쪽으로 옮겨간다. 수연은 사물함 안에 든 소지품과 노트북을 가방에 챙겨넣은 다음, 열람실을 나가는 세계 명작의 뒤를 슬쩍 따라붙는다.

세계 명작이 계단을 앞두고 흘끗 뒤를 돌아본다. 수연은 휴대폰을 만지작거리는 척하며 그가 눈치채지 않도록 시차를 약간 두고 계단을 내려간다. 1층 현관 입구에 다다랐을 때 갑자기 세계 명작의 모습이 보이지 않았다. 도서관 앞마당에도, 복도에도 그의 모습이 전혀 띄지 않는다. 갑자기 어디로 사라졌을까. 눈치채지 않게 하려고 시간을 너무 많이 끈 것이다. 아마도 그는 2층 복도에서 화장실 쪽으로 사라진 것 같았다. 샛길로 빠졌다면 대개는 그 경우다. 첫 단추부터 어긋난 셈이다. 아무런 보호막 없이 정문까지 혼자 가야 한다고 생각하니 눈앞이 캄캄해온다. 하지만 주사위는 던져졌다. 시간을 지체할 수도 없다. 수연은 경계의 눈빛으로 주위를 한번 둘러보고는 현관을 나선다. 서늘한 바깥 공기가 와락 달려든다. 어스름이 깔리기 시작하는 시간, 가로등은 아직 켜지지 않았다. 도서관 앞마당엔 사람들도 별로 띄지 않는다. 나무들 때문이겠지. 나무들 뒤의 벤치에는 스킨십을 즐기려는 젊은 커플이나 흡연자들이 여느 날처럼 구석구석 포진해 있을 것이다. 설마 그들 가운데 더벅머리가 끼여 있진 않겠지. 수연은 자위하듯 마음을 다잡는다.

이내 갈림길이 나타난다. 지름길인 등나무 넝쿨 터널과 둘러 가는 벚나무 길……. 다행히 고민은 금세 해결되었다. 구세주가 눈에 띈 것이다. 벚나무 길로 대학생으로 보이는 여자 둘이 가고 있다. 묵직한 노트북이 발목을 붙잡지만 수연은 빠른 걸음으로 그들을 따라붙는다. 수연은 예닐곱 그루의 나무를 지나치다 뒤를 한번 돌아본다. 허우대 있는 남자 실루엣이 얼핏 잡힌다. 분명 나무는 아니다. 수연은 더 빠른 걸음으로 여대생들을 향해 나아간다. 급한 발소리에 두 여자가 동시에 뒤를 흘끗 돌아본다. 그들은 소리의 주인공이 여자임을 확인하고는 무심히 고개를 돌린다. 수연은 그 무심함의 근거를 잘 안다. 어두운 골목길을 혼자 걸을 때 여자라면 흔히 경험하는 일이다. 뒤에서 정체불명의 발소리가 따라붙을 때의 공포와 불안, 그러다 마침내 그 발소리의 주인공이 여자임을 알았을 때 느끼는 원초적 안도감……. 동성(同性)이라는 사실이 그 상황에서만큼 위안이 되는 경우도 드물 것이다.

정문 수위실 앞. 여대생들이 좌석표를 반납하느라 주춤거리는 사이 수연은 드디어 그들을 따라잡는다. 그들 뒤에 바싹 붙어 재빨리 도서관 정문을 나선다.

―어이, 이봐요, 학생! 표 주고 가야지. 어이, 학생!

직원 남자가 소리친다. 정문을 지나친 수연이 걸음을 되돌릴 리 만무다. 앞의 두 여자가 뒤돌아본다. 멀쩡하게 생긴 여자가 웬 몰상식한 행동인가, 싶은 표정이다. 십수 년 도서관을 이용했지만 수연이 표를 반납하지 않은 건 처음이었다. 지금껏 책 반납기일을 어긴 적도, 대출 도서에 연필 자국 한 번 남긴 일도 없었다. 책갈피 한 번 접은 일 없는 모범 이용자로 둘째가라면 서러워할 이가 바로 그녀 자신이었다. 그런 사실을 저들이 어찌 알겠는가. 어지러이 교차하는 억울한 생각을 뒤로한 채 수연은 사거리를 향해 정신없이 내달렸다. 완성하지 못한 원고 생각 따윈 까맣게 잊은 채였다.

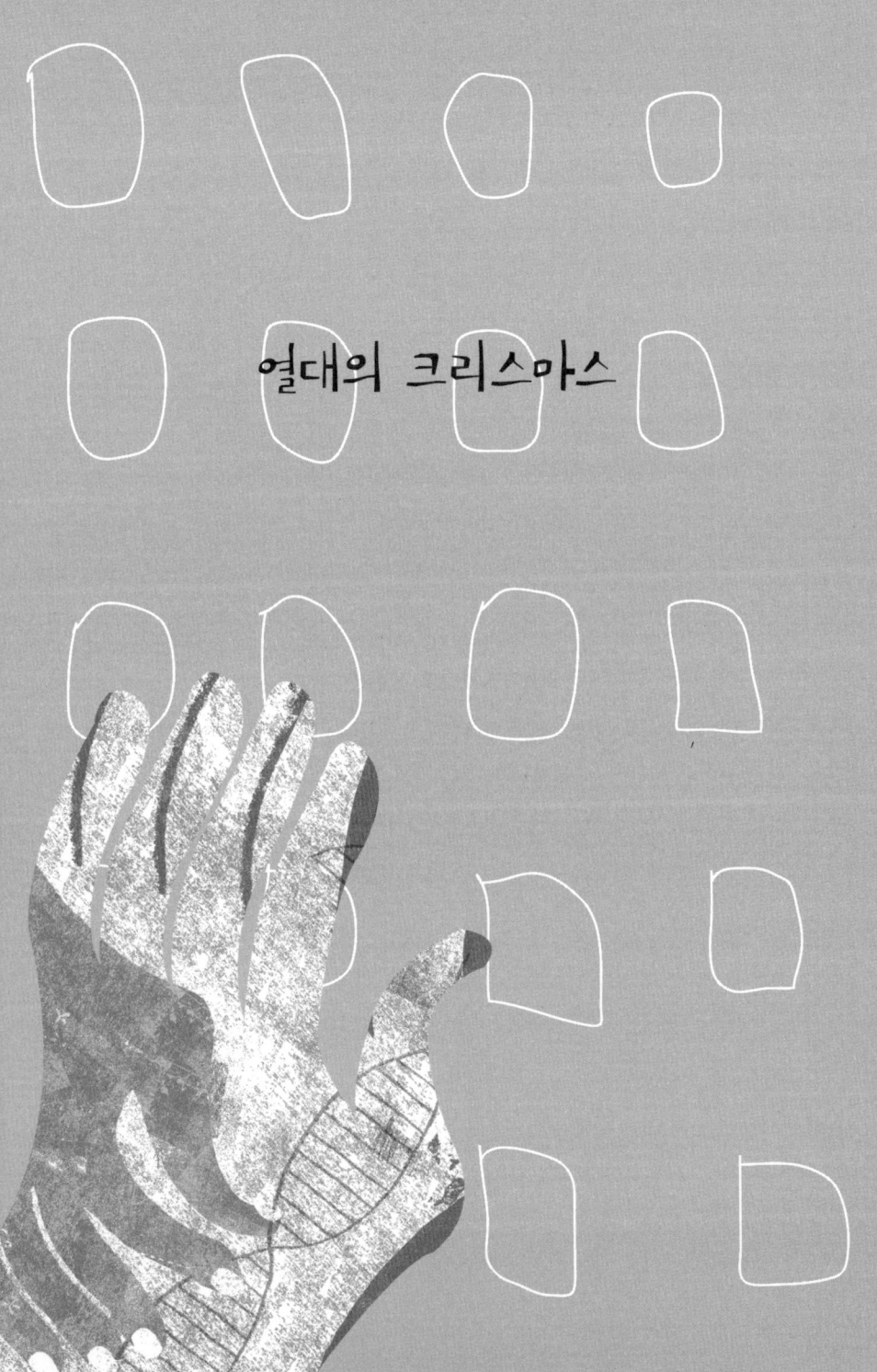

열대의 크리스마스

지효는 차이나타운의 중심지인 옹펀 거리로 접어들었다. 올망졸 망 줄지어 선 재래식 가게들은 크리스마스 치장으로 현란했고 거리는 캐럴송으로 넘쳤다. 오후 세시가 넘었으나 태양은 여전히 지구를 삼킬 듯한 기세였다. 어떤 시인의 표현대로 '해가 녹아서 똑똑 정수리로 떨어지는 기분'이었다. 매연에 찌든 공기 탓에 발걸음은 더 처졌다. 크리스마스 분위기로 물든 뙤약볕 거리를 걷자니 이상한 나라의 앨리스라도 된 것 같았다.

11월에 접어들면서부터 이곳은 일찌감치 크리스마스 분위기로 술렁거렸다. 사람들은 모이기만 하면 들뜬 목소리로 크리스마스 이야기를 늘어놓았다.

―이번 크리스마스 선물로 뭘 받고 싶어?

―비키니 수영복과 비치 샌들.

―난 노키아 휴대폰…….

 사람들은 이때부터 일은 뒷전이고 연말까지 줄곧 축제 분위기에 젖어 지낸다고 했다.

―이렇게 속 편하게 사니까 나라 꼴이 이 모양이지.

―그나저나 조심해. 크리스마스 유흥비 마련하느라 요즘 강도 사건이 부쩍 늘고 있대.

 현지인을 고용한 한인들 불평이 심해지는 것도, 미심쩍은 눈길로 그들을 경계하기 시작하는 것도 이즈음이었다. 마닐라의 11월 도심 한쪽 풍경은 이랬다.

 지효는 난생처음 맛보는 이국의 낯선 연말 분위기에 매료돼 있었다. 얼마 전 이곳에서 처음 접한 스킨스쿠버 다이빙만큼이나 마음을 빼앗겼다. 수심 30미터 열대의 바다는 지구 별에 속한 것 같지 않았다. 반시간 남짓한 물속 구경은 30여 년 육지 생활의 피로를 단번에 날려줄 정도였다. 이곳 크리스마스에는 산타가 썰매를 타고 오는 게 아니라 다이버의 산소통을 짊어지고 산호섬에서부터 헤엄쳐와야 제격일 것 같았다. 빨간 코의 루돌프 대신 눈부신 열대어떼를 앞세우고.

 지효는 두 달 일정으로 이곳 필리핀에 왔다. 한때 자신이 몸담았던 회사의 일을 의뢰받아서였다. 이곳에 진출해 실버타운과 골프장 등 대규모 리조트 건설 사업을 하고 있는 본사의 홍보 관련 책자를 만드는 일이었다. 은퇴 이민과 골프 여행, 또는 어학연수를 위해 이곳을 찾는 한국인은 해마다 늘고 있었다. 기업이 이를 놓칠 리 없었다. 레저산업과 실버타운 건설 분야에 다투듯 진출하면서 이와 관련한 관광 상품까지 등장한 상태였다.

─지금까지의 홍보용 카탈로그와는 차원이 다른 거야.

홍보실장은 일의 성격상 카피라이터 감각에 취재, 사진 경험까지 있는 사람이 필요하다고 했다. 작업 기간은 2개월, 현장 체험을 직접 하고 현지에서 작업을 끝낸다는 조건이었다. 두 달이나 서울을 비운다는 사실이 지효로서는 적지 않은 부담이었으나 홍보실장의 간곡한 청을 모른 척할 수도 없었다. 직장 선배였던 그는, 지효가 습작 시절 생계 위협에 처할 때마다 도움의 손길을 내민 은인이었다. 지효 입장에서 구미가 전혀 당기지 않은 것도 아니었다. 이런저런 이유와 명분이 얽히고설켜 한 달 만에 마닐라행이 결정났다.

지효는 이틀 전에야 이곳 일에서 완전히 풀려났다. 작업이 예상보다 늦어지는 바람에, 열흘 정도는 여행으로 화려하게 마무리할 거라던 처음 생각은 희망에 그쳤다. 이틀 후면 그녀는 이곳을 떠난다. 아쉽고 허전하고, 한편으론 후련하고 서글프기도 한 미묘한 심경이었다.

지친 걸음을 옮겨놓던 지효에게 패스트푸드점 '졸리비' 간판이 눈에 띄었다. 뙤약볕을 걷다 아름드리나무라도 한 그루 발견한 기분이다. 더위를 피하고 지친 다리를 잠시 쉬어갈 수 있는 곳으로 졸리비는 안성맞춤이었다. 유리문을 밀치는 순간, 서늘한 실내 공기가 밀려들었다. 피로가 한결 풀리는 듯했다. 캐럴송이 흐르는 실내는 사람들로 북적거렸다. 지효는 계산대 앞에 줄지어 섰다. 냉커피부터 한 잔 하고 싶었다.

"커피 파는 시간은 지났어요."

산타 모자를 쓴 종업원 여자가 벽의 메뉴판을 가리키며 말했다. 커피는 오전에만 팔도록 되어 있었다. 메뉴판을 아무리 훑어도 커피를 대신할 만한 것은 없었다.

"콜라로 주세요."

반사적으로 흘러나온 말이었다. 마실 거라면 '커피 아니면 콜라'라는 이 단순명쾌함이 패스트푸드점의 손꼽을 장점으로 보였다.

주문한 메뉴가 차려지는 데 1분도 채 안 걸린 식판을 받아들고 지효는 맨 구석 자리로 가 앉았다. 옆 테이블에는 엄마와 다섯 명의 아이가 어미 닭을 에워싼 병아리떼처럼 앉아 있었다. 이 나라에서 흔히 볼 수 있는 광경이었다. 대각선 방향에 앉은 아이가 지효 쪽을 빤히 쳐다보았다. 아마도 지효 앞에 놓인 풍성한 먹을거리에 마음을 빼앗긴 것 같았다. 여섯 식구가 둘러앉아 있는 그들 테이블은 빈약하기 그지없었다. 두 개를 이어 붙인 테이블에는 집에서 가져온 물병 하나와 밥이 따라나오는 치킨 메뉴 두 개가 덩그러니 놓여 있었다. 이곳 패스트푸드점 메뉴는 이 나라 사람들 주식인 밥이 딸려 나오는 게 많았다. 치킨 두어 조각과 밥, 튀긴 생선과 밥, 아니면 야채 볶음과 밥…… 이런 식이었다. 아이들은 엄마가 먹여주는 밥과 닭고기를 번갈아가며 받아먹었다. 어미가 물어오는 먹이를 받아먹으려고 아우성인 새끼 제비들 같았다. 삼십 대 초반쯤으로 보이는 아이들 엄마는 가무잡잡한 피부에, 작고 가녀린 몸매를 한 전형적인 필리핀 여자였다. 가톨릭 문화가 깊이 밴 이곳은 자식 예닐곱 딸린 가정이 흔했다.

더위 탓인지 영 입맛이 없었다. 콜라 외에는 목구멍으로 넘기기도 힘들었다. 햄버거도 한입 베어물다 말았고 샐러드도 소스 맛이 익숙지 않아 맛만 보고는 포크를 내려놓았다. 지효는 식판을 한쪽으로 밀쳐놓은 다음 가방에서 여행안내 책자를 꺼내 테이블 위에 펼쳤다. 앞부분의 화려한 컬러 화보를 건너뛰어 차이나타운 일대가 자세히 소개돼 있는 면을 펼쳤다. 그녀가 지금 앉아 있는 이 패스트푸드점까지 나와 있을 만큼 상세한 지도였다. 지효는 방향을 가늠해가면서 안내 책자를 자세히 들여다보았다. 근처에는 스페인 식민통치 시절에 지어진 유서 깊은 성당 건축물이나 성벽, 요새 같은 유적들이 많다고 했다.

—볼거리요? 자연경관 빼고는 식민지 시대의 잔재뿐이에요.

사무실 여직원 마리가 알려주었다. 경리부 직원인 마리는 체류 기간 동안 지효의 도우미 역할을 맡았다. '4개 국어를 능통하게 하는'과 '유피 출신'이란 말이 그녀에게 명품 액세서리처럼 따라붙었다. 그런 수식어도, 그런 사람이 속해 있는 부서가 경리부라는 것도

열대의 크리스마스

생소했다. 중학생 때 가족들과 이민 왔다는 그녀는 유피(UP, 필리핀 명문 국립대 University of Philippine의 약자)에서 일본어를 전공해 영어와 한국어, 타갈로그어까지 모두 4개 국어를 구사할 수 있었다. 올해 졸업한 사회 초년생인 그녀는 일주일 전 이 한국 회사에 채용된 신입사원이었다.

오랜 이민 생활에도 마리는 한국의 여느 신세대와 다름없는 스타일과 분위기를 풍겼다. 그럼에도 이곳 10년 생활이 가져온 특이한 습관이 있었는데, 그것은 한 번씩 지효를 곤혹스럽게 했다.

지효가 처음 마닐라공항에 내렸을 때였다. 현지 직원이 마중 나와 있을 거라고 했지만 사람들이 들고 선 피켓을 아무리 자세히 훑어도 '김지효'라는 이름을 찾을 수 없었다. 급기야 승객들이 다 빠져나간 출구에 덩그러니 혼자 남았다. 30분이 지나고 40분이 지나도 아무도 나타나지 않자 불안하고 초조해졌다.

―저…… 혹시, 김, 지, 효?

도착 1시간 만이었다. 땀이 줄줄 흐르는 등 뒤에서 맑은 고음의 여자 목소리가 들린 건. 사무실에서 지효를 마중하러 내보낸 직원 아가씨였다. 마리라는 이름의 한국인 여자였다. 그제야 나타난 이유인즉슨, 마리를 태우고 온 필리핀 기사가 그녀를 대신해 지효의 이름이 적힌 피켓을 들고, 그것도 입국심사대 바로 옆에 서서 기다린 것인데, 결정적으로 이름이 잘못 적혀 있었던 것이다.

―죄송해요. 기사가 저더러 차 안에 그냥 있으라고 해서…….

필리핀 기사는 마리를 배려해 시원한 자가용에 머물도록 해놓고 자기 혼자서 피켓을 들고 나와 있었던 것이다. 기사의 충정과 그런 문화에 익숙한 마리의 평소 생활 습관이 어우러진 결과였다.

―이름이 잘못 쓰인 것도 조금 전에 알았어요. 제가 쓴 게 아니라서…… 사무실에서 미리 확인해봤어야 했는데, 죄송해요.

정황 설명과 변명이 적절히 어우러진 사과였다. 입사 일주일째라는 그녀는 공항에 손님을 마중 나온 일이 처음이라고 했다. 한 번쯤 있을 법한 실수였다.

"리타, 동생 좀 챙겨."

옆 테이블의 필리핀 여자가 소리쳤다. 막내로 보이는 아이가 아장거리며 실내를 돌아다니기 시작한 것이다. 여자는 아이들을 다 먹이고 남은 음식을 해치우는 중이었다. 남은 거라야 앙상한 닭다리에, 푸슬푸슬한 밥 조금이었다. 여자는 닭다리 관절 부위 연골을 혀로 알뜰하게 발라 오도독거리며 씹고 있었다. 아무리 어린아이들이지만 여섯 식구의 식사로 치킨세트 2인분은 턱없이 모자라 보였다. 그럼에도 아이들은 별로 식탐을 하지 않았다. 엄마가 남은 음식을 해치우는 동안 예닐곱 살쯤으로 보이는 큰애가 어린 동생을 따라다니며 보살폈다.

아이들 엄마를 보며 지효는 베티를 떠올렸다. 베티는 사무실에서 주방 살림을 맡고 있는 여자였다. 말을 트고 보니 지효랑 동갑이었다. 그 공통점 하나만으로 지효는 그녀와 친해졌다. 더 놀라운 건

열대의 크리스마스

그녀가 여섯 아이의 엄마라는 사실이었다.

―스무 살 이후로 2년에 한 번씩 배가 산처럼 부풀어 있었단 말이야?

지효가 농 섞인 어조로 베티에게 물었다.

―그럼 지효는, 아직까지 애를 한 번도 가져본 적이 없단 말이야?

베티는 진지하고 심각한 어조로 되물었다.

―애를 생기는 대로 낳아?

―하느님이 주신 아기를 낳지 않으면?

베티가 놀라워하며 되받았다.

서로 상대의 입장을 낯설어하며 시작한 얘기가 관습과 종교의 문제로 옮겨오면 막다른 골목에 다다른 셈이었다. 지효도 베티도, 둘 다 영어라는 언어의 장벽에, 그보다 곱절은 높아 보이는 문화의 벽에 부딪쳐 더는 따지고 들 엄두를 내지 못했다.

베티는 평일에는 사무실 숙소에 기거하며 주말에만 집에 갔다 오곤 했다.

―애 여섯 딸린 엄마가 그게 가능해?

―애가 여섯이나 있는데 그게 왜 불가능해? 거기다 남편까지 있는데.

평소에는 그녀의 남편과 맏딸이 어린 동생을 돌보고 살림을 맡아 한다는 것이었다. 심야에 경비 일을 하는 남편이 오전에 아이들을 돌보고, 오후에는 학교에서 돌아온 맏딸이 어린 동생들을 보살피는 식이었다.
"콜냐, 콜냐!"

옆자리의 어린아이가 어느새 지효 바로 앞에 와 있었다. 아이는 손가락으로 콜라를 가리키며 까만 눈동자를 반짝이고 있었다. 테이블 높이에 간신히 눈이 닿는 아이 뒤로 머리통 하나가 우뚝 솟은 큰아이가 따라붙었다. 두 쌍의 맑은 눈망울이 지효의 테이블 위를 굴러다녔다. 한입 베어문 햄버거와 먹다 남은 샐러드, 빈 콜라 컵이 놓인 쟁반이 한쪽으로 밀쳐져 있었던 것이다. 아이들에게 선뜻 들이밀 만한 게 없었다. 새 콜라라도 하나 사다줄까 망설이고 있는데, 엄마의 목소리가 들렸다.

"리타, 동생 데리고 이리 오지 못해!"

엄마의 외침에 아이들은 부엉이처럼 겁먹은 눈으로 슬금슬금 자기네 자리로 돌아갔다.

그새 남은 음식을 말끔히 해치운 엄마는 아이들을 하나씩 챙겨서 일어났다. 막내를 안은 엄마 뒤를 나머지 아이들이 오종종 따랐다. 그들이 떠난 테이블 위는, 깨끗이 발라먹은 닭뼈만 덩그러니 놓여 있었다.

지효는 여행안내 책자를 덮고 밀쳐놓았던 식판을 끌어당겼다. 먹다 남긴 햄버거와 샐러드를 꾸역꾸역 먹어치우기 시작했다. 음식을 남겨두고 일어선다는 게 마음에 걸렸다. 이곳 생활에서 제일 적응하기 힘든 게 '쓰레기 버리는 일'이었다. 분리수거가 없다는 사

열대의 크리스마스

실이 그렇게 고역일 수 없었다. 음식물 찌꺼기를 맥주병이나 신문과 같이 버리는 일이란 볼일 보고 뒤처리 제대로 하지 않은 것처럼 영 찜찜했다. 처음에는 음식물 찌꺼기와 다른 쓰레기를 따로 비닐봉지에 넣은 다음 그것을 다시 큰 봉투에 담아 버리는 방법을 택했다. 하지만 그건 쓰레기봉투만 더 낭비하는 결과였다. 맨 처음 분리수거 제도가 생겼을 때, 아무 생각 없이 버리던 쓰레기를 하루아침에 낱낱이 구분해 버리는 일이 쉽지 않았듯, 오랫동안 체질화된 일이 이제는 그것을 지키지 않으려니 더 힘들었다.

지효는 햄버거와 샐러드를 남김없이 해치우고 일어났다. 오늘의 마지막 일정을 떠올리자 속이 더 더부룩해지는 느낌이었다. 그동안 신세를 졌던 이곳 식구들과 함께하기로 한 저녁 약속이 그것이었다. 필리핀 가정부 둘과 운전기사, 사무실 막내인 마리와 경리부 남자 직원, 그리고 지효까지 모두 여섯이서 하기로 한 저녁 식사였다. 작별 인사 겸 그동안 그들에게 진 신세에 보답을 해야 할 것 같아 특별히 마련한 자리였다.

―이곳에서도 최고급은 역시 일식이에요.

지효가 마리에게 조언을 구했을 때 들려온 답이었다.

―필리피노들에게도 괜찮을까.

섬나라인데도 이곳은 생선회 같은 '날것' 음식 문화는 없었다.

―그건 모르겠어요. 그 사람들한테 일식집은 처음일 테니. 그럼 필리핀 식당으로 할까요. 값은 아주 저렴할 텐데.

지효는 그들이 평소 드나드는 소박한 식당으로 하고 싶지는 않았다. 기억에 남을 만큼 근사한 식당에서 하고 싶었다. 그동안 빚진 마음이 컸던 것이다. 기사는 차 문을 직접 열어주려 했고, 가정부들은 식사부터 커피, 물 한 잔까지도 손수 서빙해주었다. 시시콜콜한 시중까지 받는다는 게 여간 불편한 일이 아니었지만 그런 생활에 익숙한 다른 한인처럼 행동할 수밖에 없었다. 어차피 자신은 잠시 머물다 갈 손님에 지나지 않았던 것이다.

―한국에서 손님이 한번 왔다 가면 이상하게도 일하는 사람들 태도가 나빠져요.

이런 불평이 들릴 때마다 지효는 자신의 처신이 부쩍 조심스러웠다. 양쪽 눈치를 다 볼 수밖에 없었다. 한인들의 처지를 헤아리기 위해서는 필리피노의 시중을 자연스럽게 받아들여야 했다.

―일식과 중식, 다 되는 퓨전 레스토랑이 낫겠네요.

마리가 절충안을 내놓았다. 그제야 지효는 흔쾌히 마리의 의견에 따를 수 있었다.

졸리비를 나온 지효는 다시 옹핀 거리로 접어들었다. 차이나타운 주변을 둘러본 다음 저녁 약속 장소로 가면 시간이 얼추 맞을 것 같았다.

―제가 동행해드릴까요?

전날, 마리가 걱정스러워하며 말했다. 지효 혼자, 그것도 슬럼가 뒷골목이나 재래시장 구경을 나선다는 게 아무래도 안심이 안 되었던 모양이다. 하지만 지효는 여러 이유를 늘어놓으며 마리를 간신히 떼어놓았다. 혼자 다니는 게 훨씬 자유롭고 편할 것 같아서였다. 지효가 이곳에 도착한 바로 다음 날, 회사의 특별 배려로 주어졌던 마닐라 하루 관광을 떠올려볼 때 더더욱 그랬다. 그날도 사무실 막내인 마리가 안내 도우미로 따라붙었다. 전날 공항에서의 악몽은 까맣게 잊은 채 지효는 젊은 여직원의 동행을 반겼다. 하지만 택시에 오르고 10분도 되지 않아 지효는 그 동행이 별 도움이 되지 않으리란 걸 짐작할 수 있었다.

─이곳은 통화 요금이 워낙 비싸서 다들 문자메시지를 많이 주고받아요.

현지 실정을 잠깐 덧붙이고 난 뒤부터 마리는 줄곧 휴대폰 액정에만 빠져 있었다. 남자친구와 문자메시지 주고받기에 바빴다. 청춘남녀의 중요한 작업을 방해할 수 없어 지효는 차창 밖 광경에 대한 호기심과 궁금증을 번번이 억눌러야 했다.

─안내할 코스를 제가 대충 정해오긴 했는데, 특별히 가고 싶은 곳 있으세요?

차에 오르기 전, 마리는 지효의 의향을 물어왔다. 급작스러운 일정이라 별다른 계획이 있을 리 없었던 지효는 마리의 생각에 기꺼이 따르기로 했다. 이곳 신세대 눈높이에 맞춘 마닐라 관광도 나름 재미있을 것 같아서였다.

─여기가 마카티예요. 대형 쇼핑몰이 밀집해 있는 마닐라 시내

중심가죠.

극심한 도로 정체로, 차에서 1시간 만에 내린 곳은 서울의 명동 같은 곳이었다. 평소 의(衣)와 식(食)을 인터넷 쇼핑으로 다 해결할 정도로, 사람들로 북적거리는 장소에 알레르기 반응을 보이는 지효는 그간의 생활 방식에 응분의 대가라도 치르는 것 같았다. 체질적으로 지효는 사람들 붐비는 곳이 맞지 않았다. 쇼핑센터에 30분만 있으면 이상하게도 목이 간질간질했고 머리가 지끈거렸다.

―전 서울 가면 밀리오레나 두산타워 헤집고 다니며 일주일 내내 쇼핑만 하는걸요. 이곳 물건들은 하나같이 허접해서 어쩔 수 없어요.

여행에서 쇼핑을 첫손 꼽는 마리는 서울 강남의 번화가에서 쉽게 마주칠 수 있는 이십 대 아가씨로 보였다. 옷과 구두는 물론 손가방, 액세서리까지 이곳에서는 고급으로 꼽히는 '메이드 인 코리아' 제품이었다. 명품 집착증의 마닐라 버전쯤 돼 보였다. 서울의 요즘 트렌드는 지효보다 마리가 더 잘 꿰고 있었다. 국경이나 거리 같은 건 이젠 아무런 제약이 되지 못했다.

―뭐든 관심의 문제죠.

마리는 핵심을 정확히 짚었다.

지효는 거대한 쇼핑몰에서 마리가 이끄는 대로 따라다니며 눈이 어질어질할 정도의 '아이쇼핑'을 했다. 그러다 지치면 한 번씩 쉬어 가기 위해 스타벅스나 던킨을 찾았다.

―점심은 파스타로 하려고 하는데, 어떠세요?

마리가 점심 메뉴를 떠올리며 지효의 생각을 물었다.

―이 나라 사람들이 잘 먹는 음식이 낫지 않을까?

―그런 건 자칫하면 배탈 날 수 있으니 조심해야 해요.

마리는 이곳 실정을 잘 아는 안내자로서의 소신을 굽히지 않았다. 점심 메뉴까지 그녀의 계획을 따르고 나니, 난생처음 와보는 마닐라 구경인지 서울 도심 나들인지 헷갈렸다. 마지막으로 리살공원(스페인 식민통치하에서 독립운동을 하다가 처형당한 호세 리살을 기념해 만든 대형 공원)에 들른 것이 그나마 마닐라 관광이었음을 일깨워주었다. 거기서 지효는 처음으로 기념사진 한 장을 디지털카메라에 담을 수 있었다.

일정이 다 끝났을 때, 쇼핑백은 마리의 손에만 들려 있었다. 지효는 마리의 쇼핑 나들이를 따라다닌 기분이었다. 그날 하루의 경험이 지효의 이곳 생활에 적잖은 영향을 미쳤다. 회사 측에서 지효의 작업실 겸 숙소에 일할 사람을 딸려주겠다는 제안을 했을 때도 지효는 거절했다. 손수 해결하는 게 더 간편하고 쉬울 것 같았다. 회사는 지효의 의견을 존중해주었다. 대신 일주일에 한 번 가정부를 보내 청소나 자질구레한 살림살이를 챙기도록 편의를 봐주었다.

옹핀 거리를 완전히 벗어나 한 블록을 더 가자 모퉁이 대로변에 낯익은 성당 건축물이 나타났다. 안내 책자 한쪽 페이지를 다 차지한 모습 그대로였다. 스페인 식민통치 시대에 지어졌으니 300년은 너끈히 된, 낡고 고풍스러운 석조 건물이었다. 성당 바깥마당에는 노점상과 구걸꾼들이 여기저기 앉아 있었다. 재래시장이나 변두리 빈민가에서 흔히 볼 수 있는 광경이었다.

전날부터 지효는 재래시장과 원주민들이 사는 동네 골목을 어슬렁거리며 다녔다. 이틀이면 마닐라는 웬만큼 둘러볼 수 있을 것이고, 그 정도 눈요기는 하고 가야 미련이 남지 않을 것 같아서였다. 이틀간 발품 팔고 다니면서 지효가 느낀 점이라곤, 그동안 자신이 머문 곳은 이 나라와는 아무 상관 없다는 사실이었다.

"완 딸라."

지효 앞으로 작고 검은 손이 불쑥 내밀어졌다. 예닐곱 살쯤 돼 보이는 계집아이였다. 머리는 낡은 수세미처럼 엉겨붙고 얼굴은 땟국이 흘렀지만 눈동자는 맑고 반짝였다. 아이는 한 손으로는 배를 움켜쥐고 다른 한 손으로는 먹는 시늉을 해 보였다. 때가 까맣게 낀 기다란 손톱의 손가락이 한군데 모여 입 속으로 들어가는 모습에 절로 소름이 끼쳤다. 허기진 표정을 애써 지어 보이면서도 아이의 검고 맑은 눈동자는 '네가 원 달러를 안 내놓고 배겨'라는 듯 당돌했다.

사람 많은 데서 절대 지갑 꺼내지 마세요. 지효는 호주머니로 향하던 손을 멈추었다. 마리의 조언이 퍼뜩 떠올라서였다. 주변에는 어린 부랑아들이 여기저기 무리 지어 모여 있었고 어떤 무리는 지효 쪽을 주시하고 있었다. 지폐 귀퉁이라도 보이면 벌떼처럼 달려들 기세였다. 지효는 계집아이가 내민 손을 외면한 채 몸을 돌렸다. 그때였다. 아이는 돌아서는 지효의 배낭을 손으로 휙 낚아챘다. 지퍼 고리에 달려 있던 테디베어 한 쌍이 순식간에 아이의 손에 떨어져 나갔다. 아이는 낚아챈 전리품을 들고 줄무늬 다람쥐처럼 잽싸게 달아났다. 전날 재래시장에서의 일보다 더 섬뜩했다.

전날, 지효가 시장 구경에 넋 놓고 있을 때였다. 등 뒤쪽 낌새가 이상해 흘끗 돌아보았더니 아니나 다를까, 지효 뒤에 바싹 붙어 있던 부랑자 하나가 황급히 돌아섰다. 지갑을 훔치려 했던 모양인지 배낭 뒷주머니가 반쯤 열린 채였다. 부랑자는 너덜너덜한 티셔츠와 무릎이 드러난 낡은 운동복 차림의 꾀죄죄한 몰골이었다. 사내는 짝도 맞지 않는 슬리퍼를 질질 끌고는 뒤뚱거리며 달아났다. 저토록 어설픈 솜씨로 어떻게 남의 걸 훔칠까 싶을 정도로 한심하고 한편으론 안쓰러워 보였다. 서툴고 어눌하던 부랑자 사내에 비한다면 고사리손의 계집아이는 노련하고 민첩했다. 프로와 아마추어의 차이를 보는 느낌이었다.

지효는 성당 안으로 허겁지겁 들어갔다. 단단한 화강석 건물 안으로 들어서자 안도의 숨이 나왔다. 도심 곳곳에 있는 성당은 발품 여행자에게는 안전한 쉼터였다. 지효에겐 졸리비 다음으로 좋은 휴식공간이기도 했다. 사람들은 입구에 있는 성수를 찍어 십자가를 그으면서 들어서서는 의자에 앉아 기도를 올렸다. 군데군데 놓인 대형 선풍기 바람이 땀을 식혀주었다. 신의 은총이 온몸을 감싸오는 느낌이었다.

고딕풍 천장의 건물 내부는 300년 전에 지어진 건물답게 중후한 멋이 우러났다. 거대한 돌기둥 사이로 갈색의 긴 나무 의자가 질서 정연하게 들어앉아 고전미를 풍겼다. 하지만 곳곳에 가미된 내부 장식은 왠지 따로 노는 느낌이었다. 제단 정중앙에 자리 잡은 화려한 성모 마리아상도, 벽면을 빙 둘러가며 그려놓은 벽화도 조악해 보였다. 중세풍 건물에 키치스타일로 치장해놓은 것 같았다. 지효는 그들 사이에 여행객으로 앉아 있는 자신이 꼭 그렇게 어쭙잖아 보일 것 같았다. 그 불편한 존재감 탓에 그곳은 더 이상 지효에게 이전의 휴식처가 되지 못했다.

"굿 이브닝 맘!"

입구에 나란히 선 남녀 종업원이 식당으로 들어서는 지효를 반갑게 맞았다. 깔끔한 흑백의 유니폼을 차려입은 늘씬한 남녀였다. 약속 장소는 마카티 구역의 유명 호텔 건물 스카이라운지에 있는 식당이었다. 약속 시간보다 일찍 도착한 지효는 1층에서부터 건물 내부를 찬찬히 살피며 올라온 참이었다. 1, 2, 3층은 고급 쇼핑매장과 식당, 카지노가 들어서 있었고 5층부터 19층까지는 호텔 객실로 이루어진 건물이었다.

격조 있는 실내 인테리어, 공손한 접객, 잔잔하게 흐르는 음악……. 거기다 음식 맛까지 더한다면 근사한 저녁 식사가 될 것 같왔다. 초대한 사람들에게 두고두고 기억되는 그런 저녁 식사.

─아랫사람들이랑 저녁 한 끼 먹는 일인데, 왜 그렇게 신경을 많이 쓰세요?

마리가 의아해하며 물었다. 지효가 식당 고르는 데 의외로 까다롭게 굴었던 것이다.

─이왕 사는 거, 근사한 곳이면 더 생색낼 수 있잖아. 근데, 그 식당, 음악은 나와?

마리는 급기야 두 손 두 발 다 들었다는 표정이었다.

─그 일에 너무 집착하시는 거 아니에요?

마리가 나중에 한 번 더 그 사실을 꼬집었을 때야, 지효는 자신의 행동이 남의 눈에 집착으로 비친다는 사실을 알게 되었다.

집착이어도 어쩔 수 없다고 생각했다. 나쁜 일도 아닌데……. 지효는 대수롭지 않게 넘어가려 했지만, 기억은 이미 그 집착의 뿌리에 가닿아 있었다.

─다국적 회사의 한국 지사장이래요. 서른두 살인데, 여성 CEO 가운데는 국내 최고 연봉이라네요.

일을 연결해준 사람이 말했다. 여성잡지 단행본팀의 기획으로, 어느 여성 CEO의 성공 라이프스토리를 책으로 펴내기 위한 대필 작업이었다. 사는 집부터 달랐다. 단칸 자취방을 나와 그녀가 사는, 강남 부유층의 주거지로 상징되는 모 주상복합 아파트로 인터뷰하러 가던 첫날, 지효는 외계인 만나러 가듯 호기심과 두려움이 교차

했다. 미리 접한 정보로는 지효의 대학 2년 후배인 여자였다. 한때는 그녀도 지효와 같은 캠퍼스를 거닐고, 같은 학생식당에서 밥을 먹었을 터였다. 학교 앞 민속주점에서 서비스 안주를 몇 번이나 청해가며 소주를 마시고 각자 추렴해 돈을 내기도 했을 테지……. 궁핍한 학창시절까지 떠올리며 지효는 일의 실질적인 의뢰인이자 비즈니스계의 신데렐라 같은 존재인 그녀와 동질감을 느끼려 애썼다. 후배의 성공담을, 여전히 작가 지망생에 불과한 선배가 대필하는 작업이라는 데서 오는 자격지심 같은 건 떠올릴 처지도 아니었다. 잔고가 바닥난 통장 앞에서, 그 제안은 구원의 밧줄이나 다름없었다.

입구 로비에 안내 데스크가 있고 방문객 신분증까지 요구하는 아파트 시스템은 입구에서부터 지효를 주눅 들게 했다. 대기업 빌딩 속으로 들어서려는 잠상인이라도 된 기분이었다. 아파트가 아니라 호텔 같은 분위기였다. 현관을 들어서자 월넛 마룻바닥이 중후하게 깔린 널찍한 거실, 흑백이 조화를 이루는 대형 모니터와 오디오가 거실 한쪽을 차지하고 그로부터 훌쩍 떨어진 곳에 심플한 디자인의 검은 가죽 소파가 기품 있게 놓여 있었다. 주방 벽면은 빌트인 시스템으로 짜여 있었고, 벽 한쪽에 기다랗게 놓인 식탁은 외제가구점에 디스플레이된 상품 같아 보였다. 주방은 요리한 흔적은커녕 음식 냄새 하나 배어 있지 않았다. 가사도우미는 이 집에서 대체 어떤 일을 하고 갈까, 궁금증이 일 정도였다. 짙은 갈색의 원목 앤티크 화장대에는 화장품이 보이지 않았고, 조각품을 연상시키는 원목 옷걸이에도 옷 같은 건 걸려 있지 않았다. 지효의 옷만 현관 신발장 옆 옷걸이에 걸린 채 이 집 식구가 아님을 알려줄 뿐이었다. 가정집다운 온기나 물기라곤 찾아볼 수 없는, 모델하우스 같은 공간이었다.

인터뷰가 끝나고 나면 그녀는 다음 스케줄을 위해 서둘러 나갔다. 고액 연봉의 CEO에게 일분일초는 헛되이 흘려보낼 수 없는 시간이었다. '시간은 곧 돈'이라는 만고불변의 진리가 그녀의 일거수일투족에서 묻어났다.

―일 끝나고 같이 식사나 하시죠.

단 한 번, 그녀의 식사 제안이 있었다. 인터뷰 마지막 날이었다. 그날 인터뷰에서는 그녀가 일의 긴장을 어떻게 이어나가는지에 대한 이야기에 초점이 맞춰졌다.

―일에는 동기 부여가 제일 중요한 것 같아요. 유치해 보일지는 몰라도 저는 스스로에게 사례를 합니다. 좋은 계약을 한 건 성사시키면 절대 그냥 지나치지 않아요. 저 자신에게 선물을 한다든지 하면서 성취를 가시화해요. 명품 가방이나 옷, 구두 같은 걸 산다든가, 아니면 아주 근사한 레스토랑에서 식사를 하든가 하면서 말이죠.

그녀의 멘트가 엉뚱하게도 지효의 허기를 자극했다. 인터뷰 시간에 맞춰 오느라 아침도 거른 상태였다. 지효는 억대 연봉의 여성 CEO가 자신의 성취를 축하하기 위해서 하는 근사한 식사는 어떨지 궁금해짐과 동시에 그녀가 제안한 식사가 내심 기대되었다.

"어, 먼저 와 계셨네요."

마리가 지효를 발견하고는 제일 먼저 다가왔다. 그 뒤로 일행이 차례로 따랐다. 약속보다 30분이나 늦게 나타난 것이다. 약속 시간 안 지키는 건 이곳 사람들 습관이었다. 음악회나 공연 같은 공식행사도 30분 늦게 시작하는 일이 다반사였다.

"식모들, 주방 일 끝날 때까지 기다렸다 오느라 늦었어요."

마리가 늦은 이유를 덧붙였다. 이곳 한인들은 가정부 대신 '식모'라는 말을 주로 썼다. 지효는 그 말을 들을 때마다 자신의 이전 직업이기라도 했던 것처럼 거슬렸다.

한국인 셋에 필리피노 셋, 모두 여섯 명이 만찬용 테이블에 둘러앉았다.

"저랑 미스터 김 오빠는 이 식당에 몇 번 와본 적 있어요."

마리는 경리부 미스터 김에게 '오빠'라는 호칭을 썼다. 마리보다 2년 먼저 입사한 선배인 그는 마리와 같은 성씨에다 외모까지 닮아 오누이처럼 보였다. 둘은 이 집의 어떤 메뉴가 맛있고 어떤 게 신통찮은지 한참 얘기를 주고받았다.

필리피노들은 이곳이 처음이라는 게 얼굴에 그대로 묻어나 있었다. 그들은 낯설고 호기심 어린 시선으로 주위를 연방 두리번거렸다. 거의가 외국인 손님들이었다.

"먹고 싶은 걸로 맘껏 골라봐, 베티."

지효는 동갑내기 베티에게 먼저 메뉴판을 건넸다. 갈색 가죽 표지로 만들어진 중후한 분위기의 메뉴판이었다.

베티는 메뉴를 한참이나 들여다보더니 도통 뭔지 모르겠다는 표정을 지었다.

"근데…… 이게 가격이야?"

베티가 메뉴판 한곳을 손가락으로 짚으며 지효에게 물었다.

지효가 머리를 끄덕이자 그녀는 놀라워하는 표정을 지었다.

"그럼 이 요리 하나에 3,500페소라는 거야?"

베티의 말에 지효는 또다시 머리를 끄덕였다.

순간, 베티의 표정이 심하게 일그러졌다. 지효는 자신의 의도가 잘 맞아들었다고 생각했다. 베티에게 두고두고 기억에 남는 저녁 식사가 될 것이라는 확신이 들었다. 낯선 경험을 해보는 것, 그것이 삶을 얼마나 신선하고 풍요롭게 하는지 지효는 잘 알고 있었다. 어떤 식사는 허기를 가라앉히는 것 이상의 의미를 갖는다.

"잭이 한번 정해봐요."

메뉴판은 다시 기사 잭에게로 옮겨갔다.

"저는 아무거나 잘 먹으니까 여자분들 마음에 드는 걸로 뭐든 시키세요."

잭은 이런 식사 초대에서는 으레 그래야 한다는 듯 신사도를 발휘했다. 그러면서도 메뉴판을 넘기기 전에 가격을 슬쩍 훑어보는 걸 잊지 않았다.

메뉴판은 잭에게서 캐서린에게로 넘어갔다. 주방에서 한국음식을 주로 만드는 그녀 역시 낯선 요리로 빼곡한 메뉴판을 들고는 어쩔 줄 몰라 했다.

그제야 지효는 그들에게 선택권을 주더라도 결정하지 못할 거라는 사실을 깨달았다. 그건 이런 음식점에 '익숙하거나 그렇지 않거나'와는 다른 문제로 보였다.

"이 집은 스시랑 해물 요리가 제일 나아요."

지켜보다 못한 마리가 말했다.

그녀의 말이 적절한 해결책으로 보였다. 스시를 못 먹는 사람은 해물 요리를 먹으면 될 것 같았다. 10여 분 만에야 간신히 메뉴가 정해져 주문할 수 있었다.

―그동안 고생 많으셨어요.

마지막 인터뷰는 예정시간에 맞춰 끝났다.

국내 최고 연봉의 여성 CEO는 의뢰인다운 예의로 지효에게 그간의 노고를 치하하는 인사말을 했다. 모두 다섯 차례의 인터뷰였지만 바쁜 그녀의 스케줄에 맞추느라 여러 차례 약속이 바뀌면서 두 달이나 걸렸던 것이다. 의뢰인답게 그녀는 모든 일정을 자신에게 맞추는 걸 당연하게 생각했다. 미안하다는 말을 빠뜨리지 않으면서도 당당하게 약속을 변경했다. 그러한 태도 역시 고용인을 부리는 기술이자 자질로 보였다.

―밖으로 나가는 건 좀 번거롭고, 그냥 시켜 먹을까요?

그녀가 제안했던 점심 얘기였다. 예상 밖이었지만 지효는 고개를 끄덕이지 않을 수 없었다. 그녀가 청한 식사인 데다, 모던한 분위기의 그 집 주방에서 하는 것도 나쁘지 않을 것 같았다.

어느새 그녀는 메뉴판을 찾아들고 있었다.

―김밥, 된장찌개, 김치볶음밥, 돌솥비빔밥…….

너무도 친근한 메뉴가 그녀의 목소리로 흘러나왔다.

지효는 상상 속에 한껏 부풀려져 있던 화려한 식단 대신 지극히 일상적 끼니로 돌아와 있는 현실에 빨리 적응해야 했다.

―이 집은 돌솥비빔밥이 맛있는데.

그녀는 특정 메뉴를 추천까지 해주었다.

―저도 그걸로 하죠.

공교롭게도 전날 점심으로 먹었던 메뉴였지만 그녀 의견에 따르는 게 자연스럽고 예의에 맞는 일 같았다.

격조 있는 빌트인 시스템 주방에서 지효는 자신의 대필 작업 주인공과 마주앉아 인근 분식집에서 배달해온 돌솥비빔밥을 먹었다. 국내 최고 연봉의 여성 CEO라는 타이틀이 따라붙는 그녀는 의외로 근검절약하는 생활 방식이 몸에 밴 사람 같았다. 어쩌면 그녀는 자신의 소박한 생활 모습을 대필작가에게 보여주고 싶었던 건지도 모른다. 지효의 이해심과 분별은 돌솥의 밥을 반 정도 남겨놓고 갑자기 꼬이기 시작했다. 식사 한 끼에 의미를 크게 부여할 정도로 자신이 범속한 사람은 아니라고 생각하면서도, 가슴 저 밑바닥에서 스멀거려오는 상처 난 자존심은 어찌할 수 없었다. 그것은 악성 바이러스처럼 식탁을 넘어 지효 자신의 처지에까지 번졌다. 여전히 이름 없는 존재로 글을 써야 하는 자신의 처지에 대한 자괴감으로 이어진 것이다. 목구멍으로 넘어가는 밥이 뙤약볕에 달궈진 모래알처럼 느껴졌다. 주머니가 비면 먹고 싶은 게 더 많아지듯, 스스로 자존감을 느낄 수 없는 처지에서는 사소한 일에도 마음에 생채기가 났다. 그날 밤, 지효는 밤새도록 앓다가 새벽에 모든 걸 게워내고 나서야 잠을 이룰 수 있었다.

"난 한국 식당은 몇 번 가본 적 있어요. 한국음식을 잘하려면 제대로 된 음식을 먹어봐야 한다면서 보스가 데리고 갔죠."
요리 담당 캐서린이 자신의 외식 경험을 자랑하듯 꺼냈다.
그녀의 한식 요리 솜씨는 한인 직원들도 '이모 손맛'이라고 입을 모을 정도였다. 할머니나 어머니 손맛에는 못 미치지만 향수를 달랠 정도의 수준은 되었던 것이다.
"나도 예전에 일본인 보스 밑에서 일할 때, 일식집에서 회 먹어본 적 있어요."
잭도 뒤질세라 자신의 경험을 내세웠다. 닛산자동차만 12년 몰았다는 그는 작년부터 현대자동차를 몰게 되면서 숭배와 동경의 나라가 일본에서 한국으로 바뀌었다고 했다. 잭은 오늘따라 제법 말쑥해 보였다. 이 정도 식사예절쯤은 알고 있다는 듯 그는 평소의 작업복 대신 외출복으로 차려입고 나타난 것이다.

지효는 그동안 자신에게 베풀어준 그들의 친절을 떠올리며 오늘 저녁 자리를 마련한 이유를 밝혔다. 그리고 자신은 이틀 뒤면 한국으로 돌아갈 거라고 덧붙였다. 그러자 다들 애들처럼 서운한 표정이 되었다.

"지효, 이곳에서 크리스마스 보내고 가면 안 돼?"

"정 안 되면 한국 들어갔다가 크리스마스에 맞춰 다시 와요."

"맞아요. 이곳 크리스마스가 얼마나 멋진데요. 외국 나가 있는 사람들도 다들 그때에 맞춰 들어오거든요."

뭐든 크리스마스와 연관 짓기 좋아하는 그들은 이야기의 중심에 그것을 놓았다. 의례적으로 오가던 대화가 크리스마스 이야기로 활기를 띠었다.

크리스마스 이야기로 어수선해졌을 무렵, 웨이터가 커다란 은빛 쟁반을 들고 나타났다.

"와아, 스시다!"

마리가 감탄했다.

갖가지 모양의 초밥이 담긴 접시는 열대 바다의 산호섬처럼 화사했다. 쟁반 가운데에는 아스파라거스와 셀러리, 당근, 체리 등으로 모양을 낸 작은 트리 장식이 시선을 끌었다.

"필리핀 주재 일본 대사도 이 집 단골손님이래요."

마리와 미스터 김은 식당의 유명세와 관련한 일화를 덧붙이며 부지런히 젓가락질을 했다.

일식집 경험을 자랑삼아 늘어놓았던 잭은 막상 요리가 나오자, 한두 개 맛보는 정도에 그쳤고 베티와 캐서린은 날생선은 먹어본 적 없다며 손도 대지 않았다. 대신 그들은 음식의 화려한 외양에 관심을 보였다. 그들은 마리와 미스터 김이 날생선으로 만든 음식을 게 눈 감추듯 먹어치우는 모습을 신기해하며 바라보았다.

지효도 맛이 궁금해 몇 개 집어 먹어보았다. 생각보다 별로였다. 졸리비에서 억지로 먹어치운 햄버거 때문인 것 같기도 했고, 자리를 마련한 당사자로서의 심리적 부담 때문인 것 같기도 했다.

"해물 요리입니다."

두번째 요리가 등장했다.

생물 새우와 바닷가재, 굴 등 싱싱한 해물로 그득한 쟁반이 놓이고 은빛 스테인리스 냄비와 간이 가스레인지가 갖춰진 조리기구가 근사하게 세팅되었다.

"해물이 싱싱하고 푸짐하네요."

잭은 이번엔 식욕이 동하는 목소리였다.

캐서린과 베티는 새로 나온 해물 요리에도 여전히 시큰둥한 반응이었다. 캐서린은 국물에 들어가 있는 버섯과 옥수수 등 야채만 몇 점 골라먹었고 베티는 국물을 두어 번 떠먹어보고는 슬그머니

열대의 크리스마스

수저를 내려놓았다. 육수와 양념 소스가 입맛에 맞지 않는 모양이었다.

마리와 미스터 김은 여전히 왕성한 식욕으로 수저질을 했다. 눈요기로 만족해야 하는 캐서린과 베티는 다른 테이블 사람들과 그들이 먹는 요리를 구경하거나, 유니폼을 깔끔하게 차려입고 오가는 젊은 남녀 종업원들에게 눈길을 주며 시간을 보내고 있었다. 그들이 유난히 관심을 기울이는 것은 요리가 추가될 때마다 웨이터가 가지고 오는 계산서였다. 베티는 지효 앞자리에 놓인 계산서를 골똘히 들여다보았다. 그럴 때마다 옆자리의 캐서린에게 그 금액을 알려주고는 둘이서 소곤거리곤 했다.

"마리, 아무래도 다른 요리를 하나 더 시켜야 할 거 같아."

지효가 다시 메뉴판을 챙겨들며 말했다.

"이것도 다 못 먹을 것 같은데요."

마리가 게살 발라 먹던 손을 내저으며 말했다.

"사람들을 식사에 초대해놓고 꼭 고문하는 것 같잖아. 베티와 캐서린이 좋아할 만한 음식으로 하나만 더 시켜야겠어."

"어차피 못 먹는 건 마찬가지일 거예요. 필리핀 식당으로 가기 전에는."

마리의 말에 깃들어 있는 핀잔을 지효도 알아챌 수 있었다. 식당을 다섯 군데나 퇴짜 놓았던 일하며 이곳을 낙점하기까지 지효 자신이 얼마나 까다롭게 굴었는지는 스스로도 잘 알고 있었다.

지효는 베티와 캐서린에게 먹을 만한 음식을 다시 골라보라고 메뉴판을 건넸다. 하지만 둘 다 완강하게 손사래를 쳤다.

"제발, 더는 돈을 낭비하지 마, 지효. 지금까지 시킨 것만 해도 9,000페소가 넘잖아."

베티는 가격까지 언급하며 지효를 말렸다.

그들의 한 달 월급이 5,000페소라는 사실을 씁쓸하게 떠올리고 있는지도 몰랐다. 한 끼 식사비로, 더욱이 입맛에도 맞지 않는 요리에 자신들의 두 달 치 월급을 쏟아붓는다는 사실을 그들은 수긍하지 못하는 것 같았다. 계산서를 흘끔거리며 짓던 베티의 복잡미묘한 표정이 떠올랐다. 그녀는 교통비와 생활비를 아끼느라 집에도 일주일에 한 번만 갔다 와야 하는 자신의 처지를 떠올리고 있을지도 몰랐다.

화기애애할 거라고 예상했던 저녁 식사는 어느새 불편하고 어색한 분위기로 바뀌어 있었다. 풍성하고 화려하면서도 상실감을 불러일으키는 쓸쓸한 식탁이었다. 오랫동안 고민하고 마련한 이 만찬은 대체 누구를 위한 것인가? 테이블 위의 남은 음식들이 지효를 향해 곤혹스러운 질문을 하고 있었다.

지효는 다시 메뉴판을 집어들었다. 어차피 엎질러진 물이었다. 그들이 편하게 먹을 수 있는 요리 하나면 어떤 값을 치르더라도 아깝지 않을 것 같았다.

"오, 지효, 제발……."

옆자리의 베티가 지효가 집어드는 메뉴판을 붙잡고 만류했다. 메뉴판으로 베티의 손힘이 완강하게 전해져왔다. 하지만 지효 역시 쉽게 물러서지 않았다. 둘은 힘겨루기라도 하듯 메뉴판을 사이에 두고 실랑이를 벌였다. 그때, 마리가 나섰다.

"그러지 말고 아예 2차를 가죠. 필리피노들이 좋아하는 선술집으로. 우리는 맥주를 마시면 되고 베티와 캐서린은 안주로 요기를 할 수도 있을 테고요."

마리다웠다. 그녀 자신의 욕구도 충족하면서 이 난관을 빠져나갈 수 있는 일석이조의 해결책이었다. 캐서린과 베티도 일제히 마리의 의견을 반기고 나섰다. 베티는 지효에게 마리의 의견을 따를 것을 간절히 애원하는 눈빛이었다.

갑자기 속이 메슥거려 지효는 자리에서 일어났다. 그러고는 화장실로 곧장 내달렸다. 불투명 유리문을 밀고 들어선 화장실에서 지효는 하얀 변기를 붙잡고 속의 것을 토해냈다. 그날 먹었던 것들이 변기에 고스란히 게워져 나왔다. 졸리비의 햄버거와 야채샐러드, 코카콜라……. 황토색 물 위로 허연 마요네즈 기름이 떠 있었다. 물을 내렸지만 변기 안쪽에 기름기가 남아 있었다. 그 자국을 지우려 연거푸 변기 물을 내렸다. 속이 좀 가라앉는 것 같았다. 지효는 정신을 수습하고는 세면대 앞으로 갔다. 입 안을 물로 여러 번 헹구고 입 주위를 깨끗이 씻었다. 머리칼을 쓸어올리며 거울을 들여다봤다. 티끌 한 점 없는 사각의 거울은 지효의 얼굴보다 화장실

내부 인테리어를 더 생생하게 잡아냈다. 편안하면서도 모던한 감각이 돋보이는 젠스타일. 천장 한쪽에 설치된 작은 소니 스피커에서는 캐럴송이 경쾌하게 흘러나오고 있었고, 어디서 뿜어져 나오는지 화장실 내부는 달콤한 장미향으로 그득했다. 대리석 세면대와 은빛 수도꼭지의 디자인도 특이했다. 화장실 인테리어까지 세심하게 신경을 쓴 근사한 식당이었다. 지효는 자신의 선택에 만족해하며 다시 한 번 화장실을 둘러보았다.

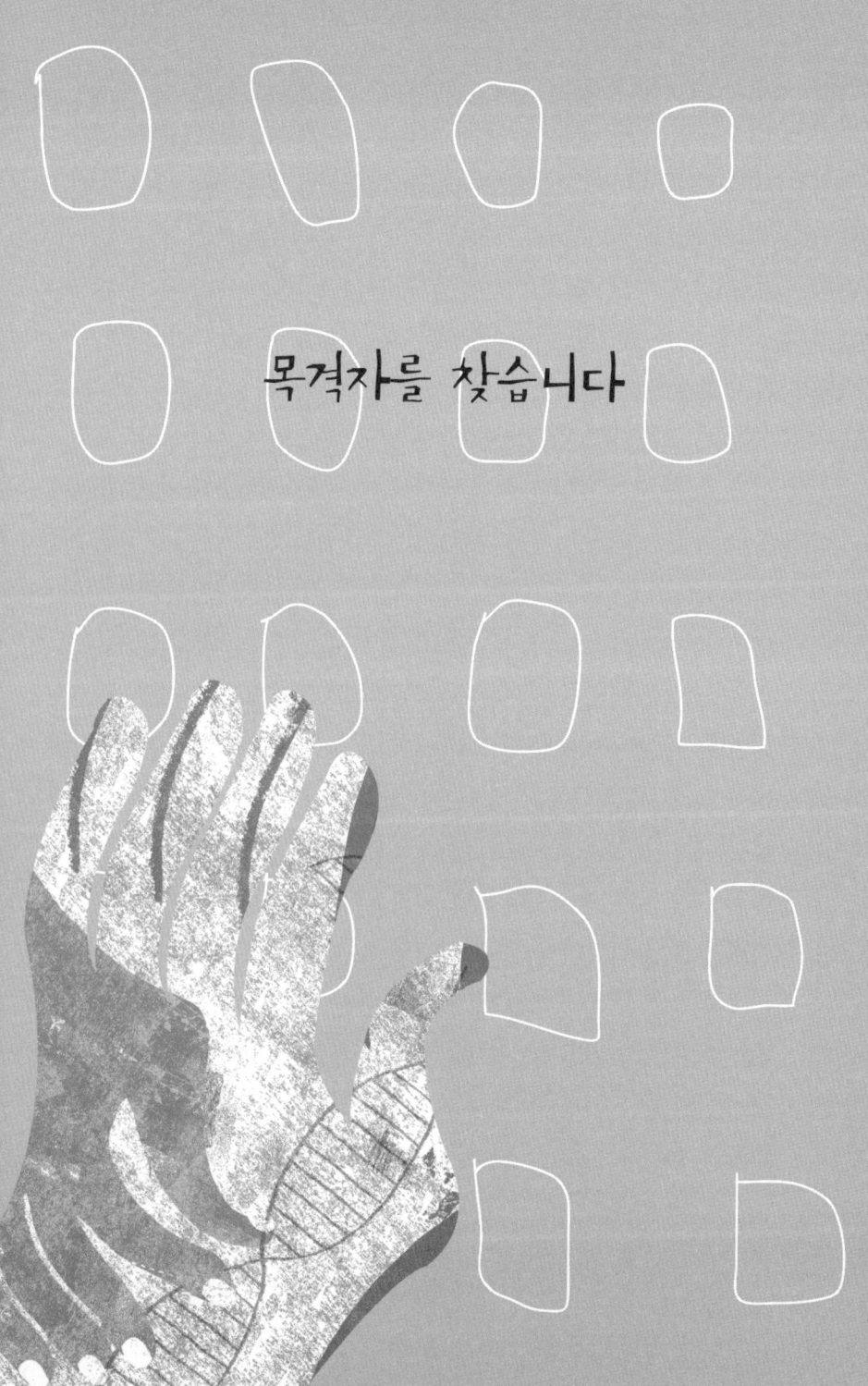

'주인 빼고 모두 1천 냥.'

현수막 하나가 늦가을 햇살이 비스듬히 비쳐드는 아파트 담벼락에 걸려 있다. 노란 바탕천에 빨간 필기체 글씨의 그것은 두 계절을 지나오면서 많이 낡고 바랬다. 현수막 아래쪽에는 글귀의 주인공으로 보이는 남자가 앉은뱅이 의자에 앉아 있다. 남자의 무릎 높이 양편으로 노란 플라스틱 상자가 아파트 담을 따라 레고 블록처럼 줄지어 있다. 백수십 가지 물건이 백여 개의 상자에 담겨 아파트 정문에서 지하철역 입구까지 진열되어 있는 것이다. 망치·드라이버 세트·커터 같은 공구에서부터 요술행주·냄비받침 등속의 주방용품, 그리고 액세서리와 인형까지 아우르는 천 원짜리 물건들의 기나긴 행렬이다.

당신, 천 원으로 살 수 있는 물건들을 한번 떠올려봐. 각양각색의 상품들이 구경하는 이를 빤히 올려다보며 이렇게 되묻는 듯하다. 백여 미터에 이르는 상자 행렬에 담긴 천 원짜리 품목들을 낱낱이 훑다 보면 사람들은 금방 밑천을 드러내는 자신의 상상력에 실망할지도 모른다. 도무지 그 쓰임새를 가늠할 수 없는 낯선 아이템이, 혹은 이게 정말 천 원일까 싶은 의구심이 번번이 발길을 붙들 테니까. 이를테면 이런 것들, 남에게 등을 긁어달라고 할 때 정확한 위치를 알려줄 수 있는 좌표가 그려진 티셔츠, 신고 다니기만 해도 절로 바닥이 닦이는 말끔이 실내화, 꽃자수에 인조 실크 끈까지 달린 4개들이 의자 발싸개, 캄캄한 곳에서도 애완견의 움직임을 알 수 있는 야광 목걸이, 먼지 제거용 테이프, 곱창밴드, 요술 찰흙 등등.

현수막 글귀를 읽고서도 사람들은 번번이 주인에게 묻는다. 아저씨, 이거 얼마예요? 그럴 때마다 그들의 궁금증을 해결해줄 주인 남자가 물건 행렬 맨 가운데 자리 잡고 있다. 손님이 말을 걸어오지 않는 한 그는 대부분의 시간을 무릎에 펼쳐놓은 만화책을 읽으면서 보낸다. 한때 언더그라운드 록밴드의 베이시스트 겸 리드보컬이었던 이 남자는 73으로 시작하는 주민증 번호와 '찬'으로 끝나는 이름을 가졌다. 그는 만화의 책장을 한 장 한 장 넘기면서 계절의 변화를 감지한다. 손가락 끝에 침을 묻히면서, 그 젖은 손가락 끝을 스치는 공기의 감촉과 종이의 질감이 나날이 달라지는 데서, 시간의 미세한 결을 느낀다.

간간이 불어오는 바람이 찬의 머리칼을 흩뜨리고 구멍 난 청바지 무릎을 파고든다. 메마른 바람이 그렇게 상쾌할 수 없다. 혹독했던 여름을 겪은 탓일 성싶다. 지난여름은 비가 많았고, 그렇지 않은 날은 불볕더위가 기승을 부려 열대야로 잠을 설친 밤이 허다했다. 닭들마저 더위를 먹어 산란에 어려움을 겪는 바람에 달걀 값이 두 배로 오른 철이기도 했다.

계절의 흔적은 찬에게서도 찾아볼 수 있다. 그의 피부는 여름을 지나면서 많이 그을리고 푸석해졌고, 몸무게도 줄어 꽉 끼던 청바지 허리가 헐렁해졌다. 그가 면해 앉은 거리에도 크고 작은 변화가 있었다. '당선사례-성원에 감사드립니다!', '추석 고향길 편안히 다녀오십시오', '목격자를 찾습니다' 수시로 바뀌며 내걸리는 플래카드 혹은 가로수 이파리만 변한 게 아니다. 매일 이곳을 오가는 이들도 쉽게 눈치 채지 못하는, 거리 전체 풍경에서 본다면 눈에 띌락 말락한 작은 점 같은 존재, 온종일 도로를 향해 앉아 그 공기를 호흡하며 하루하루를 보내는 찬 자신과 같은 치들의 듦과 남이 그것이다. 늦더위가 한풀 꺾이고 아침저녁으로 선선한 바람이 불어오기 시작할 때만 해도 아파트 정문 입구에는 장작구이 통닭을 파는 정씨가, 다른 쪽 담 모퉁이에는 뻥튀기 영감이 자리를 잡고 있었다. 셋의 자리는 아파트 정문을 중심으로 트라이앵글을 이루었다. 다들 떠돌이 삶인지라 듦과 남이 별스러울 것도 없지만 막상 그 구도가 깨지고 나자 찬의 가슴은 구멍이 휑하니 뚫린 느낌이었다.

—망치 하나 주세요, 아저씨.

가을볕에 취해 깜박 졸던 찬이 놀라며 고개를 든다. 플라타너스 한 그루가 성큼 다가와 있다. 눈을 비비며 찬찬히 보았더니 단골손님 '수'다. 수는 플라타너스 수피처럼 얼룩덜룩한 무늬의 면 티에 청 반바지를 입고 있다. 짧은 여름옷 밖으로 드러난 그녀의 야윈 팔과 다리가 앙상한 가지 같다. 추워 보인다. 한 계절을 지나면서 수의 모습도 많이 변했다. 투명하던 얼굴색은 거무스레해졌고 커다란 눈은 더 퀭해졌다. 요즘은 머리엔 신경도 안 쓰는지 윤기 나던 금발이 부스스한 검은 머리로 바뀌었다. 그녀를 처음 보던 날, 찬은 그 매혹적인 금발에 힌트를 얻어 '수'라는 이국풍의 이름을 붙였다. 이제 탐스러운 머리칼과는 무관해져버린 그 이름은 혹독한 상실의 시기를 겪은 이의 분위기를 풍기고 있다.

—망치는 어디다 쓰게?

—현관문 잠금장치가 망가졌어요.

수는 망치를 골라들며 대답한다.

—내가 고쳐줄까?

—아니에요, 아저씨. 신세 지는 일도 한두 번이지, 어떻게 번번이…….

손사래 치는 그녀의 손이 미풍에 팔랑대는 나뭇잎 같다. 찬은 수의 손끝에 묻어나는, 짚단에라도 기댈 것 같은 무기력증을 본다.

—이따 일 끝내고 한번 가볼게.

찬은 다짐이라도 하듯 목소리에 힘을 싣는다. 수가 자신의 손길을 필요로 한다는 사실에 위안을 느끼면서.

―고마워요, 아저씨.

수의 얼굴에 드리웠던 그림자가 엷어지는 것 같다.

수는 망치를 손에 들고 한참이나 멀거니 거리 풍경을 바라보고 섰다.

―여기서는 거리에서 일어나는 일이 훤히 보이겠어요.

뜬금없는 한마디에 찬의 가슴이 서늘해진다. 지난번 사고를 떠올리는 얘기 같아서다.

―꼭 그렇진 않아.

서둘러 부정의 말을 내뱉으며 침착하게 덧붙인다.

―누구든 자기가 보고 싶어 하는 것만 보니까.

그의 말은 스스로의 마음속에 재차 확신으로 자리 잡는다. 지금껏 살아온 경험에 비추어도 그 말은 옳았다. 바로 코앞에 펼쳐진 일도 사람마다 본 것이 달랐다. 시선이란 까다로운 입맛 같아서 구미에 맞는 것만 골라 받아들이려 한다.

수는 조용히 멀어져간다. 찬은 불안과 연민과 감미로운 동경이 뒤섞인 혼란스러운 시선으로 그녀의 뒷모습을 바라본다. 한쪽 끝이 비죽 뻗친 머리에 얼룩덜룩한 무늬의 면 티, 청 반바지, 그리고 왼손에 망치를 들고 긴 보도를 터덜터덜 걸어가는, 세상살이의 쓴맛을 막 알아버린 여자. 그래도 스무 살은 주변의 것들을 주눅 들게 할 만큼 눈이 부시다. 기우뚱한 뒷모습조차.

  수가 사라져간 보도 위로 가을이 더 짙게 내려앉는다. 공기는 메마르고 차가워졌고 햇살도 한풀 꺾인 느낌이다. 수는 찬이 이곳에 자리를 잡고 장사를 막 시작하던 날 첫 손님이었다. 잎샘추위가 누그러들고 꽃망울이 막 기지개를 펴던 이른 봄날, 찬이 물건을 다 진열해놓고 허리를 폈을 때, 행운의 여신이 등장했다. 금발이 인상적인 젊은 여자가 찬의 바로 옆에 서 있었던 것이다. 그녀가 수였다. 한 발짝 떨어진 곳에 그녀와 잘 어울리는 젊은 남자가 후광처럼 머물렀다. 바로 앞 갓길에 세워둔 오토바이 주인으로 보이는 남자는 훤칠한 키에 스물 대여섯쯤으로 보이는 청년이었다. 고글형 선글라스를 끼고 오른쪽 귀에 작은 링을 단, 멀리서도 돋보이는 스타일의 남자였다. 귀의 링이 인상적이어서 찬은 그를 '링'으로 명명했다. 그들은 막 동거를 시작한 풋내기 커플로 보였다.

  ―오빠, 우리도 이때까지 잘 살 수 있을까.

  '2080' 치약을 집어든 수가 말했다. 상품 이름이 자신들 삶을 암시하고 있기라도 한 듯한 말이었다.

  ―야, 그 치약 다 쓸 때까지 안 싸우고 살 궁리나 하자.

  ―모야?

  수가 눈을 흘기자 링이 다시 받았다.

  ―쿨하게 살아야지. 이 빠지고 허리 꼬부라질 때까지 산다는 건 끔찍하지 않냐?

─나도 그게 걱정스러워 물어본 거야. 한 남자랑 어떻게 그렇게 오래 살 수 있을까 싶어서.

─뭐야, 요게 한다는 소리가?

링이 멜라민 국자를 휘두르자 수는 잽싸게 쓰레받기로 막으며 말했다.

─에휴, 치약 하나 다 쓸 때까지 안 싸우는 것도 힘들겠다.

둘이 티격태격하는 사이 한쪽에서는 두번째 손님으로 나타난 노파 하나가 일명 '효자손'이라는 등긁이를 집어들었다. 노파의 귀에는 둘의 너스레가 전혀 가닿지 못하는 것 같았다. 들었다면 노파는 기꺼이 그들의 의견에 맞장구쳤을지도 몰랐다. 꼬깃꼬깃 접은 천원짜리를 찬에게 건네주며 노파가 내뱉는 말이 그런 느낌을 주었다.

─이젠 영감이 등짝 들이미는 것도 겁이 나.

노파는 생의 비의(秘意)를 한마디 내던지고 돌아섰다. 찬은 노파의 뒷짐 진 손에 들린 효자손이 시계추처럼 흔들리며 멀어져가는 모습을 한참이나 바라보았다.

─어, 이걸 빠뜨릴 뻔했네. 코털 깎는 가위.

수와 링은 물건 상자를 이리저리 오가며 꼼꼼하게 살림살이를 챙겼다. 새로운 출발점에 선 이들의 설렘과 흥분이 찬에게도 전해져왔다. 누군가와 같은 치약을 짜 쓰며 한 지붕 아래 산다는 것이 얼마나 힘든 일인지 찬도 잘 알고 있었다. 가난의 그늘 아래라면 더

목격자를 찾습니다 205

더욱…….

　나, 임신이래. 그날, 연이 안고 온 새로운 소식 하나가 찬의 어깨에 또 얹혔다. 밴드가 해체하던 날이었다. 불행이란 그 고독한 속성상 절대 혼자 오는 법이 없었다. 느닷없이 나타난 잠재적 가족을 두고 그들은 갈피를 잡을 수 없었다. 사랑의 결실 앞에서 그토록 혼란스러울 줄은 몰랐다. 어떡할 거야? 어떡할 거냐니…… 나 혼자 만들었어? 우리가 아니라, 저 스스로 제자리를 만든 거야. 생명이란 우리 의지랑 무관한 거라고. 잘 키울 수 있을까? 글쎄, 지가 알아서 잘 크겠지. 그것도 우리 의지랑 무관할 테니. 누굴 닮았을까? 사실, 나 닮을까 봐 무지 겁나. 나도 마찬가지야. 농담과 냉소를 넘나드는 대책 없는 말만 늦도록 오갔다. 그날 밤은 욕망마저 가증스럽게 몸을 사렸다. 둘은 꿈틀대는 성욕을 서로의 몸에서 찾으려 하지 않았다. 혼자 하는 게 나을 것 같아. 동거 후 처음으로 각자 자위로 욕구를 해소했다. 무수한 반쪽짜리 생명을 쏟아내면서 찬의 가슴에서도 울컥 뜨거운 것이 솟구쳤다. 그제야 마음의 갈피를 잡을 수 있었다. 그들 앞에 불쑥 던져진 신의 선물을 포기할 수 없다는 걸.

　속수무책으로 이어지던 실업의 나날……. 오랜 고민 끝에 찬은 기타 대신 핸들을, 열정과 꿈 대신 그들 앞에 다가온 새 생명과 안정을 택하기로 했다. 밴드 시절 내내 비상 생계수단이던 택시 기사 일을 평생직업으로 택하고 온 날, 찬은 연으로부터 또 새로운 사실을 통보받았다. 나, 오늘 병원 갔었어. 병원과 미용실을 어떻게 한나절 만에 오갔는지 연의 긴 머리가 커트 머리로 변신해 있었다. 낙태 소식만큼이나 그녀의 잘려나간 머리칼도 찬에겐 휑한 상실로 자리 잡았다. 그즈음 그들에게 삶이란, 어긋나기로 작정한 반항아, 혹은 갈등 구조로만 점철된 '막장드라마' 같았다. 남자가 실직하는 날 동거녀는 임신 사실을 알리고, 남자가 일자리를 구하고 돌아오면 여자는 이미 낙태를 결행하고 기다리고 있다. 장밋빛 인생의 강 건너편에서만 지겹게 되풀이되는 생에 찬은 또 한 번 진저리를 쳐야 했다. 이젠 임신 걱정은 안 해도 된대. 더 이상 애기를 가질 수 없대나. 아, 이렇게 홀가분하다니. 자축이라도 하듯 연은 하얀 가루약을 소주와 함께 털어넣었다. 찬은 마루 끝에 걸터앉아 그런 연의 모습을 물끄러미 바라보며 기타의 몸체를 두드려가며 노래를 불렀다. 사노라면 언젠가는……

　내일은 해가 뜬다-

　내일은 해가 뜬다-

　―아저씨, 계산해주세요.

　수와 링이 혼성화음을 이루어 말했다.

　커피잔, 밥공기, 수저 세트, 3개들이 '알뜨랑' 비누, 미니앨범까지 그들이 살림살이로 고른 물건은 모두 스물다섯 가지, 25,000 원 어치였다.

　―이건 기념이니 그냥 가져요.

찬은 그들에게 야광별 세트를 선물로 주었다. 그들이 내딛는 첫발에 반짝반짝 별빛을 드리워주고 싶었다.
―야, 우리 방에서도 별 볼 일 생기겠네.
수와 링은 어린애처럼 좋아했다. 물건 보따리와 함께 둘은 오토바이에 훌쩍 올라타더니 바람처럼 사라져갔다. 느낌이 좋은 출발이었다. 수와 링 커플, 그리고 찬에게도…….
그 뒤로도 수와 링은 번갈아 들르는 단골이 되었다.
―살림 사니까 별게 다 필요하네. 아저씨, 마늘다지기 있어요? 매니큐어는요?
수가 왔다 가면 며칠 뒤에는 링이 들렀다.
―형, 일회용 밴드 하나 주세요. 새끼들, 포장 좀 잘하지.
폭주족이라 짐작했던 링은 알고 보니 퀵서비스맨이었다. 배달하는 물건에 자주 긁히는지 손이 몹시 거칠었다.
그들의 핑크빛 동거 생활은 찬의 눈에도 심심찮게 띄었다. 주말이면 그들은 사거리 복합상영관에서 영화를 보고 치킨샐러드가 일품인 길 건너편 웨스턴바에서 맥주를 한잔하곤 했다. 바에서 나온 링은 비틀거리는 수를 감싸안고 집으로 향했다. 자주 티격태격하던 둘은 무미건조한 회색빛 거리에 한 번씩 무지개를 드리웠다.
―손톱깎이 세트까지 다 갖췄네……. 여자만 하나 구하믄 되겠구먼.
장작구이 정씨는 물건을 찬찬히 들여다보면서 입버릇처럼 중얼거렸다.

　—남의 다리 긁지 말고 형님이나 어떻게 좀 해보셔.

　독거 생활로 따지면 장작구이 정도 마찬가지였다. 이 거리의 삼인방은 일이 끝나도 기다리는 가족이 없다는 중요한 공통점이 있었다. 튀밥 영감은 홀아비였고 정은 이혼남, 찬은 동거 경험만 있는 노총각이었다. 셋은 그 처지만으로도 튼튼한 울타리를 만들 수 있었다. 셋 가운데 혼자의 삶을 가장 못 견뎌하는 이가 장작구이 정이었다. 찬은 정의 음주벽을 그렇게 받아들였다. 오십을 코앞에 둔 정은 장사 도중에도 자주 불콰해 있었다. 그 점이 정의 유일하고도 치명적인 단점이었다. 지난 10년간 있었던 삶의 굴곡은 모두 그의 음주벽에서 비롯된 것 같았다. 내실 있는 중소기업 과장직에서 중도 하차한 것도, 운전 사고로 집을 날린 것도, 착하디착한 아내가 결국 이혼을 요구한 것도……

　일이 끝나면 셋은 습관적으로 정의 트럭 앞에 모였다. 애주가인 정과 튀밥 영감 탓에 저녁 자리는 으레 술판으로 이어졌다.

　—아니, 뭘 그렇게 열심히 들여다봐요.

　정은 술 마시다 툭하면 망원경을 집어드는 습관이 있었다.

　—우리 마누라 찾을라고.

　—아니, 형수가 하늘나라에다 살림 차렸어요?

　—있을 곳은 이제 거기밖에 없어. 이 지구 위는 구석구석 다 뒤져봤거든.

―거참, 뒷북도……. 정식 절차대로 헤어진 사람 찾아서 뭐하려고, 그러니까 있을 때 잘하지.

―얌마, 소 잃기 전에 외양간 고칠 생각을 어떻게 하냐.

―클클, 건 그러네.

튀밥 영감도 맞장구쳤다.

―그나저나 오늘 밤은 별들이 하도 득시글거려 아무것도 안 보이누만.

정이 한숨을 내쉬며 망원경을 내려놓았다.

망원경은 찬의 물건 상자에서 우연히 발견한 것이다. 손님이 놓고 간 물건이었다. 일주일이 지나도 찾으러 오는 사람이 없었다. 생일 선물요. 찬은 망원경을 마침 그날 생일이었던 정에게 선물로 줘버렸다. 그날부터 정은 그것을 항상 목에 걸고 있었다. 나중에는 손님들이 정을 '망원경 아저씨'라고 부를 정도로 그의 트레이드마크가 되었다. 그때부터 정은 더 열심히 망원경을 들여다보았다.

정장 구두, 하이힐, 단화, 스니커즈, 맨발에 슬리퍼……. 사람들 발길이 한동안 이어진다. 지하철 도착을 주기로 이어지는 행렬이다.

―건전지가 어디 있는 것 같던데.

반들거리는 까만 코에 먼지가 살짝 앉은 신사용 구두가 주춤거린다. 오십 대로 보이는 양복 차림의 남자다. 그는 평소 지나다니며 물건을 눈여겨봐왔는지 금세 건전지를 찾아낸다. 텔레비전 리모컨에 갈아끼울 건전지인 모양이다. 찬은 오늘 밤 축구 중계가 있다는 사실을 떠올린다.

　한 무리의 사람들 발길이 또 이어진다. 신발 모양새만큼 걸음걸이도 천차만별이다. 무심히 스치는 발길이 있는가 하면, 사붓사붓 호기심 많은 걸음도 있다. 좁은 보폭의 신중형, 경쾌한 스텝형, 피로에 젖은 처지는 걸음, 그리고 아주 가끔은 장중하게 뚜벅뚜벅 지나는 목발도 있다. 언젠가부터 찬의 시선은 행인의 무릎 높이에 맞춰지고 시선의 반경도 그렇게 좁혀졌다. 사실 그 이상의 시야는 필요치 않았다. 낮은 시선에 집중하면서 찬은 신발과 걸음걸이와 바짓부리, 세 가지로 사람들 성향을 얼추 파악할 수 있었다. 뭔가를 분류한다는 건 단순화하는 것에 지나지 않는다는 것도, 이해보다는 선입견과 오해에 가깝다는 것도 모르진 않았지만 찬은 그 쏠쏠한 재미를 포기하고 싶지 않았다. 어떤 상황이든 어차피 온전한 이해라는 건 불가능하다. 한 개인이 처한 상황, 그 자체를 어떻게 남들이 이해할 수 있겠는가. 이해라는 건 각자 경험의 폭과 시선에서 미루어 짐작하는 것에 불과할 뿐.

　오후로 접어들면서 날이 제법 쌀쌀해진다. 성큼 내려앉는 어둠처럼 겨울도 어느 순간 코앞에 닥칠 것이다. 거리에서 한 번도 겨울을 나본 적이 없는 찬으로서는 사실 호기심 반 걱정 반이다. 거리에서 한겨울을 나게 된다면 어쩌면 자신도 튀밥 영감의 지난 30년의 꿈을 이해할 수 있을 거라는 확신이 든다. 꿈? 그야 노점상이라면 십중팔구 자기 가게를 갖는 거지. 나한테도 지금까지 딱 두 번 그런 기회가 왔었지. 하지만 둘 다 놓쳐버렸어. 한 번은 마누라 암에 걸렸을 때였고, 또 한 번은 그놈의 '암에프(IMF)' 때문이었지. 아들놈 빚 갚느라 왕창 날렸어. 하기야, 것두 한때의 꿈이었지 머. 이젠 누가 공짜로 가게를 준다 해도 답답해서 어떻게 거기 들어앉겠어. 식당에 밥을 먹으러 가도 튀밥 영감은 꼭 바깥에 내다놓은 탁자에 앉았다. 술자리는 으레 슈퍼마켓이나 편의점 앞 파라솔테이블이었다. 정씨도 마찬가지였다. 실내에 드리운 밝은 불빛과 따뜻한 공기를 그들은 아주 숨 막혀 했다. 적어도 한겨울을 네댓 번은 나봐야 노점상 체질이 되지. 뺨따구니에 얼음이 백이고 뼛속까지 파고드는 냉기로 잔뼈가 굵어야 해. 동상도 몇 차례 걸려보고 말이야. 이를테면, 거, 뭐, 히말라야 등반가 같은 거랄까. 맞아, 그런 체질 정도는 되어야 제대로 된 노점상이라 할 수 있지. 정씨와 튀밥 영감은 죽이 맞아 자신들의 경험담을 곧잘 늘어놓았다. 둘은 그럴 때마다 잔뜩 긴장하는 찬의 표정을 보는 걸 즐겼다.

―아저씨, 혹시 미니앨범 있어요?

뒤축 접힌 운동화, 껄렁한 여학생 목소리……. 친구들과 어울려 다니기 좋아하는 분방함에 불량기가 적당히 섞인 여고생이다. 색색으로 염색한 머리를 위로 묶어 만든 분수형 머리 모양이 발랄하다 못해 튄다. 한쪽 어깨에 걸친 여행용 배낭이 마치 친구들과 어울려 떠났던 여행지에서 금방 돌아온 듯한 분위기다. 찬도 고교 시절엔 종종 그랬다. 합숙 훈련에서 다져진 끈끈한 동지애를 빌미로 밴

드부원들끼리 툭하면 바다로 줄행랑을 놓곤 했다.
—하나 더 주세요, 아저씨.
여학생이 큰 소리로 한마디 더 덧붙인다.
앨범 하나로는 모자랄 만큼 길고 화려한 여행이었을까. 찬은 앨범 두 개를 여학생 손에 건네주며 생각한다. 여학생은 물건을 받아 들고는 분수 머리를 찰랑이며 멀어져간다. 머리에서 발뒤축까지 젊은 기운으로 넘치는 여고생의 뒷모습 위로 파도 소리가 겹친다. 찢겨진 텐트, 모래 더미에 파묻힌 운동화, 쓰러져 나뒹구는 소주병, 줄 끊어진 기타……. 철 지난 바닷가 풍경이 사진첩 넘어가듯 한 장 한 장 찬의 눈앞에 펼쳐진다. 마시고 취하고, 깨어나면 다시 마시고 또 취하며 3박4일 술기운에 젖어 듣던 파도 소리, 노랫소리……. 별이 쏟아지는 해변으로 가요. 해변으로 가요- 토할 때 등 두드려주던 친구가 어느새 저만큼 떨어진 바위에 올라앉아 기타 치며 노래 부르고 있었다. 영원한 사랑을 속삭여줘요- 자, 이제부터 새로운 세계를 맛보게 해주지. 선배 하나가 마술사 흉내를 내며 비장의 카드를 꺼내 보일 시늉을 하자 흩어져 있던 친구들이 발에 묻은 모래를 털어내며 텐트 속으로 모여들었다. 선배의 호주머니에서 나온 것은 말로만 듣던 신비의 연초였다. 우우- 야후- 환호와 괴성이 해변의 밤하늘을 갈랐다. 취해 널브러져 있던 녀석도 기회를 놓칠세라 슬그머니 일어나 앉았다. 거룩한 의식이라도 치르는 듯 일순 긴장감이 돌았다. 말로만 듣던 그 마(魔)의 연초를 다들 떨리는 손으로 받아들었다. 숨죽인 채 차례차례 돌려가며 한 모금씩 뻐끔거렸다. 손끝으로 짜릿한 전율이 일었다. 아스라이 번져가는 연기처럼 젖어드는 몽롱함, 몸이 허공에 붕 뜨는 듯한 환각 같은 건 영화 장면에서 떠올린 상상에 불과했다. 에이, 뭐야 이거, 싱겁게. 담배 맛이랑 똑같잖아. 찬은 혓바닥에 텁텁하게 달라붙는 연기가 불쾌하기만 했다. 구토를 하는 친구도 있었다. 처음엔 다 그래. 검지와 중지 사이에 굳은살깨나 박인 선배의 지적대로 두세 번째부터는 달랐다. 모래사장에 널브러져 풀어진 눈을 껌벅이며 바라보던 아득한 곳의 별들……. 소주병이 슉-유성처럼 허공을 가르는가 싶더니 한쪽에선 육탄전이 벌어지고 비명 소리, 악다구니 소리마저 점점 아득히 들렸다. 바다를 향해 고래고래 쏟아놓던 고함 같은 건 밀려온 파도에 이내 덮여버리던, 한철 메뚜기 같은 풋풋한 시절이 파노라마처럼 스친다.

아차차, 찬은 잊고 있던 약속을 떠올리고 벌떡 일어선다. 수의 집에 들러야 한다는 걸 깜빡한 것이다. 벌써 여섯시 15분 전. 땅거미가 깔릴 시간이다. 해는 하루가 다르게 짧아져 요즘은 여섯시만 넘으면 금세 어둑해진다. 그는 물건을 챙겨 차에 실으며 서둘러 노점을 정리한다.

찬은 사거리를 향해 서서히 차를 몬다. 상점의 네온 간판이 하나둘 밝혀지고 있다. 새로 지어진 건물에도 곧 환상의 조명이 드리울 것이다. 조명이 도심을 단장하는 새로운 트렌드로 자리 잡으면서 콘크리트 건물은 밤이면 화려하게 살아났다. 시시각각 변하는 색상과 조도까지 조절하는 현란한 조명은 짙고 화려한 여자의 메이크업을 보는 것 같았다.

어두워지면 찬의 노점도 불을 밝힌다. 그는 모노톤의 꼬마 전구를 조명으로 택했다. 번화한 사거리와는 달리 아파트 단지로 향하는 길은 한적한 편이어서 담벼락을 따라 길게 이어지는 꼬마 전구에 불이 켜지면 아파트 담장이 눈부시게 살아났다. 그의 노점은 크리스마스트리처럼 휘황찬란하게 변신한다. 반짝이 3색 수세미, 아톰 봉제인형, 12색 펜슬, 색깔 맞추기 퍼즐 등 상자의 물건들도 덩달아 제 빛깔을 뿜내었다. 그 빛의 구역 안에 있으면 찬은 아늑한 가게에 들어앉아 있는 느낌이었다. 어둠을 몰아낸 세상…… 또 다른 경계에 어둠을 만들어내는 빛의 이중성을 그 순간만큼은 잊을 수 있었다. 보이지 않는 건 존재하지 않는 것. 광휘의 영역에 어둠 따윈 틈입할 수 없었다. 밤이면 그는 단조롭지만 평온한 그 빛의 세상에 머물렀다. 그 속에서 물건을 하나하나 들여다보노라면 자신이 곡마단 단장이라도 된 기분이었다. 화려한 스포트라이트를 받으며 그의 단원들이 무대 위에 죽 늘어서 있는 것이다. 색과 향이 매혹적인 아로마 향초, 해맑은 눈의 아톰, 결코 쓰러지지 않는 오뚝이 국자, 위성 안테나 거울, 애완견 야광 목걸이……. 내게 뭐든 요구해봐! 그것들은 조명을 의식하듯 다투어 얼굴을 내밀고 떠들어댄다. 암울한 과거 같은 건 시침 뚝 뗀 표정이다. 부도난 회사 창고에서 오랫동안 어둠과 먼지에 덮여 있던 것들, 혹은 가난한 나라에서 태어나 먼 이국땅으로 팔려올 수밖에 없었던 지난날의 기억 따윈 놈들도 떠올리고 싶지 않을 것이다. 찬 자신이 지금껏 걸어왔던 길을 빼닮은, 언더 혹은 비주류들이 유통되는 길을 따라 흐르는 운명…… 찬 자신의 행로처럼 이것들에게도 담벼락 앞은 마지막 무대가 될 것이다.

찬은 사거리를 지나 첫번째 횡단보도 앞에서 유턴을 한다. 아파트 정문 쪽으로 다시 되돌아가서 수의 집 골목으로 접어드는 적당한 곳에 차를 세워놓아야 한다. 되짚어보니 오늘처럼 서둘러 일을 끝낸 날도 오랜만이다. 그때도 수와 관련한 일로 일찍 마감했던 기억이 난다. 사거리에 새로운 현수막이 내걸린 날이었다. 흰 바탕에 빨간 글씨. '목격자를 찾습니다.' 현수막은 찬이 앉은 아파트 담벼락에서도 금세 눈에 띌 만큼 인상적이었다.

―아저씨, 일요일은 원래 장사 안 하나요?

현수막이 내걸리던 날 오후, 떼꾼한 얼굴로 나타난 수가 난데없는 질문을 했다.

―난 예수쟁이는 아니지만 안식일만큼은 철저히 지켜.

수는 머뭇거리다가 찬에게 유인물 한 장을 건네주었다.

'목격자를 찾습니다'라는 굵은 고딕체 글씨가 맨 위에 박혀 있었다. X월X일 비 내리던 일요일 자정 무렵, 샛별아파트 정문 앞에서 오토바이를 치고 달아난 뺑소니차를 목격하신 분을 찾습니다. 문구를 읽어가던 찬의 손이 떨렸다. 오토바이 사고의 주인공은 바로 링이었다. 심장이 두근거리고 숨이 가빠왔다. 울컥 치미는 뜨거움을 겨우 가라앉히고 고개를 들었을 때, 다행인지 불행인지 수는 그 자리에 없었다. 어느새 그녀는 지하도 출입구에 서서 유인물을 나눠주고 있었다. 다음 날도 그다음 날도 수는 거기서 같은 일을 되풀이했다.

　아저씨, 잠깐만 쉬었다 갈게요. 유인물을 다 나눠준 마지막 날, 수는 지친 걸음으로 찬의 곁으로 왔다. 담벼락에 기대어 한참이나 쭈그리고 앉아 있던 그녀는 결국 혼자 일어나지 못했다. 찬은 탈진한 수를 들춰업고 그녀의 집에 데려다 뉘어야 했다. 그날, 보도 위에는 온종일 유인물이 굴러다녔다. 목격자를 찾습니다. 유인물이 찬의 발치에 어슬렁거렸다. 목격자를 찾습니다. 비 내리던 일요일 밤 자정, 목격자, 일요일 밤……. 종잇장은 끊이지 않고 굴러다니며 그의 발끝을 건드렸다. 당신, 혹시, 그날, 일요일 밤……. 쉴 새 없이 괴롭히는 유인물을 줍느라 찬 역시 이리저리 보도를 헤매고 다녔다. 발을 내디딜 때마다 푹푹 허방을 짚는 기분이었다. 얼마 지나지 않아 그도 수처럼 탈진 상태가 되었다. 결국 찬은 그날 일찍 일을 마무리할 수밖에 없었다.

　―젠장, 산다는 게 뭔지.

　정씨가 단숨에 소주잔을 비우면서 내뱉었다.

　―인생 뭐 별거 있는 줄 알어.

튀밥 영감의 단골 넋두리가 수순처럼 흘러나왔다.

찬이 도모한 일요일 '번개' 술자리였다. 참석률 100퍼센트, 통화 30분 만에 모두들 단골 밥집에 모이는 놀라운 기동성을 발휘했다.

―음, 이런 걸 요새 애들 말로 번개라 한단 말이지.

튀밥 영감도, 정씨도 다들 찬의 비상 호출을 반겼다. 맥주 한 잔이 주량인 찬은 그날따라 왠지 술 생각이 간절했다. 온종일 추적거리던 비 탓인 것 같았다. 찬의 전화는 텔레비전 앞에서 뒹굴던 두 홀아비에게도 구세주였다. 셋은 밥집에서 소주 한 병을 반주로 걸쳤다. 근처 슈퍼마켓에서 2차를 하고 얼큰해진 그들은 다시 편의점으로 자리를 옮겨 앉은 참이었다.

추적거리던 비가 어느새 멎었다. 자― 떠나자 고래 잡으러― 정씨가 노래 한 소절을 불러젖히더니 불쑥 엉뚱한 제안을 했다. 내친김에 우리, 바닷바람이나 쐬러 갈까? 어차피 우리 인생에 해뜰 날 같은 건 글렀고 그냥 동해 바다에 뜨는 해나 보러 가자구. 바다는 역시 동해지. 튀밥 영감도 맞장구쳤다. 아니, 이 시간에 음주운전으로 동해를 가요? 이눔아, 내 운전경력 25년이야. 게다가 술은 이미 다 깼어. 봐, 말짱하잖아. 어림없는 소리 말아요. 취했어요. 안 취했다니까. 그래도 난 안 가요. 그럼 네놈은 오지 마. 영감님, 저 겁쟁이 녀석은 떨궈놓고 우리끼리 갑시다. 그래, 인생 뭐 별거 있는 줄 알아! 정씨는 튀밥 영감과 함께 기어이 자신의 트럭 쪽으로 발을 옮겨놓았다. 찬은 둘을 만류하느라 한참 실랑이를 벌였다. 끝까지 둘은 막무가내였다.

　에이 씨팔. 뒈지든지 말든지……. 찬은 아파트 정문 앞에서 결국 그들과 등졌다. 사거리를 향해 돌아서니 상쾌한 밤공기가 그의 가슴에 물씬 안겼다. 휴일 밤거리는 평소보다 어두웠다. 네온사인도, 아파트 불빛도 일찍 꺼지고 거리엔 차도, 인적도 드물었다. 보도에는 아주 간간이 사람들 자취가 보였다. 헤어지기 아쉬워하는 젊은 연인이 공중전화 부스 안에서 얽혀 있었다. 텅 비어 있기 일쑤인 공중전화 부스를 그들은 밀회 장소로 그럴듯하게 변신시켜놓은 참이었다. 가로등을 몇 개 더 지나니 플라타너스에 비스듬히 기대선 남자 하나가 휴대폰 통화로 말다툼을 하고 있었고, 모퉁이 가게 셔터 문에 시원하게 오줌을 내갈기는 취객도 보였다.

　찬은 무단횡단을 일삼으며 내처 걸었다. 깊어가던 밤은 어둠의 심장부를 돌아 다시 새벽을 향하고 있었다. 급기야 허리가 뻐근하고 무릎이 시큰거렸다. 거리는 하나 둘 차량이 늘어나고 고층 아파트 불이 밝혀지면서 밝아오는 아침을 예고했다. 전날 일찍 잠들었던 이들이 일찌감치 깨어나며 새로운 한 주를 준비하는 월요일 새벽이었다. 횡단보도 앞에서 찬은 막 해가 떠오르는 광경을 보았다. 순간, 그는 가슴 저 밑바닥에서 꿈틀거리는 회한을 느꼈다. 그리고 깨달았다. 자신이 어리석었다는 걸. 자신도 그들과 같은 배를 탔어야 했다는 걸. 떠날 때 자유로운 것, 자신이 가진 재산은 그것밖에 없다는 걸…….

찬은 주택가 골목길에 차를 주차해놓은 다음 연장통을 챙겨들고 내린다. 모퉁이 전봇대를 돌아 수의 집으로 향하는 길로 접어들자, 오렌지 불빛이 흘러나오는 가로등이 어두운 골목길을 밝히고 있다. 이런 골목엔 나트륨등이 제격이다. 이 따스한 느낌의 불빛이 어느 집 부엌에서 흘러나오는 된장찌개 냄새와 어우러지기라도 하면 골목은 더 정감 있게 살아난다.

찬은 붉은 벽돌집이 늘어서 있는 골목에서 잠시 주춤거린다. 똑같은 모양의 집들이 마주보며 네 채씩 늘어서 있다. 곰곰 기억을 되짚어보던 찬은 2층 층계참에 놓인 선인장 화분을 보고서야 수의 집을 알아본다. 샛문을 들어서서 뒤란 쪽으로 돌아가니 반지하인 수의 셋방이 보인다. 현관문의 망가진 잠금장치가 그녀의 집임을 한 번 더 확인케 해준다.

톡톡. 새시 문을 두드린다. 아무 기척이 없다. 마당으로 면한 방의 창문도 컴컴하다. 또 한 번 시도해보지만 여전히 감감무소식이다. 현관문을 살짝 당겨보니 문은 기다렸다는 듯 선선히 열린다. 따스하고 은은한 향의 실내 공기가 전해온다. 전등 스위치를 켜자 침침하던 실내가 훤히 드러난다. 두어 평 남짓의 마루 겸 부엌에 화장실과 방 한 칸이 있는, 틀에 박힌 반지하 단칸 셋방의 구조다. 좁긴 해도 깔끔하게 정돈되어 있다. 왠지 낯익은 분위기다 싶어 자세히 보았더니, 구석구석 잘 정돈되어 있는 살림살이 거의가 찬의 노점 물건이다. 천 원짜리 물건들이 자리바꿈을 하면서 근사하게 변신해 빛을 발하고 있다. 실내는 전문 디자이너의 손길을 거친 세련된 매장, 아니 환상의 모델하우스를 보는 것 같다. 이름 하여 천냥 하우스. 매혹의 집으로 당신을 초대합니다. 하지만 주인 없는 집은 그저 적막강산이다. 수는 어딜 갔을까? 약속을 잊은 걸까, 아니면 기다리다 지쳐서 포기한 것일까.

찬은 서둘러 작업 준비부터 한다. 현관문을 이리저리 살펴보니 여자 혼자 사는 집 문치고 허술하기 짝이 없다. 그는 아예 문짝을 떼어낸다. 손봐야 할 곳이 한두 군데가 아니다. 보조키까지 달린 튼실한 잠금쇠를 달고 손잡이는 편안한 것으로 교체한다. 경첩도 새 것으로 갈아끼워 문틀에 꼭 맞도록 해놓는다. 찬의 손길을 하나하나 거치면서 현관문은 완전히 새롭게 탈바꿈한다. 이제 안심해도 되겠어. 일을 끝낸 찬은 공구를 챙겨넣으며 자신이 직접 와보길 잘했다고 생각한다.

찬은 뿌듯해하며 공구함을 들고 돌아서다가 팔꿈치를 긁힌다. 문틀 여기저기 돌출해 있던 못에 긁힌 것이다. 성격상 그냥 지나치지 못하는 찬은 다시 연장통을 편친다. 손을 대고 보니 생각보다 작업이 만만치 않다. 장도리, 펜치, 스패너까지 동원된다. 간신히 못 하나를 뽑아내는 데, 얼마나 힘을 주었던지 진땀이 난다. 잘못 박힌 못의 위력이 새삼 놀랍다. 그는 잠시 숨을 돌리고 다시 나머지 못에 손을 댄다. 한껏 힘주어 뽑던 그의 손이 다른 못에 푹 찔린다. 젠장. 금세 피가 솟구친다. 꽤 깊숙이 찔린 모양이다. 오기가 생긴 그는 상처에 아랑곳없이 마지막 못에 손을 댄다. 못은 의외로 쑥 뽑혀 나온다. 앓던 이가 빠진 것 같다. 일을 끝낸 그는 팽개치듯 공구를 내려놓고 상처 부위를 감싸쥔다. 문 주위에 핏방울이 뚝뚝 떨어져 있다. 그는 티슈로 상처 부위를 감싼다. 하얀 티슈가 금세 붉게 젖는다. 남은 티슈를 다 쓰고 나서야 겨우 피가 멎는다.

실내를 살펴보니 약품 상자로 보이는 반투명 수납함이 서랍장 위에 놓여 있다. 다행히 그 안에 몇 가지 구급약이 갖춰져 있다. 찬은 소독약부터 꺼내 상처 부위에 적신다. 크윽. 소독약이 닿은 상처 부위가 신음이 절로 날 만큼 쓰라리다. 그는 어금니를 꽉 깨문다. 소독하고 붕대로 상처 부위를 잘 감싼 다음 찬은 지친 몸을 쉬기 위해 벽에 비스듬히 기대앉는다. 온몸의 기운이 다 빠져나간 것 같다. 눈꺼풀조차 들어올리기 힘든 그의 눈에 실내 풍경이 하나하나 들어온다. 작은 플라스틱 원형 빨래걸이에 수의 것으로 보이는 스타킹이 걸려 있다. 부드럽게 흘러내린 갈색 판탈롱 스타킹이 모빌처럼 살짝살짝 흔들린다. 찬찬히 살펴보니 환상의 모델하우스로 보였던 처음 인상과는 달리, 집 안 구석구석이 허술하기 그지없다. 천장 모서리에는 균열의 흔적이 보이고 벽지는 군데군데 희미한 빗물 얼룩이 나 있다. 싱크대 상판 모퉁이는 녹슬었고 아래쪽 문도 버그러져 있다. 화장실 문틈으로는 비릿하고 지린 냄새가 옅게 새어나오고 있다.

수는 언제 올까? 찬은 호기라도 부리듯 안방으로 자리를 옮겨 앉는다. 손에 감긴 붕대가 그럴듯한 핑계가 돼줄 것이다. 예상대로 방은 마루보다 훨씬 포근하고 아늑하다. 따뜻한 바닥에 등을 붙이니 온몸이 녹아내리는 것 같다.

밤하늘에 별들이 총총하다. 정씨가 틈만 나면 들여다보던 망원경 속 세상이 바로 찬의 코앞에 펼쳐져 있다. 그는 낯선 세계에 훌쩍 내던져진 이방인 같았다. 신비로움에 도취된 가슴 저 한쪽에서는 외로움이 스멀거린다. 그날 밤도 그랬다. 낯선 밤의 신비에 취한, 하지만 몹시 쓸쓸하던 일요일 밤이었다. 아파트 정문을 등지고 사거리를 향해 막 걸음을 내디뎠을 때, 부드럽게 밀려들던 밤공기는 외로움을 더 부추겼다. 바로 그때였다. 그의 등 뒤로 엄청난 굉음이 쏟아진 건……. 끼긱- 쾅- 퍽…… 부웅-

그 순간, 어떤 것도 찬의 관심을 끌지는 못했다. 실랑이 끝에 등졌던 정과 튀밥 영감도……. 찬은 뒤돌아보지 않았다. 돌아본다 해도 아무것도 보지 못할 것이라는 걸 잘 알고 있었다. 누구든 원치 않는 걸 보지 않을 자유는 있으니까. 그는 아무 소리도 듣지 않았다. 급브레이크 소리에 이어 거대한 금속 물체의 마찰이 빚는 굉음도, 뭔가 튕겨져 나가 부딪치는 소리도, 급발진하는 엔진 소리도……. 찬은 그때 사거리 모퉁이에 새로 들어선 건축물의 황홀한 조명에 사로잡혀 있었다. 블루와 그린이 자아내는 빛의 조화가 소름 끼치도록 아름다운 건물이었다. 종루를 연상시키는 그 타워형 꼭대기는 블루스가 흘러나오는 원형 무대 같았다. 찬 자신을 향해 비추는 빛의 황홀한 집중. 무대에 서본 자라면 그 소름 끼치는 희열을 안다. 어둠에 묻힌 객석, 박수 소리가 터져나오기까지 관객도 존재하지 않는다. 찬은 타워형 건물 꼭대기에서 연주하는 자신의 모습을 그려보고 있었다. 마지막 무대……. 모두들 잠든 고요한 세상을 향해 그는 가장 낮은 음으로 노래하고 싶었다. 감미로운 꿈의 세계로 이끄는 낮고 낮은 소리로. 아니다. 그는 모두의 평온한 잠을 방해하고 싶었다. 그들을 깨워 일으켜 도취와 광란의 카니발을 펼치고 싶었다. 그 흥분의 도가니를 뒤로하고 자신은 가벼운 걸음으로 무대를 내려오고 싶었다. 박수 소리가 멎기 전에. 서서히 사그라지느니 단번에 타버리는 게 낫다던, 전설처럼 사라진 어느 로커의 흉내라도 내고 싶었다. 뭔가에 등 떠밀려 내려오는 가련한 아티스트는 결코 되고 싶지 않았다.

찬은 빛에 홀려 계속 걸었다. 떠날 때 자유로운 것. 자신이 가진 재산은 그것밖에 없다는 걸 그는 너무 늦게 깨달았다. 아침 해는 횡단보도 앞이 아니라 검푸른 물결 넘실대는 바다에서 맞았어야 했다. 끝까지 그들과 함께했어야 했다. 쓸쓸하게 다시 돌아온 자리, 삼각주는 흔적도 없이 스러졌고 그는 망망대해에 섬처럼 남았다. 아직도 그는 납득하지 못한다. 왜 자신이 그 자리를 떠나지 못하고 있는지. 유형지나 다름없는 그곳을 왜 계속 맴돌고 있는지.

수는 왜 아직 돌아오지 않는 걸까? 그는 다시 눈을 뜬다. 꿈인지 실재인지 도무지 구분할 수 없다. 차갑고 날카롭게 빛나는 별들만 하늘에 그득하다. 맞아, 저 별들, 언젠가 수 커플에게 선물로 주었던 바로 그 별들이다. 그들의 첫 살림을 축하하며 건넸던 선물. 그러니까 찬이 누운 이곳은 젊은 그들이 꿈에 부풀어 시작한 보금자리, 바로 첫 출발지였던 곳이다. 주인공이 사라지고 없는 곳을 엉뚱한 사람이 차지하고 있는 셈이다. 찬은 일어나려 하지만 꼼짝할 수가 없다. 몸이 바닥으로 빨려드는 것 같다. 그날의 일들이 또다시 도미노처럼 이어진다. 비 내리는 일요일, 모든 것은 그 추적거리던 빗소리에서, 아니 찬 자신에게서 비롯되었다. 빗소리가 그를 부추겼고, 빈집의 처연함을 견디지 못한 그는 술과 사람을 갈망했고, 술꾼들은 기다리고 있었다는 듯 달려왔고, 단숨에 의기투합한 세 사내의 술자리는 밤늦도록 이어졌고, 취기는 외로움에 찌든 한 사내에게 바다를 생각나게 했고, 그들은 바다로 가기 위해 차에 올랐고…….

탕탕탕. 망치 소리가 들린다.

탕탕탕. 찬 자신의 망치질 소리.

탕탕탕. 아니다. 자신은 문을 고친 게 아니었다. 빗장 지른 문에다 그는 스스로를 유폐시키는 못질을 한 것이다. 그렇지. 그는 문이 아니라 제 손에 못질을 해댄 사실을 기억해낸다. 후끈거리는 한쪽 팔을 아주 간신히 들어올린다. 손에 바위라도 얹힌 느낌이다. 신열이 난다. 녹슨 못의 독성이 혈관을 타고 온몸으로 번져갈 것이다. 파상풍으로 푸르뎅뎅하게 부풀어오른 자신의 몸이 어른거린다. 두

렵다. 아니, 후련하다. 이것으로 빚이 청산될 것이다. 이젠 벗어날 수 있을까. 벗어나고 싶다. 벗어날 수 없을지도 모른다. 구해달라고, 아니 가두어달라고 외치지만 소리가 되어 나오지 않는다. 누군가 와서 문을 열어주기까지 이곳을 벗어나지 못할지도 모른다. 아니다. 벗어날 수 있을 것이다. 찬은 다른 쪽 팔까지 힘겹게 들어올린다. 수, 수가 나타나줄까. 빗장 지른 문을 열어젖히고 들어와 자신을 이곳에서 탈출시켜주지 않을까. 창백한 그의 두 손이 휘휘 어두운 허공을 가른다. 결코 닿을 것 같지 않은 저 높은 곳. 하지만 천장의 별은 여전히 맑고 푸르게 빛나고 있다.

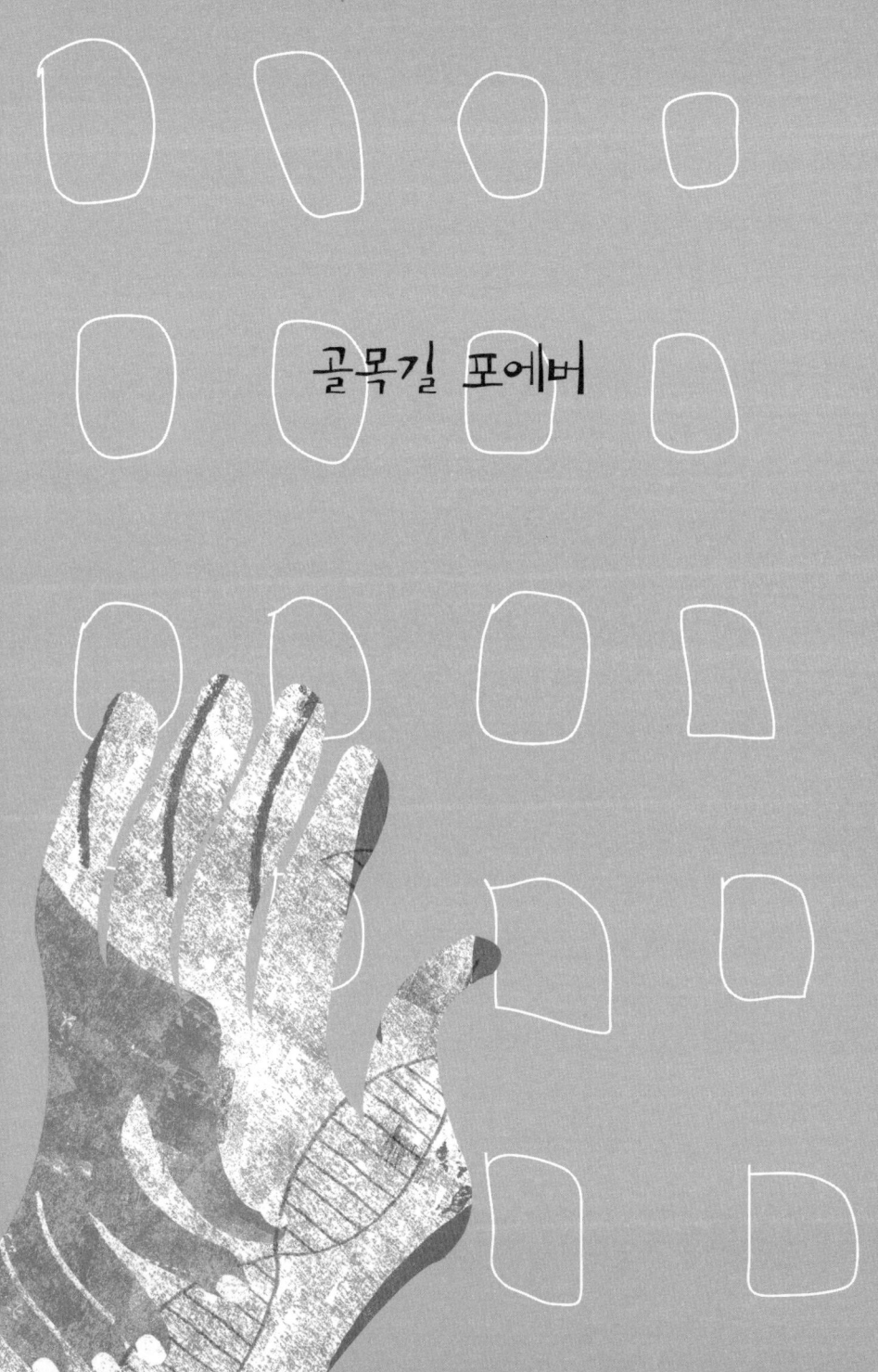

골목길 포에버

소망 피
    아
       노 학원

간판의 글자 배열이 테트리스 조각 모양과 닮았다. 금방이라도 밑으로 톡톡 내려와 틈새를 찾아들 것 같다. 피아노 학원의 잿빛 기와지붕 위로 훌쩍 솟아 있는 이 양철 간판은 이불의 오줌 얼룩처럼 군데군데 녹슬어 있다. 꼴이 좀 어쭙잖아 보이긴 해도 '피아노'의 빨간색 글자가 튄다 싶을 만큼 눈에 잘 띄었으므로 간판은 제 몫을 톡톡히 하고 있는 셈이다. 낡은 한옥을 개조해 만든, 작고 허름한 모양새가 하꼬방을 연상시키는 학원 건물 역시 꾀죄죄한 간판에 걸맞아 보인다. 현관문이 동네 큰길에 면해 있어 그 앞을 지나면 '도솔 미솔 도솔 미솔' 바이엘 교본의 피아노 음이 연이어 굴러나온다. 이 소망피아노학원을 옆구리에 끼고 골목이 나 있다. 골목 안 사람들은 자신의 집을 알려줄 때 곧잘 이 피아노 학원을 써먹는다. 한나절 내내 단조롭게 뚱땅거리는 피아노 건반 소리에 넌더리를 내는 이도 예외는 아니다. 우뚝 솟은 빨간 글씨의 간판이 눈에 잘 띌 뿐 아니라 그것 외에는 주변에 마땅히 꼽을 만한 것도 없기 때문이다. 재개발 바람이 곧 불어닥칠 것 같은 이 삭막하고 후줄근한 동네에 피아노 학원은 나름의 정취와 윤기를 더하면서 언젠가부터 이곳 사람들의 자부심이 되었다.

—낙타고개에서 마을버스를 내려 소망피아노 옆 골목을 끼고 들어오면 돼.

그 골목길에서 오른쪽 혹은 왼쪽 몇 번째 집, 아니면 첫 모퉁이를 끼고 돌아 전봇대 바로 앞, 아니면 전봇대 건너편이 그들의 집이다. 거의가 피아노 학원처럼 낡은 개량식 단층 한옥이거나 지은 지 30~40년은 족히 돼 보이는 슬래브 집이다. 단층, 이층, 한옥, 슬래브…… 들쭉날쭉 제각각인 작고 허술한 집들이 경사진 길을 따라 다닥다닥 이어지는 이 골목은 바느질 서툰 사람이 헝겊 조각을 대충 이어붙인 끈처럼 너덜너덜 연결된다. 길은 갈림길에서 나뉘거나 다시 만나 합쳐지기도 하면서 얽히고설켜 미로를 이룬다. 눈썰미가 있든 없든 이 동네로 갓 이사 온 사람이라면 한 번쯤은 자기 집을 찾느라 골목을 헤매고 다닌 기억을 갖고 있다.

—아, 맞아. 저게 우리 집이지!

방황은 으레 발견의 기쁨으로 이어지면서 이사 온 집에 대한 애착도 싹튼다.

피아노 학원 바로 앞은 일명 '낙타고개'로 마을버스가 다니는 길이다. 오르막과 내리막길이 반복되는 이 길은 낙타로 치면 쌍봉도 아닌, 삼봉낙타쯤에 해당할까. 낡을 대로 낡은 마을버스는 오르막길에서 걸핏하면 시동이 꺼지는 바람에 기사 아저씨 입에서 '퍽큐' 소리가 절로 나게 한다. 뒤늦게 아메리칸드림을 꿈꾸며 이민 갔다가 적응에 실패하고 1년 만에 돌아온 신참 기사 아저씨는 욕만 영어로 하는 센스를 보였다. 평생 할리우드 영화 한 편 눈여겨본 적 없는 할머니 할아버지 승객은 말뜻은 몰라도 기사의 입에서 순간적으로 튀어나오는 파열음에 속이 후련해졌다. 좌석도 하나같이 성한 게 없었다. 등판이 뒤로 젖혀지지 않거나 해진 비닐 꺼풀 사이로 누런 스펀지가 비어져 나와 있었다. 고갯길 초입에 이르면 경상도 출신 기사 아저씨는 노인 승객들의 주의를 환기시키는 한마디를 잊지 않는다.

—할무이 할부지요, 우쨌든동 단디 잡으이소!

눈이 많이 쌓이면 마을버스는 더 이상 낙타고개를 다닐 수 없게 된다. 노인들은 집 안에 틀어박혀 닳을 대로 닳은 1-2번 마을버스 같은 자신의 노구를 한탄하는 한이 있더라도 당분간 외출을 삼가야 한다. 경사진 눈길에서 발이라도 헛디디면 팔이나 다리에 딱딱한 깁스를 하고 자식들 눈치에 시달리며 꼴사나운 겨울을 나기 십상이므로. 자칫하면 눈이 녹고 따뜻한 봄이 와도 동네에서 그들 모습을 영영 볼 수 없게 되는, 더 쓸쓸한 결말을 맞을 수도 있는 것이다.

골목을 낀 다른 한쪽 벽면은 어느 집 담벼락이다. 이 높고 널따란 담벽은 만개한 능소화로 뒤덮여 여름 내내 화려한 캔버스 화폭을 방불케 했다. 진초록의 풍성한 이파리를 딛고 구불구불 기어오르는 가느다란 넝쿨 줄기와 그 위로 짙은 오렌지빛 능소화 꽃들이 종처럼 사뿐히 매달려 있는 모습은, 소망피아노학원의 건반 소리 덕분인지 악보를 연상시켰다. 구불거리는 가느다란 줄기는 높은음자리표를, 줄기를 따라 조로록 피어난 종 모양의 꽃봉오리는 오선지 위에 걸쳐진 음표를 닮았다. 금방이라도 맑고 경쾌한 피아노 음이 퉁겨나올 것 같은, 쾨헬 몇 번에 해당하는 모차르트 소곡의 악보를 그림으로 보는 것 같다. 아침저녁으로 제법 선선한 바람이 불어오는, 새 계절의 문턱에 닿아 있는 이즈음도 능소화는 피고 지고 또 피어난다.

―저 여자, 담벼락 귀신이 씐 거 아냐.

능소화 담장에 살짝 기대서 있는 여자를 가리키며 누군가 한마디 던지고 지나간다. 골목 어귀를 지나는 사람들은 거의 언제나 그 여자를 먼저 발견하게 된다. 여자는 피아노 학원과 능소화 담벼락 사이로 난 골목의 파수꾼이라도 되는 양 햇살이 골목 안쪽으로 비스듬히 비쳐들기 시작하는 아침부터 어스름 저녁까지 거의 온종일 그 자리에 서 있다. 늙은 어미와 단둘이 골목 맨 구석 집에 살고 있는 반편이 여자. 사시인 데다 누렇게 뜬 피부에서 병색이 묻어나지만, 히죽 웃음을 베어 문 표정은 더없이 천진스럽다. 갓 마흔에 접어들었을까. 여자는 단발머리에 무릎이 불룩 나온 녹색 체육복 바지에다 빨간 티를 걸친, 늙은 어미의 얄량한 안목이 그대로 밴 촌티 물씬 나는 차림이다. 초입에서 맨 먼저 맞닥뜨리게 되는 이 반편이 여자가 이 골목의 '첫 여자'다.

—또 서 있어, 저 이상한 여자.

피아노 학원을 오가는 아이들도 친구의 옆구리를 쿡쿡 찌르며 귓속말로 수군거린다. 아이들 시선은 첫 여자의 악의 없는 웃음을 접하면 이내 무시와 경멸의 빛을 띤다. 어려도 거의 동물적 감각으로 사람을 구별할 줄 아는 것이다.

초등학교 저학년이 대부분인 소망피아노학원 원생들은 거의가 이 낡고 꾀죄죄한 동네 주민들 자녀다. 작고 허름한 건물 외양에서 짐작할 수 있듯 이곳은 다른 교습소에 비해 레슨비가 거의 절반 값이다. 피아니스트가 장래희망인 여유 있는 집안의 아이들이 이곳에 발을 들여놓는 일은 없다. 바이엘을 넘어서는 레슨도 드물다. 아이들 부모는 어린 시절, 한적한 고급주택가 어느 집 담장 위로 흘러나오던 피아노 선율을 동경 어린 마음으로 듣던 기억을 가진 이들이다. 피아노가 부의 상징이던 시절을 거쳐온 그들의 빛바랜 기억이 어린 자식들을 통해 이런 대리만족으로 나타나는 것인지도 모른다. 그래서 아이들은 바이엘 하권에서 졸업하게 마련인 피아노 교습을 받기 위해 제 등판보다 큰 피아노 교본 가방을 들고 한동안 이 학원을 오간다.

피아노 선생에 얽힌 이야기도 전하는 사람마다 달랐다. 홀아버지와 같이 사는 그 여자는 원래 빼어난 피아니스트였는데 교통사고 이후로 인생이 180도 바뀌어 몇 년 전 이 속 편한 동네로 옮겨와 피아노 선생으로 눌러앉게 되었다는 얘기가 있는가 하면, 소아마비를 앓아 어릴 적부터 절름발이였던 여자가 호구지책으로 피아노 선생을 택했다는 소문도 있다. 사람들과 교류가 거의 없는 그녀는 교습이 끝나면 레슨 방으로 연결된 집 안쪽으로 사라진다. 그녀는 몇 개월에 한 번 정도 목발을 짚고 바깥 외출을 나서곤 했는데, 그럴 때 한 번씩 목격한 동네 사람들의 진술도 엇갈리기 일쑤였다. 청순가련형이라느니 히스테릭한 노처녀 인상이라느니 팔자 드센 청상과부 티가 난다느니……. 분분한 의견 가운데 공통점을 추려내 보자면, 그녀는 어깨까지 오는 생머리에 하늘색 머리띠를 한, 희고 고운 살결의 키 작은 여자라는 것이다. 평소 그녀는 피아노 위의 메트로놈처럼 자신의 키와 같은 높이인 피아노 옆에 늘 붙어앉아 있는 모양이었다.

언젠가 밖으로 나선 피아노 선생은 골목 어귀의 첫 여자, 반편이 여자와 마주친 적이 있었다. 목발을 짚고 능소화 담을 막 지나칠 때였다. 첫 여자의 시선을 흘끗 일별한 피아노 선생은 순간적으로 비위가 상했다. 흐드러진 오렌지색 꽃에 비쳐든 초여름 햇빛의 현란함이 빚은 착시 현상 때문이었을까. 첫 여자의 히죽거리는 웃음이 비웃음으로 보였던 것이다. 심사가 꼬인 피아노 선생은 급히 그곳을 지나치려다 한쪽 목발을 놓쳤다. 순간, 그녀는 중심을 잃고 휘청거렸다. 화급히 손을 뻗어 담벼락의 능소화 넝쿨을 와락 움켜쥐었다. 그 바람에 간신히 몸을 추스를 수 있었지만 넝쿨 한 부분이 무참히 뜯겨졌고 탐스러운 꽃봉오리는 후르르 떨어져내렸다. 반편이 여자는 멀뚱히 서서 곤경에 처한 피아노 선생의 모습을 그저 바라보았다. 여전히 히죽거리는 웃음을 문 채.

나둥그러진 피아노 선생의 목발을 집어준 사람은 마침 그 곁을 지나던 낯선 남자였다. 삼십 대 중반으로 보이는 그 남자는 날렵한 동작으로 목발을 집어 여자에게 친절하게 건네주었다. 하지만 그녀는 감사의 인사는커녕 구겨진 자존심에 그림자처럼 따르는 짙은 냉소를 거두지 않았다. 남자는 여자의 싸늘한 표정을 일별하고는 자신의 모처럼의 선행에 떨떠름해했다. 그는 뒤틀린 행동으로 나타나는 절름발이 여자의 깊은 그늘을 한 번 더 헤아릴 줄 아는 세심하고 사려 깊은 심성의 소유자는 아니었다. 목발을 건네준 남자는 뚱한 표정으로 뒤도 안 돌아보고 가버렸다. 꽃줄기가 흠씬 뜯겨져 나간 벽은 생채기 난 피아노 선생의 자존심처럼 균열이 간 시멘트 담벼락을 그대로 드러내었다. 피아노 선생은 그 일이 있고부터는 집을 나서더라도 첫 여자가 기대선 담 쪽으로 눈길을 주지 않았다. 보는 이의 마음을 화사하게 혹은 애틋하게 물들이는, 악보 혹은 화폭 같기도 한 능소화 담벼락은 피아노 여자에겐 존재하지 않았다.

골목 깊숙이 비쳐들던 햇살이 조금씩 뒷걸음질 치고 있다. 능소화 하나가 휘릿 떨어져내린다. 이제는 피는 것보다 지는 꽃이 더 많다. 떨어진 꽃 무더기가 조금씩 높이를 더하며 시간의 더께를 보여준다. 골목은 한동안 떨어지는 능소화의 움직임이 변화의 전부로 보일 정도였다. 이곳에 휘몰아친 마지막 폭풍이 황씨 부인의 마늘 한 접 사건이었으니 골목이 나른한 권태에 젖은 지도 벌써 두 계절을 넘긴 일이다. 아무런 일도 일어나지 않는 골목은 단무지 빠진 김밥처럼 싱겁고 밋밋했다.

열두번째 능소화가 떨어져내릴 즈음, 남루한 차림의 사내 하나가 마을버스에서 내린다. 버스는 이내 시커먼 연기를 내뿜으며 달아난다. 사내는 한쪽 어깨에 배낭을 걸치고 한 손을 주머니에 찔러넣은 채 느릿느릿 걷는다. 맥 빠진 걸음의 사내는 무심히 전봇대를 지나치다 뭔가 발견한 듯 그쪽으로 바싹 다가선다.

일당 잡부, 용역, 싼 이자, 일수, 이삿짐센터……. 전봇대에는 굵직한 제목의 작은 전단지 혹은 스티커가 빽빽이 붙어 있다. 뗐다 붙였다, 오밀조밀한 광고 딱지로 몸살을 앓는 시멘트 기둥을 사내는 한참 들여다보고 섰다. 광고 문구를 다 읽은 그는 목구멍 깊은 곳에서 가래침을 끌어올려 바닥에 칵 내뱉고는 전봇대를 등지고 천천히 고갯길을 내려간다.

―내리막은 어쨌거나 편해서 좋아.

사내의 중얼거림에서 취기가 묻어난다. 사내 앞으로 낙타고개가 펼쳐진다. 능소화 담벼락과 첫 여자가 서 있는 골목 어귀가 눈에 잡히자 그는 비로소 '집에 왔구나' 싶은 안도가 든다.

―젠장, 산다는 게 뭔지.

사내는 도망치듯 벗어났던 서울이 어떻게 고향보다 더 편한 느낌이 드는지 신기할 따름이다. 1년 근근이 버텨왔던 일을 때려치우면서 역마살이 다시 발동했다. 여행이나 실컷 하자고 마음먹고 나선 지 두 달 만이었다. 가진 돈도 변변찮았으니 무전여행이나 다름없었다. 산과 들로 떠돌다 그는 마지막 목적지를 고향으로 잡았다. 어린 시절 뛰놀던 고향 마을에 들러, 이제는 남의 손에 넘어가버린 시골집을 둘러본 다음 여행을 마무리하고 싶었다. 단단히 마음을 도슬러 먹고 나선 길이었지만 결국은 목적지를 코앞에 두고 포기했다. 고향이란 마음 내킬 때 불쑥 찾아갈 수 있는 그런 속 편한 곳이 아니었다. 10년 넘도록 한 번도 찾지 않은 곳을, 백수나 다름없는 신세로 들어선다는 건 쉽지 않았다. 먼 친척이나 옛 친구와 우연히 마주치기라도 한다면 손부터 덥석 잡으려 들 텐데…… 거기에 생각이 미치자 사내는 간신히 지탱해온 의욕마저 사라졌다.

―어이!

사내는 첫 여자를 향해 한 손을 높이 치켜든다. 반가움 반 치기

반, 거기에 취기까지 더했다. 그가 들어 보인 왼손은 몇 년 전 프레스 기계에 무참히 망가진 손이다. 일명 '퍼즐 손'으로 불리는 이 손은 평소 그의 호주머니에 꼭꼭 감춰져 있다. 사고 후 몇 차례의 수술 끝에 간신히 다섯 손가락이 퍼즐 조각처럼 꿰맞춰지면서 그나마 손 모양은 유지할 수 있었다. 하지만 자세히 보면 몸의 다른 부위에서 이식해온 살의 이음새 부분이 그대로 드러나 흉하기 그지없었다. 반편이 여자를 지나칠 때면 사내는 한 번씩 그 손을 그녀에게 들이대 보이곤 했다. 여자는 별다른 반응을 보이지 않았다. 그의 짜깁기한 손 앞에서 눈도 깜짝하지 않은 유일한 사람이었다. 그 후로도 남자는 그 짓궂은 장난을 멈추지 않았다. 가학적 충동에서 시작한 그것은 여자의 무덤덤한 반응을 거치면서 차츰 어떤 동질의식에서 오는 위안으로 바뀌었다. 사내는 이 동네가 고향처럼 느껴지는 이유가 혹 이 반편이 여자 때문은 아닌가, 하는 찜찜한 생각을 떠올린다. 사내는 지나쳐온 여자를 다시 한 번 돌아다본다. 여자는 사내를 멀뚱히 바라보고 섰다. 그와 눈이 마주치자 여자의 무표정한 얼굴에 히죽 웃음이 번져간다. 사내는 속내를 들킨 듯 움찔하더니 몸을 돌려 가던 길을 재촉한다. 신기하게도 조금 전의 불편하던 감정의 찌꺼기가 차츰 걷힌다.

 골목을 파고들면서 사내는 겹겹의 주름처럼 여겨지는 길이 더없이 아늑하게 느껴졌다. 그가 처음 이 동네를 택한 것도 그 때문이었다. 이 골목 저 골목이 헛갈리며 오리무중으로 꼬여드는 듯한 길이

든든한 보호막처럼 여겨졌던 것이다. 이곳이라면 신용불량자 꼬리도 감쪽같이 감출 수 있을 것 같았다.

사내의 걸음이 갑자기 조심스러워진다. 모퉁이에 있는 황씨네 낡은 3층 벽돌집에 가까워지면서다. 어흠흠. 그는 대문 앞에 걸음을 멈추고는 껄끄러운 헛기침을 두어 차례 한다. 열린 대문 사이로 조심스레 마당 안을 살펴본 그는 발소리를 죽여 집 안으로 들어간다. 황씨네 반지하에 세들어 사는 그는 밀린 월세 탓에 일찌감치 황씨 부인의 눈 밖에 나버렸다. 게다가 두 달이나 무단으로 방을 비운 상태였으니 잔뜩 움츠러드는 건 당연했다.

황씨네는 골목 안에서 쉽게 눈에 띄는 집이다. 제일 높은 3층집에다 대문 주변에 어수선하게 널려 있는 물건 때문이었다. 오지랖 넓고 그악스러울 정도로 부지런한 황씨 부인의 성정머리 탓에 동네 사람들이 버리는 살림살이는 일단 그 집 대문 앞에 일렬횡대로 집합한다. 거울에 금이 간 싸구려 앤티크 화장대가 한동안 그 집 담에 기대 있는가 하면 낡은 텔레비전이나 냉장고 같은 가전제품, 심지어는 커다란 고무 대야나 찌그러진 양은 들통 같은 잡동사니가 자리를 차지하기도 했다. 그중 어떤 것은 집 안에 들어앉거나 다시 버려지거나 하여 없어지면 이내 다른 물건이 자리를 채운다. 환갑을 훌쩍 넘긴 황씨 부부는 이 동네에서 30년 넘게 살아온 터줏대감이다. 세상에 저런 악연도 있나 싶을 정도로 앙숙인 그들 부부는 동네 사람들 사이에서도 따돌림 신세였다. 골목길에서 들리는 다툼이나 악다구니의 진원지 절반은 황씨네였다. 월세 수입으로 먹고 사는 그들인지라 세입자들과의 다툼도 부부 싸움만큼 잦았다. 하지만 작년 봄부터는 내외의 아귀다툼을 찾아보기 힘들었다. 황씨가 풍을 맞아 자리에 누웠기 때문이다. 골목길이 한동안 얼마나 조용했는지 사람들은 '꼭 딴 동네에 이사 온 것 같다'고 입을 모으며 내심 황씨의 자리보전을 반겼다. 처음 얼마간은 황씨 부인의 포달이 심심찮게 있었으나 지난겨울 '마늘 한 접' 사건을 끝으로 그네마저 존재감이 희미해졌다. 골목 사람에게 황씨 부인의 '고별 무대'로 기억된 마늘 한 접 사건은 황씨네 대문 앞에 놓인 낡은 대형 냉장고에서 비롯된 일이다. 여러 물건 가운데 우뚝 솟은, 어른 키에 머리통이 하나 더 얹힌 높이의 이 냉장고는 골목을 지나다니는 이들에게는 그야말로 초대형 장애물이었다.

―옘병할 여편네, 골목길까지 세냈나.

그 앞을 지나다니는 행인은 번번이 툴툴거렸다. 비 오는 날이면 우산을 비스듬히 기울여야 하는 바람에 옷이 젖기 일쑤여서 불평이 곱절은 더했다. 황씨 부인에게는 그 대형 냉장고가 겨울철 비상 저장고로 더할 나위 없는 물건이었다. 그러던 어느 날, 이 창고의 약점이 치명적으로 드러났다. 냉장고에 넣어둔 황씨 부인의 귀중품이 도둑맞은 것이다. 귀중품이란 황씨 부인이 김장을 앞두고 사흘 내내 손으로 깐 한 접 분량의 마늘, 그것도 그네가 혀가 닳도록 강조한 서산 토종마늘이었다. 일 끝낸 다음 날 황씨 부인이 끙끙거리며 이틀 꼬박 몸살을 앓아야 했던 노동의 결실을 고스란히 도둑맞은 것이다. 텅 빈 냉장고를 본 그네는 길길이 날뛰었다.

—대체 어떤 빌어먹을 화상이여, 이 늙은이가 몇 날 며칠 눈물 콧물 다 빼가며 까논 마늘을 도적질해간 인간이?

그네는 골목 안 사람의 소행이라 생각했는지 이웃에 다 들리도록 폭언을 퍼부었다.

—매운 마늘 처먹고 오장육부나 홱 뒤집어져버려라!

골목길은 며칠 내내 황씨 부인의 독설과 저주로 몸살을 앓았다. 골목을 지나다 공교롭게 황씨 부인과 맞닥뜨린 사람이라면 그 좁은 길을 다 벗어나도록 뒤통수가 얼얼한 걸 감수해야 했다.

잡동사니로 어수선한 황씨네 대문을 지나 모퉁이 담을 돌면 뒷문이 하나 더 있다. 2, 3층 세입자들을 위한 이 독립된 문은 앞쪽 대문과는 달리 한결 깔끔할 뿐 아니라 여유공간까지 있었다. 몇 개의 계단을 올라서서 나 있는 문 앞에는 어른 대여섯 명은 족히 둘러앉을 수 있는 널찍한 시멘트 바닥이 펼쳐져 있다. 이 뜻밖의 여유공간 덕분에 골목은 숨통을 한번 틔게 된다. 남녀노소 누구나 눈독을 들이는 이곳은 아침나절에는 할머니들이 둘러앉아 간이 노인정을 방불케 했다. 노인들은 잇새로 실실 새는 발음으로 오가는 동네 사람을 곧잘 도마 위에 올렸다. 남 흉보기나 시시콜콜한 남의 집 속사정을 소일거리 삼아 늘어놓다가 그들은 끼니때에 맞춰 하나 둘 사라진다. 이들에게서 바통을 이어받기라도 하듯 낮에는 어린아이들이

골목길 포에버 241

그 앞에 오종종 모여 소꿉놀이나 학교놀이를 한다. 커서는 넌덜머리 낼 일이란 걸 어떻게 알고 아이들은 그걸 놀이로 바꿔 미리 즐기는 것일까?

어스름 무렵이면 자율학습을 포기한 인근 학교 중 고교생들이 이곳으로 슬금슬금 몰려든다. 그들이 후미진 골목을 좋아하는 이유는 예나 지금이나 뻔하다. 담배를 돌려 피우며 어른 흉내를 내는 것이다. 금기를 넘는다는 것만 빼고는 애들 놀이와 다를 것 하나도 없다. 담배 피우기와 침 뱉기는 무슨 상관관계가 있는지, 그들이 떠나가고 난 뒤의 골목 바닥은 담배꽁초와 하얀 침 자국투성이다. 깨뜨린 금기를 기념하려는 듯한 이런 불유쾌한 흔적이 황씨 부인의 눈에 띄기라도 하면 골목은 그녀의 잔소리로 또 한바탕 술렁인다. 이들 풋내기 무리는 어두운 골목에서는 간혹 위협적인 존재가 되기도 하는데, 황씨네 옥탑방에 세든 아가씨의 경우가 그랬다.

이사 온 지 며칠 안 된 어느 늦은 밤, 황씨네 옥탑방에 세든 여자는 귀가하던 중 모퉁이 계단참에서 담배를 뻐끔대며 앉아 있던 남학생 무리와 마주쳤다. 그들의 발치에는 소주병까지 뒹굴고 있었다. 지방 소도시의 한 보수적인 가정에서 자란 그녀는 심장이 덜컥 내려앉으며 난데없이 윤간의 공포에 사로잡혔다. 인적이 드문 시간, 어두운 골목에서 과년한 처녀가 껄렁해 보이는 풋내기 무리와 맞닥뜨린다는 건 누가 보더라도 심장이 쪼그라드는 일이었다. 그녀는 자기 집 앞에서 허겁지겁 걸음을 돌려 도망쳤다. 얼마나 정신

없이 내달렸는지 왼쪽 구두 굽이 빠져 달아난 것도 몰랐다. 그 일이 있고 한동안 그녀는 심각하게 이사를 고민했다. 하지만 도심에서 가까운 동네에 그것도 무보증 월세방을 구하기란 쉽지 않았다. 홍대 앞 칵테일바 '블루'의 1급 바텐더 헤라가 옥탑방 세입자로 전락한 요지부동의 현실, 그 앞에서 그녀는 다시 한 번 뜨거운 눈물을 삼켜야 했다.

면역인지 체념인지, 한 달쯤 지나자 헤라는 자신의 운명에 익숙해지듯 골목에도 적응하게 되었다. 늦은 밤길 귀가에도 그녀는 힐을 신고 보무도 당당하게 골목을 드나들었다. 지하방과 옥탑방까지 모두 여섯 가구를 세놓은 황씨 부인은 선불 월세를 받던 날, 헤라에게서 '칵테일바 바텐더'라는 혀가 꼬이는 이상야릇한 이름의 직업을 전해 들었다. 하지만 그네는 타고난 순발력으로 금세 이해했다. 황씨 부인은 이 난해한 이름의 직업을 남들에게는 우리말로 쉽게 풀어서 알리는 재치를 보였는데, 그네의 해석에 따르면 헤라는 '술집 나가는 여자'였다. 밤이면 바에서 능란한 솜씨로 칵테일쇼를 펼쳐 보이는, 업계에선 손에 꼽힐 정도의 실력가인 여자 바텐더 헤라를 알아볼 사람은 동네에 아무도 없었다. 그녀는 이사 오기 한 달 전, 칵테일쇼에서 '블루 블레이즈'라는 불꽃놀이 묘기를 펼쳐 보이다 뜻밖의 사고를 냈다. 칵테일잔이 파열하면서 불꽃이 날아가 하필이면 스탠드에 앉은 취한 여자 손님의 부스스한 파마머리 위로 떨어진 것이다. 이 사고가 헤라의 꿈을 송두리째 앗아갔다. 그녀는 플레어 바텐더 세계선수권대회가 열리는 미국 라스베이거스 진출의 꿈과 함께 자신의 전 재산이던 신촌의 오피스텔마저 날렸다. 새로 시작하는 마음으로 이 골목길에 들어섰을 때 그녀는 빈털터리였다.

―깃털처럼 가벼워지자.

헤라는 옥탑방 창을 내다보며 그렇게 중얼거렸다. 창밖으로는 다닥다닥 붙은 좁고 낡은 단층집들이 잘 내려다보였다. 그 답답한 공간에서 가족들끼리 부대끼며 내는 소리가 속속 그녀의 창에 당도했다. 늙은 홀아비와 백수 아들이 사는 옆집에서는 툭하면 부자의 다투는 소리가 들려왔고 건너 집 신혼부부 방에서는 늦은 밤 갓난아기의 찢어지는 울음이 하루도 거르지 않았다. 어떤 날은 지붕 위 길고양이 울음이 아기 울음과 헛갈리기도 했다. 막다른 골목 끝 집, 늙은 어미와 반편이 딸이 살고 있는 집은 소리 대신 거실이 훤히 들여다보였다. 소파도 없는 넓은 마루에서 딸은 텔레비전 앞에 멀뚱히 앉아 있고, 늙은 어미는 베란다 유리문 쪽으로 돌아앉아 담배를 피우며 긴 연기를 한숨처럼 내뿜고는 했다.

―안녕하세요.

헤라가 생기 있는 목소리로 인사를 건넨다. 골목길 어귀에 우두커니 서 있던 첫 여자가 굼뜨게 몸을 돌린다. 특유의 웃음을 드리운 얼굴이다. 이사 오던 날부터 헤벌쭉 웃으며 자신을 쳐다보던 이 여자가 헤라의 마음속에 들어앉은 최초의 이웃이었다.

―어, 오랜만이네.

거의 매일 마주치건만 이 첫 여자의 인사말은 언제나 똑같다. 한 시간 뒤에 다시 만나도 여자는 같은 말을 되풀이한다. 어, 오랜만이네.

―일하러 가나 봐.

이 멘트 역시 '어, 오랜만이네'와 동급이다.

여자의 말대로 헤라는 출근길이다. 하지만 헤라가 슬리퍼에 트레이닝복 차림으로 근처 슈퍼마켓에 가더라도 여자는 똑같은 말을 했을 것이다. 또한 일하러 간다는 것은, 식당에 설거지하러 가는 걸 의미한다는 것도, 여자의 늙은 어미가 인근 식당 주방에 일하러 다닌다는 것도 그녀의 몇 마디 말에서 알게 된 사실이다.

어미가 딸의 안전을 위해 일찍부터 길들여놓았듯 첫 여자는 이 골목을 벗어나는 법이 거의 없었다. 꼭 한 번 예외를 본 적 있었다. 헤라는 언젠가 여자가 마을버스 다니는 길을 가로지르는 걸 보았다. 어디 가요? 다, 담배 사러…… 가. 우, 울 엄마, 담배 피잖어, 담배. 여자가 떠듬거리며 대답했다. 늙은 어미의 흡연이 딸의 행동반경을 근처 구멍가게까지 넓혀놓은 셈이었다. 베란다를 향해 긴 담배 연기를 뿜어대던 어미의 모습이 헤라의 눈에 떠올랐다. 노모의 마지막 소원도 덜떨어진 자식을 둔 여느 부모와 똑같을까. 딸을 보내고 난 다음에 비로소 당신의 눈을 감는 것.

―잘 갔다 와.

헤라는 골목을 나선다. 이 골목이 세상의 전부인 여자의 배웅을

골목길 포에버 245

받으며.

　누군가를 등 뒤에 남겨두고 길을 나선다는 것, 그 의미가 새삼 헤라의 가슴을 비집고 든다. 새파랗게 젊던 날, 집을 떠나올 때는 얼마나 자유로웠던가. 학교도 친구도 가족도, 무엇이든 꿈을 이루고 난 이후에 생각하기로 멀찍이 밀쳐두었다. 꿈은 코앞에서 어른거렸고 손만 뻗으면 잡을 수 있을 것 같았다. 우연히 날아간 주먹만 한 불꽃 하나가 10년의 노역을 잿더미로 화하게 하는 운명의 장난 같은 것만 없었더라도.

　이 골목에 첫발을 디뎠을 때, 헤라는 세상을 보는 자신의 눈이 180도 바뀌었음을 알았다. 배배 꼬인 골목을 헤매면서 그녀는 깨달았다. 살다 보면 길 잃는 일쯤이야 다반사라는 것, 행여 막다른 골목과 마주치더라도 절대 겁먹을 필요가 없다는 것도. 길이란 또 다른 길로 이어지며, 막다른 길의 끝에는 반드시 빠져나갈 구멍이 있다는 것도…….

　마지막 출근자인 헤라가 떠나고 나면 골목은 한동안 적막강산이다. 반편이 여자는 나른한 골목 담벼락에 기대어, 수수께끼 같은 표정으로 묵묵히 서 있다. 이 복잡한 골목과 그곳에 기대어 사는 사람들에 관한 내밀한 이야기를 혼자 간직하고 있는 듯, 하지만 그 복잡하고 웅숭깊은 일들을 말로는 풀어낼 길 없다는 듯 시침 뗀 표정으로……. 애당초 골목이 생겨났을 때부터, 그리고 골목이 있는 한 언제까지나 그 자리를 지키고 있을 것처럼 말이다.

―포도가 왔어요, 포도. 아주 거-만한 포도의 여왕 거-봉!

금속성 잡음이 섞인 확성기 소리가 일거에 정적을 깨뜨린다. 굵직한 저음의 과일장수 외침이 골목 구석구석 헤집고 든다.

―달고 물 많은 거-룩한 거-봉이 한 상자에 8,000원!

사람들은 끝물 포도의 밋밋한 단맛 따위에는 구미가 당기지 않는 모양이다. 부엌 쪽창으로도 내다보는 이 하나 없다. 확성기를 든 포도 장수의 동선만 골목을 따라 느릿느릿 이어진다. 잠시 뒤 사내는 확성기를 늘어뜨린 채 반향 없는 골목을 터덜거리며 돌아나온다. 이내 시동이 걸린 트럭은 뒤꽁무니로 뭉클 검은 연기를 내뿜고는 낙타고개에서 사라진다.

확성기 소음이 사라진 골목엔 더 짙은 고요가 독가스처럼 고여 든다. 파리의 날갯짓 혹은 먹이를 찾아나서는 바퀴벌레의 더듬이질조차 없다. 나직한 시멘트 담벼락으로 끊이지 않고 이어지는 길은 건조하고 황량하기 그지없다. 꺾어지고 나뉘고 다시 만나 또 다른 길로 연결되는 골목은 때론 심연 같다. 목적지는 나타나지 않고 그저 길에서 길로 이어지기만 할 뿐이다.

아니다. 호흡을 가다듬고 마음을 가라앉히고 좀더 느린 걸음으로 그곳을 지나보자. 어슬렁어슬렁 슬리퍼 끌고 저녁 바람 쐬러 나선 기분으로, 때론 창밖으로 새어 나오는 사람들 얘기 소리도 주워들으며……. 그러면 알게 될 것이다, 골목은 집과 집 사이 끈끈한 관계의 흔적이라는 걸. 집이 없었다면 애당초 골목 같은 건 생겨나지 않았을 거라는 걸.

골목은 노인에게서 아이들에게로, 다시 중 고교생에게로 릴레이 경기처럼 차례차례 바통을 주고받으며 아침에서 대낮으로, 어스름으로 넘어간다. 이어달리는 주자(走者)의 색깔도 저마다 달라, 땅거미가 깔릴 무렵엔 농산물 트럭의 출현이 부쩍 잦다. 자연히 주부들 발길이 분주해진다.

―오늘따라 가지가 왜 이리 비싸?

부엌 경력 10년 차 주부가 가지 봉지를 몇 번이나 들었다 놓으며 망설인다.

―가지? 반드르르한 게 잘생겼네. 복 많은 여자는, 뒤로 자빠져도 가지밭에 자빠진다던데…….

파마약 냄새를 풍기는 여자의 걸쭉한 농담 한마디에 사람들 반응이 제각각이다. 키들거리는 여자, 두꺼비처럼 눈을 껌벅이는 여자, 새치름히 얼굴을 붉히는 여자. 짤막한 수다가 탁구공처럼 경쾌하게 오가더니 여자들은 필요한 찬거리를 골라들고 각자 부엌으로 흩어져간다. 끌리는 그들의 슬리퍼 뒤로 저녁 어스름이 따라붙는다.

트럭에서 옮겨온 찬거리가 각 집의 부엌에서 지글지글 변신하는 동안 골목에 서 있는 가로등에 하나 둘 불이 들어오기 시작한다. 잊힌 그들의 존재가 빛을 발하는 때가 왔다. 모퉁이 계단참 앞의 가로등은 기력이 쇠했는지 며칠 전부터 껌벅거리기 시작했다. 어느 집

부엌 창으로 된장찌개 냄새가 흘러나오더니 모퉁이 하나를 꺾어 돌면 생선 굽는 냄새가 군침을 돌게 한다. 맛있는 냄새는 가족애를 북돋우며 집으로 향하는 걸음을 재촉한다. 가로등 불빛과 음식 냄새가 솔솔 흘러드는 이런 저녁 골목의 정취가 누구에게나 위안인 것은 아니다. 빈집의 어둠을 스스로 몰아내야 하는 나홀로족에게는 오히려 외로움을 부추긴다. 그들의 귀가가 번번이 늦는 이유는 그 때문인지도 모른다.

집집마다 9시 뉴스에 빠져 있을 무렵, 황씨네 대문이 살짝 열린다. 퍼즐 손 사내가 대문 밖으로 조심스레 고개를 내민다. 여전히 긴장이 풀리지 않은 눈빛으로 그는 주위를 살핀다. 긴 낮잠으로 여독을 달래고 막 깨어난 참이다. 허기 탓인지 더는 잠도 오지 않았다. 초저녁잠이 많은 황씨 부부는 텔레비전 앞에서 이미 곯아떨어졌을 게 분명했다. 아무도 자신이 돌아온 사실을 눈치채지 못했다고 확신한 사내는 골목으로 향하는 걸음에 한결 힘이 실린다.

―거, 김치찌개 냄새 한번 쥑이네.

어느 집 부엌에서 흘러나오는 냄새가 사내의 허기를 부채질한다. 그는 근처 분식점에서 저녁밥에 반주를 한잔 걸칠 생각이다. 서울 입성과 휴가 마지막 날을 기념하고 싶어서다. 내일부터는 어쨌거나 일자리를 찾아나서야 한다.

―아줌마, 김치찌개랑 소주 한 병 주쇼.

사내는 스포츠뉴스가 막 시작되는 분식집 텔레비전 앞에 자리

골목길 포에버

를 잡으면서 외친다. 주인 여자의 동작은 얼마나 굼뜨고 꼼지락거리는지 스포츠 뉴스가 끝날 때쯤에야 소주와 김치보시기가 놓인다. 사내는 빈속에 소주부터 한잔 쭉 들이켠다. 뜨끈한 기운이 빈속을 훑고 지나자 온몸이 느른해온다. 여행 내내 술은 물론이고 밥 먹은 횟수도 손에 꼽을 정도였다. 이상하게도 사내는 모든 걸 떨치고 나서면 밥 생각도, 술 생각도 없어졌다. 역마살만 발동하면 체질부터 딴판으로 변하는 자신이 스스로 생각해도 신기했다. 그는 산과 들로 다니며 주로 산열매로 끼니를 때웠다. 그런 섭생 덕에 한 달쯤 되자 군살이 쏙 빠지면서 몸은 한결 가벼워졌다.

─아줌마, 소주 한 병 더!

TV드라마에 빠져 있던 주인 여자는 사내의 외침에 느릿느릿 냉장고 쪽으로 발을 옮긴다.

─요것까지만 드쇼.

주인 여자는 두번째 소주병을 올려놓으며 걱정스러운 목소리로 덧붙인다.

퍼즐 손 사내는 모든 걸 한 손으로 능란하게 해결한다. 한 손으로 병마개를 따고, 술을 따르고, 안주를 집어먹고, 한 손으로 불을 붙여 담배를 피우고, 한 손으로 사타구니를 긁적인다.

─크, 꽃 한번 환장허게 곱네.

사내는 가로등이 조명처럼 드리운 능소화 담벼락 앞에 멈춰선다. 바지 지퍼를 내리고 시원스레 오줌을 내깔긴다. 어렸을 적 고향 집 화단이 생각난다. 채송화, 맨드라미, 샐비어……. 남새밭 한쪽 구석에 겨우 자리를 차지한 꽃밭에는 키 작은 꽃들이 어지러이 섞여 자라고 있었다. 그 꽃들을 조준해 오줌을 신나게 갈겨대던 기억이 난다. 누이는 오줌 묻은 꽃을 따 들고 헤실헤실 잘 웃었다. 꽃밭, 남새밭 가리지 않고 호미로 곧잘 파헤쳐놓기도 했다. 저런, 정신 나간 지지배. 엄마는 그런 누이에게 손에 집히는 대로 뭔가를 잘 휘둘렀다. 제대로 피할 줄도 모르는 누이는 도리깨에 얻어맞아도 히죽히죽 웃기만 했다. 정신 나간 지지배는 결국 열다섯을 넘기지 못했다. 청상이었던 어미도 딸을 보낸 지 두 해 만에 그 뒤를 따라나섰다.

사내는 바지 지퍼를 채우고 불쑥 꺼즐 손을 빼서는 허공에 대고 삿대질을 한다.

―고향이 별거더냐. 니미럴…….

사내의 삿대질이 신호라도 된 양, 소망피아노학원에서 불현듯 피아노 선율이 흘러나오기 시작한다. 허구한 날 들려오던, 손가락 짧은 애들이 뚱땅거리던 건반 소리가 아니다. 어느 요절한 천재 음악가가 남긴 불후의 명곡처럼 들린다. 피아노 선생은 무슨 바람이 불어 이 야심한 시각에 피아노 앞에 나앉은 것일까. 이 시간에 깨어 있는, 그녀를 기억하는 동네 사람이라면 예사롭지 않은 일이라는 걸 안다.

소리의 물결이 능소화 담벼락을 스쳐 낙타고개를 넘실 타넘고 낡은 지붕 위를 흘러다닌다. 애잔하면서도 격정적인 선율이 사람들 심장을 파고든다. 그들은 왠지 오늘 밤 쉽게 잠들지 못할 거라는 예감에 사로잡힌다. 가슴을 서늘하게 적시며 휘돌아나온 선율은 베갯머리를 적시고 꿈속까지 잠입해들 기세다.

사내는 별천지에 위장전입이라도 해온 것 같다. 난데없는 피아노 선율에 마음을 내맡기고 느릿느릿 골목을 걷고 있는 건 사내만이 아니다. 일정한 간격을 유지하며 그 뒤를 조심스레 따라오던 여자가 있었다. 다른 날보다 조금 일찍 퇴근해 돌아오는 헤라. 그녀는 분식집 앞에서 사내를 발견했다. 비틀거리는 남자의 벗겨진 머리와 남루한 행색에서 지하방 세입자라는 걸 금세 알아챘다. 무엇보다 주머니에 찔러진 한쪽 팔이 결정적 단서였다. 둘 다 황씨네 세입자였지만 지하와 옥탑은 드나드는 문이 달라 마주칠 일은 거의 없었다. 헤라는 그와 처음 맞닥뜨렸던 때를 또렷이 기억하고 있다. 언젠가 주인집 대문을 그 남자가 열어주었던 것이다. 고마워요, 아저씨. 무심코 던진 그녀의 인사말에 재깍 제동이 걸렸다. 나, 아저씨 아녀. 총각이여. 정수리께 머리가 거의 다 벗겨진 사십 대 중반의 남자가 정색하며 잘못된 호칭을 따지고 들자 그녀는 오스스 소름이 돋았다. 자신의 실수를 빌미로 남자가 치근거려오기라도 할까 봐 헤라는 얼른 그 자리를 피했다. 사내와 다른 대문을 쓴다는 사실에 깊이 안도하면서…….

헤라는 이전에도 골목길에서 사내와 이런 상황에 처한 적이 한

번 있었다. 지난겨울, 늦은 밤이었다. 그날도 만취한 사내는 집 근처에서 걸음을 주춤거렸다. 그는 대문으로 착각했는지 갑자기 문 앞에 놓인 냉장고 문을 열어젖혔다. 한참을 그 속을 들여다보고 섰더니 사내는 문을 거칠게 닫고 집 안으로 사라졌다. 뒤따르던 헤라 역시 냉장고 앞을 지나치다 문득 그 속이 궁금해졌다. 사내는 뭘 들여다보며 그렇게 한참을 서 있었던 걸까. 그녀가 냉장고 문을 열었더니 역겨운 냄새가 훅 끼쳤다. 알코올 섞인 지린내와 또 다른 정체불명의 냄새가 코를 찔렀다. 사내는 거기다 대고 오줌을 내깔긴 모양이었다. 빌어먹을 인간. 그때 냉장고 위 칸에 얹힌 물건이 언뜻 헤라의 눈에 잡혔다. 검은 비닐봉지 묶음 두 개였다. 헤라는 거의 반사적으로 그것을 꺼내들고는 골목 어귀 쓰레기 쌓아두는 곳에 던져버렸다. 황씨 부인의 고별무대였던 마늘 한 접 사건이 일어난 건 바로 그다음 날이었다. 골목이 제 몫을 되찾은 데는 이 두 세입자의 역할이 결정적이었다.

—이런 빌어먹을 위인이 당췌 소식도 없네.

헤라는 얼마 전 황씨 부인을 통해 퍼즐 손 사내 얘기를 들었다. 그가 두 달 가까이 집을 비우고 있음도, 밀린 월세가 많아 보증금에서 까면 한 푼도 남지 않을 거라는 얘기도 그네를 통해서였다. 황씨 부인은 새 세입자를 찾아야겠다고 투덜대면서도 사내의 잡동사니 살림을 처치할 엄두를 못 냈다. 사내의 출현이 몰고올 파장은 불 보듯 뻔했다. 헤라는 그저 오늘 밤은 무사히 지나가주길 바랄 뿐이다.

하얀 꽃 핀 건 하얀 감자-

사내가 난데없이 노래를 시작한다. 혜라는 바싹 심장이 졸아붙는다.

파보나 마나 하얀 감자-

옥상 난간에 쭈그리고 있던 길고양이 한 마리가 귀를 쫑긋 세우며 골목을 내려다본다. 모퉁이 가로등이 껌벅껌벅 사내를 비춘다.

자주 꽃 핀 건 자주 감자- 파보나 마나 자주 감자-

사내의 거침없는 목소리와 피아노 선율이 묘하게 어우러지며 골목 구석구석을 흘러다닌다. 이 불협의 화음은 막다른 골목 끝 집 반편이 여자 모녀의 머리맡으로, 황씨 부부의 이부자리로, 아직 잠들지 못한 이들의 창틈으로 스멀스멀 파고들 것이다. 사람들은 잠결에 어렴풋이 어떤 전조를 느낀다. 골목은 정말 너무 오래 잠들어 있었다.

소리의 결이 밤공기를 팽팽하게 긴장시키며 능소화 넝쿨을 휘감아든다.

하나 둘, 꽃이 진다.

해설

해설

무한히 만나는 이웃

강지희 (문학평론가)

1. 이웃 알레르기와 독초

어떤 철학자는 이 시대를 두고 "타자로 인한 '성가심'에 과민반응하는 시대"라고 말했다. 최근 현대인들의 필수 아이템으로 등장한 '스마트폰'과 함께 유행하고 있는 다양한 소셜네트워크서비스(SNS)는 타자로 인해 야기되는 히스테리를 가장 노골적으로 보여주는 매체처럼 보인다. 몇 번의 손가락 터치만 거치면 트위터나 페이스북을 통해 실시간으로 상대방이 올리는 온갖 사소한 일상과 세계의 뉴스가 손바닥 안에 펼쳐진다. 정보의 전달은 유래 없이 날렵하게 이루어지지만, 곳곳에서 밀고 올라오는 다른 정보에 휩쓸려 어떠한 감정이나 사유도 빠르게 휘발되어버린다. 복기할 여유나 계기가 없으므로, 모두가 흥분 상태다. '순간' 환호하고, '순간' 놀라며, '순간' 분노하고, '순간' 잊는다. 어떠한 뉴스나 관계에서도 배제되지 않겠다는 안간힘이 만들어낸 이 감정의 일시성은 상당히 괴이쩍다. 그러나 주체의 기분이 상시 '업데이트' 중이므로, 어제의 '이웃'이 오늘의 '키보드워리어'가 되어 나를 공격한다 해도 놀라거나 상처받아선 안 될 일이다. 지금 우리들의 이웃은 지나치게 가까워 현기증을 유발한다.

　표명희는 타인의 이기심과 속물성이 얼마나 자신의 인생을 성가시고 피곤하게 하는지, 무엇보다 사회의 약자로서 살아가려면 스스로를 타인으로부터 보호하는 일이 얼마나 중요한지를 일찌감치 깨닫고 있었다. 타인들이 발설하는 정보는 이미 그 선택에서부터 어떤 방식으로든 가치판단이 내재되어 있기 마련이다. 그의 등단작 「야경」에서 수영장을 지키는 프런트 여자가 다이빙하다 사고당한 남자가 평생 못 일어날지도 모른다는 얘기를 전할 때, "연거푸 혀를 차지만" 그녀의 말에서 "은근히 쾌감이 묻어"나고 "표정과 목소리에 생기가" 도는 것을 서술자는 날카롭게 감지한다. 타인의 고통에 대한 이야기는 연민을 불러일으키고 동감의 대상이 되는 대신, 지리멸렬한 인생에 숙주처럼 위안 삼을 대상이 된다. 그러니 "약자는 오히려 더 철저히 외롭거나 고독해야 한다. 선불리 남의 도움 따위나 기대해서는 약자의 운명은 말 그대로 진짜 운명이 돼버린다."(「누드 에스컬레이터」)는 말은 독하지만 새겨들을 필요가 있다. 여기에는 믿었던 이에게 약자라는 이유만으로 배신당해본 비참한 생의 교훈이 엑기스처럼 담겨 있기 때문이다. 표명희에게 세상은 누군가를 전적으로 믿고 의지할 수 있을 만큼 안온한 공간이 아니다.

그래서 대개 깐깐하고 예민한 싱글족으로 등장하는 소설 속 인물들은 달팽이를 닮아 있다. 홀로 거주하는 집을 이고 다니다가 촉수에 작은 이질감이라도 느껴지면 언제든 껍데기 안으로 파고드는 달팽이처럼, 이들은 타인의 어떤 관심이나 시선도 견디지 못한다. 홀로 있는 상태는 외롭기보다 가장 자연스럽고 편안한 상태이며, 아무리 친한 누군가라도 자신의 집에 들어와 사는 것은 "단단한 껍데기에 깃들어 살던 달팽이가 하루아침에 민달팽이로 나앉은 기분"이 엄습하는 일상 속 재난이 된다. 이웃은 '내 몸과 같이' 사랑하기에는 너무 벅찬 트라우마적 사물이며 괴물이기에, 그녀의 소설 속 인물들은 모두 이웃 알레르기(allergy) 환자다. 알레르기의 어원 그리스어 'allos'는 '과민반응'이라는 뜻으로, 외래성 물질과 접한 생체가 그 물질에 대하여 정상과는 다른 반응을 나타내는 현상이다. 알레르기는 몸 한구석의 간지러움에서 시작되어 곧 몸 전체를 점령하고, 참을 수 없는 고통으로 변한다. 알레르기에 반응하는 피부의 가려움과 따가움이 쉽사리 분별되지 않는 것처럼, 이웃은 너무 성스럽거나 너무 비천해 환대와 적대 사이에 어느 쪽도 쉽사리

택하기 어렵게 만든다. 오로지 자신에 대한 무관심만을 갈구하는 인물들의 바람과 달리, 이웃한 타자들은 불시에 육박해 들어와 이들의 삶에 그림자를 드리운다.

그런데 바로 여기서 이전 소설집과 변별되는 무엇이 솟아나는 것처럼 보인다. 그의 첫번째 소설집 『3번 출구』를 장악하고 있던 것은 "씰리카겔"로 상징되는 숨겨진 비약(秘藥)의 독기(毒氣)였다. 「씰리카겔」에서 주인공은 자신을 구박하는 시어머니가 유독 예뻐하는 옆집 애완견과 그 새끼들에게 실리카겔을 넣은 무화과를 먹이로 줘서 결국 죽음에 이르게 한다. 그 사실에 쾌감을 느끼며 부엌에 홀로 앉아 태어난 적 없는 아이의 이유식에, 남편의 해장국에, 시어머니의 보양식에 실리카겔을 넣는 은밀한 상상에 빠져 있는 여자로부터 우리는 가학과 피학이 구별되지 않는 폭력성만을 느낄 뿐, 어떤 슬픔이나 죄책감의 기미도 찾을 수 없었다. 그러나 이번 소설집 『하우스메이트』에서는 독(毒)에 대한 인식의 전환이 일어난다.

이 싱그러운 풀들이 다 독초라니⋯⋯. 준서는 놀랐다. 하지만 더 놀라운 건 그것들이 하나같이 온화하고 다소곳한 얼굴을 하고 있다는 사실이었다.

가증스럽다고? 천만에. 그건 관계를 어떻게 맺느냐에 달렸지. 우리가 이것들을 입으로 가져가지 않는 한, 이들은 우리에게 영원히 이

롭고 사랑스러운 이웃이라고.(「너와 나의 도서관」, 82쪽)

여기서 실내 정원의 싱그러운 풀들이 다 독초라는 것을 알게 되는 데서 오는 놀라움은 독극물에 가까운 실리카겔이 음식물과 나란히 들어 있는 것을 보며 "삶의 맨얼굴"을 발견하던 첫번째 소설집과 같은 지점에 있다. 그러나 이제 작가는 한 걸음 더 나아가 관계 맺는 방식에 따라 독초가 "영원히 이롭고 사랑스러운 이웃"이 될 수 있는 가능성을 타진해보기 시작한다. 독초의 치명성이 희석된 것이 아니라, "모든 약은 독이고 또한 모든 독은 약효가 있"다는 양면성을 직시하기 시작한 것이다. 독초와 약초가 구별되지 않는 것처럼, 이웃의 악함과 나의 악함은 쉽사리 나뉘지 않는다. 나의 약함과 악함 역시 뒤엉켜 있다. 자신을 사랑해주지 않는 이웃을 원망하는 대신 자신도 이웃에게 선량한 사마리아인은 아니었음을 자각할 때, 자명해 보였던 이웃의 악은 더 이상 악으로만 명명될 수 없다. 이웃의 이웃은 결국 자신이 아니던가. 이웃 알레르기를 치유하는 성분은 의외로 독초 속에 있는지도 모른다.

2. 등 뒤에서

타인이 가하는 불쾌가 직접적인 신체 자극으로 육화하는 두 소설 「그녀의 등 뒤」와 「열대의 크리스마스」는 한 인물이 피해자인 동시에 가해자라는 모순된 위치를 점하는 순간들을 날렵하게 포착한다. 「그녀의 등 뒤」에서 '수연'은 원고를 쓰기 위해 도서관에 가는데, 작업이 시작되고 얼마 지나지 않아 억센 손짓에 제지당한다. 이를 무시하고 힘차게 원고를 타이핑하던 수연은 결국 더벅머리가 짧은 욕설을 남기고 열람실을 나가자 쾌재를 부르지만, 보이지 않게 된 더벅머리 사내의 존재는 곧 도처에 편재(偏在)하는 공포로 변해 그녀를 옥죄어오기 시작한다. 게다가 도서관 공중전화 부스 앞에서 어떤 여자가 사소한 시비로 인해 생면부지의 남자에게 마구잡이로 폭행당하는 광경을 목격하게 되자, 남성 일반에 대한 공포는 더욱 커진다. 이제 잊은 거스름돈을 가져가라며 팔꿈치를 잡아 알려주는 친절한 남자의 손도, 좌석표를 반납하고 가라는 도서관 남자 직원의 외침도 수연에겐 공포로 다가올 뿐이다.

본래 등은 몸 전체를 지탱하면서도 자신의 시선이 닿지 않고 편히 만질 수 없으며, 무엇보다 언제나 타인에게 무방비로 노출되어 있다는 점에서 주체의 무력을 여실히 드러내는 육체 부위다. 육체적으로 약자의 위치에 있는 여성의 경우 '등 뒤에' 자리한 남성의 존재를 더 예민하게 감지한다. 일반적인 여자들이 어두운 골목길을 혼자 걸을 때 뒤에서 들리는 정체불명의 발소리에 본능적으로 경계태세를 취하게 되는 것처럼, 뒤에서 불쑥 나타나 여성의 몸을 만지는 남성의 손은 그것이 단순한 경고나 호의를 담고 있었을지라도 언제나 그 이상의 폭력성을 담고 전달된다. 여기까지라면 소설은 넘을 수 없는 젠더의 선을, 육체의 힘에 있어서는 언제나 여성이 일방적 약자가 될 수밖에 없다는 사실을 재확인하는 데 그쳤을 것이다.

그러나 이보다 더 중요한 것은 공중전화 부스에서 다소 긴 통화를 하고 나왔다는 이유로 여자의 '등 뒤'에 있던 남자가 그녀에게 지나친 폭력을 휘두르고 있을 때, 도망치듯 그곳을 스쳐 지나는 수연의 행동에서 비겁함을 포착하는 시선이다. 걸음을 재촉해 그 자리를 빠져나와 휴게실에서 커피 한 잔으로 그 기억을 씻어버리려 하는 수연은 직접적인 폭력의 가해자는 아니지만, 이 폭력에 일정 부분 동조한 암묵적 가해자다. 자신의 '등 뒤'의 안위만을 걱정하는 자는 결코 타인의 '얼굴'을 보지 못하며, 자신을 위협하는 공포의 대상이 사라진 후에도 도처에서 공포의 징조나 흔적을 발견하는 편집증에 시달릴 수밖에 없다. 만일 그가 공포의 대상과 맞대면해야 하는 상황이 왔을 때, 그는 이전의 자신처럼 행동을 중지한 익명의 다수와도 동시에 싸워야 하기 때문이다. 그간 이웃이든, 가족이든 관계란 "위안이 되거나 도움이 필요한 짧은 순간을 제외한 대부분의 시간은 서로에게 부담스러운 존재로 머무는 것"이라고 생각해왔던 수연이 그 비효율을 절실히 그리워하는 것은 약함을 가장한 자신의 외면이 결국에는 타인에게 고스란히 투영되어 되돌아올 것을 직감하기 때문이다. 때로는 외면과 무관심이 가장 큰 폭력이 된다.

「그녀의 등 뒤」에서 타인에 대한 공포가 예상치 못한 순간에 불쑥 튀어나오는 손의 악력에 집약되어 있다면,「열대의 크리스마스」에서 타인에 대한 불쾌는 속에서 솟구치는 구토로 표현된다. 오래전, 국내 최고 연봉의 여성 CEO의 성공담을 대필하는 일을 해야 했던 '지효'는 소위 잘나가는 기업인이 된, 그러나 두 학번 아래의 자기 대학 후배인 그녀가 일 끝나고 고생했다며 제안한 점심 식사가 고작 분식집에서 배달시킨 돌솥비빔밥이라는 사실에 자존심에 심각한 상처를 입는다. 자괴감으로 밤새 앓던 그녀는 새벽에 먹었던 모든 걸 게워낸다.

따라서 현재 두 달 일정으로 필리핀 마닐라에 장기출장을 온 지효가 그동안 신세졌던 필리핀 사람들에게 보답하고자 마련한 저녁 식사의 고급스러움에 유달리 집착하는 것은 예전에 자신에게 모욕감을 안겨주었던 여성 CEO의 무신경함을 따라하지 않겠다는 따뜻한 노력으로 보인다. 그러나 "열대 바다의 산호섬처럼 화사"한 외양을 가진, "입맛에도 맞지 않는 요리에 자신들의 두 달 치 월급을 쏟아붓는다는 사실"을 수긍하지 못하는 필리핀 피고용인들의 복잡미묘한 표정으로 인해 저녁 식사는 상실감을 불러일으키는 쓸쓸한 풍경이 된다. 여기서 "오랫동안 고민하고 마련한 이 만찬은 대체 누구를 위한 것인가?"라는 질문은 날카롭게 지효의 등을 향한다. 저녁을 먹다 결국 화장실로 내달려가 속의 것을 연방 토해내는 지효의 등은 위선적인 욕망에 휩싸여 있다. 차이 속에서 반복되는 구토가 드러내는 것은 지효가 자신보다 경제적으로 취약한 타자들에게 그들이 결코 가지지 못할 것을 베풀면서 얻는 자기과시의 욕망이 허울 좋은 말만 늘어놓던 여성 CEO와 다를 바가 없다는 사실이다. 지효는 화장실에서 토한 직후에도 화장실의 세심한 인테리어에 감탄하며 고급식당을 선택한 자신의 결정에 거듭 만족을 표명하지만, 이 만족은 구토한 변기에 떠 있는 "허연 마요네즈 기름"처럼 거북하고 이 소설 제목 "열대의 크리스마스"처럼 이질적으로 겉돌며 사라지지 않는다.

이 두 소설에서 인물들은 끝내 자신을 반성하지 않고 스스로를 자랑스럽게까지 여기지만 그들이 약자를 자처하거나 자기윤리를 과시할수록 독자는 점점 더 불편해진다. 인물들의 자기기만이 노골적으로 전시되며 독자의 불편함이 정점을 찍는 바로 이 지점에서 소설의 윤리성이 획득된다. 등이 타자에게 무력하게 노출되어 있는 것은 사실이지만, 동시에 등은 표정을 꾸밀 수 있는 얼굴과 달리 더없이 솔직한 신체의 일부이기도 하다.「그녀의 등 뒤」에서 등 뒤의 난폭한 손길을 두려워하는 수연은 폭행당하고 있는 여성을 보고도 무심히 등 돌린 적 있으며,「열대의 크리스마스」에서 구토를 위해 수그린 지효의 등은 예의 바른 식사대접을 가면 삼아 고국의 경제력을 과시하고픈 욕망의 기만을 드러낸다. 순진한 듯 악랄한 이들의 등은 피해자나 약자의 가면을 씀으로써 손쉽게 윤리적

책임으로부터 벗어나려는 우리의 욕망을 발가벗긴다. 우리는 소설의 마지막 장을 빠르게 넘김으로써 이 불편함으로부터 벗어나고자 하지만 등골은 어느새 서늘해져 있다.

3. 골목길 속 빛나는 성좌

근대소설은 세상과 불화하는 문제적 인물을 탐구하는 것으로 시작되었으므로 대개 인물 중심으로 소설이 움직여가기 마련이다. 그런데 사건이 선행되고 최후에야 그 중심 인물이 밝혀지는 플롯의 소설이 있다. 바로 탐정소설이다. 탐정소설에서 모든 의미심장한 사건들은 명석한 탐정의 추리로 인해 범인이 드러나면서 질서를 찾고 말끔하게 해결된다. 여기서 모든 수사와 추리 작업을 가능케 하는 범우주적 질서에 대한 탐정의 신념이란 무질서 속에서도 사물들이 상호 불가분한 관계이자 유기적인 관계에 놓여 있다는 굳센 믿음에서 비롯하는 것이다. 우리가 이제 읽을 표명희의 소설들(「너와 나의 도서관」, 「골목길 포에버」, 「목격자를 찾습니다」)의 플롯은 범인을 알 수 없는 크고 작은 사건이 벌어지는 것을 보여주고 막바지에 그 범인을 밝혀준다는 점에서 탐정소설과 매우 흡사하지만, 인물들은 세계의 숨겨진 질서에 도달하지 못하고 표류한다. 비인과적으로 얽혀 있는 그들이 긍정할 수 있는 것은 오직 무질서와 우연이 만들어내는 장난뿐이다.

「너와 나의 도서관」에서 화제가 되는 사건은 새로 조성된 친환경 휴게실에 놓인 벨벳 소파에 가해진 칼질이다. 다양한 등장인물을 암묵적 용의자로 바라보게 만드는 탐정소설처럼, 이 소설에서도 도서관을 출입하는 인물 모두 충동적으로 그런 파괴적 행동을 할 만한 각자의 동기들을 가진 것처럼 그려진다. 그런데 준서가 사서 U를 따라 소파 리폼을 돕는 마지막 장면에서 비밀이 드러난다. 준서는 남자 선배를 좋아하는 동성애자였고, '소파 난자 사건'은 도서관 비정규직 사서 신분에서 벗어나 정규직 사서가 되기 위한 U의 자작극이었던 것이다. 예상치 못한 범인과 비밀보다 더 강하게 다가오는 것은 둘 사이의 은밀한 유대다.

"그동안 잘 썼어."
그녀는 깔끔하게 정리한 칼을 준서에게 내밀었다.
"가지세요. 그 칼 좋아하시잖아요."
준서는 그것이 자신보다 U에게 더 요긴할 거라고 생각했다.
"필요할 때가 있을 거야. 잘 챙겨둬."
그녀는 준서에게 기어이 그걸 건네주었다.
길고 단단한 칼의 감촉이 소름 끼치도록 생생하게 전해졌다. 준서는 그것으로 U와 내밀하고 끈끈한 유대라도 맺은 기분이었다. 아니, 이미 맺어져 있었는지도 몰랐다. 처음 그것을 U에게 빌려줄 때부터…….

엄밀히 말해 칼은 준서의 것도 아니었다. 휴게실 어딘가 굴러다니던 걸 주운 것이었다. 원래 주인은 누구였을까?(「너와 나의 도서관」, 91~92쪽)

이들이 주고받는 "길고 단단한 칼"은 이 유대가 품고 있는 날카롭고 서늘한 무언가를 독자에게 함께 전달한다. 이 섬뜩함은 정규직으로 전환되고자 하는 욕망으로 칼을 들고 벌인 U의 자작극이 소파 리폼과 함께 멋지게 봉합되었다는 데서 오는 것이기보다, 애초에 이 칼의 주인이 누구인지 알 수 없다는 혼란에서 오는 것처럼 보인다. 남루한 행색의 홈리스 사내나, 매번 컬트영화만 골라보는 이십 대 남자나, 서른을 코앞에 둔 고시생 선배나, 십수 년간 도서관에서 머물러 '무기수'로 통하게 된 중년 아저씨까지 누구 하나 걸리지 않는 이가 없다. 여기서 유일하게 사건을 저지를 이유가 없는 것처럼 보였던 U 사서가 범인이라는 것은 에드거 앨런 포의 『도둑맞은 편지』를 떠올리게 한다. 포의 소설에서 도둑은 왕비를 위태롭게 할 편지를 기발하게 감추는 데 성공했다. 아이러니하게도 편지는 눈에 너무나 잘 띄는 곳에 놓여 있기에 경찰의 눈을 속일 수 있었던 것이다. 눈앞에 진실이 노출되어 있음에도 진실에 이르지 못하는 이 맹목(盲目)은 인간이 얼마나 기만적이며 동시에 허술한 존재인지 드러낸다.

작가는 독자와 서술자의 짐작과는 다른 범인을 살짝 드러냄으

써 우리가 믿는 사물과 인물의 이면에는 언제나 경악을 부르는 무언가가 도사리고 있으며, 이를 알게 되는 것은 상처를 수반하기 마련이라는 사실을 전한다. 그러므로 만일 진실의 얼굴을 들여다본다면, 아마도 실내 정원 식물의 반드르한 이파리에 새겨진 것처럼 자잘한 손톱자국투성일 것이다. 소설을 열고 닫는 문장은 식물들이 조롱하듯 묻는 질문—"내가 진짜처럼 보여?", "우리가 진짜처럼 보여?"—으로 이루어져 있으며, 이는 표면을 통해 우리가 얼마만큼이나 세상의 진위를 가릴 수 있는지 도발적으로 묻는다.

과연 인간이 타인에 대해 어디까지 알 수 있는가, 혹은 얼마만큼 자기기만을 감수하고 윤리적일 수 있는가에 대한 탐구는 「목격자를 찾습니다」에서도 계속된다. 아파트 담벼락에서 천 원짜리 물건들을 파는 주인인 '찬'은 단골손님인 '수'에게 도움의 손길을 건네는 한없이 다정한 이웃인 동시에, 끔찍한 비밀을 숨기고 있는 공포스러운 이웃이기도 하다. 풋내기 커플인 '수'의 동반자 '링'이 죽은 오토바이 사고의 이면에는 찬이 도모한 일요일 번개 술자리가 놓여 있다. 찬은 실질적 가해자는 아니지만, 링의 오토바이를 치고 달아난 이들에게 처음 술을 마시자고 제안한 사람이자 목격할 수 있었던 사건 현장을 부러 외면함으로써 자신의 책임을 회피했다는 점에서 간접적 가해자의 위치에 있다. 그러나 '수'의 현관문을 고쳐주다가 못에 심하게 찔리고는 "이것으로 빚이 청산될 것이다. 이젠 벗어날 수 있을까. 벗어나고 싶다. 벗어날 수 없을지도 모른다"라고 웅얼거리는 찬을 마냥 비난할 수는 없다. 찬은 자신의 의도와 무관한 행위조차 누군가에게는 치명적인 상처가 될 수 있다는 사실을 강하게 인지하며, 스스로를 죄책감 속으로 몰아넣고 있기 때문이다. 찬은 고백을 통해 자신의 행위를 합리화하거나 타자에게 무관심해지는 편한 방법을 택하는 대신, 자기파괴적으로 죄의식 속으로 침잠한다.

'찬'의 아슬아슬한 윤리성과 따뜻함은 그가 '수'와 '링'이 처음 왔을 때 선물한 "야광별 세트"를 닮았다. '야광별'은 진짜 별과 유사하게 천장에서 빛나지만 실은 흉내 낸 가짜일 뿐이라는 점에서, 아름다움과 희망을 담보하되 불완전하게 담보한다. '찬'이 '수'의 집에 누워 바라보는 천장의 야광별이 "차갑고 날카롭게 빛나"는 이유는 언제 명멸해 사라질지 모르는 이 불완전성 때문이다. 그럼에도 작가는 마지막에 천장의 야광별이 "여전히 맑고 푸르게 빛나"고 있다고 서술함으로써 "거리 전체 풍경에서 본다면 눈에 띌락 말락 한 작은 점 같은 존재"인 찬과 같은 비주류의 삶이 일시적일지라도 누군가에게 작은 위로로 남을 수 있는 가능성을 남겨둔다.

이웃을 따뜻하게 안아내는 시선은 「골목길 포에버」로 이어진다. 서사 앞부분에 던져진, 황씨 부인이 골목길의 대형 냉장고에 넣어 둔 마늘이 감쪽같이 사라진 '마늘 한 접 사건'은 독자에게 호기심을 불러일으키지만, 「너와 나의 도서관」의 '소파 난자 사건'이 그렇듯이 사건의 범인 찾기는 일종의 '맥거핀'에 불과하다. 작가가 호소하는 대목은 사건이 해결되는 데 수반되는 카타르시스가 아니라, 예상치 못한 지점에서 자신도 모르게 서로 얽혀 있는 인물들의 일상을 드러내는 데 있다. 그래서 소설은 하늘에서 굽어보는 전능한 시선이 아니라, 가장 낮은 곳에서 작고 허름한 골목을 구석구석 둘러보는 시선으로 작은 퍼즐처럼 흩어져 있는 인물들 각각의 사연을 드러내는 데 골몰한다. 이 시선 속에서는 아메리칸드림을 꿈꾸며 이민 갔다가 실패하고 돌아온 신참 버스 기사 아저씨도, 능소화 담장에 언제나 기대어 서 있는 반편이 여자도, 소문만 무성한 절름발이 피아노 선생도, 프레스 기계에 망가진 손을 가진 사내, 뜻밖의 사고로 빈털터리가 된 바텐더 헤라도, 다툼이나 악다구니의 진원지 황씨네도 모두 삶의 주연이 된다. 이들 모두는 녹록치 않은 삶 속에서 고통과 싸우며, "오리무중으로 꼬여드는 듯한" 골목길 속에서 "더없이 아늑"한 위로를 받는다. 그래서 최종적으로 부각되는 것은 다름 아닌 이 '골목길' 자체다.

    배배 꼬인 골목을 헤매면서 그녀는 깨달았다. 살다 보면 길 잃는 일쯤이야 다반사라는 것, 행여 막다른 골목과 마주치더라도 절대 겁먹을 필요가 없다는 것도. 길이란 또 다른 길로 이어지며, 막다른 길의 끝에는 반드시 빠져나갈 구멍이 있다는 것도…….(「골목길 포에버」, 246쪽)

건조하고 황량한 골목길은 "반드시 빠져나갈 구멍"을 가지고 있기에 '심연'이 아닌, '집과 집 사이 끈끈한 관계의 흔적'으로 재조명된다. 이는 첫번째 작품집에 실린「누드 에스컬레이터」를 장악하고 있던 기만적인 투명성과 대비된다. 최첨단 건물의 '누드 에스컬레이터'는 언뜻 누구에게나 개방적으로 열려 있는 것처럼 보이지만 사실 약자한테는 잔인하리만치 더욱 배타적으로 구는 권력의 속성을 은폐하는 장치였다. 그러나 여기 서로의 존재만을 간신히 감각하며 살아가는 골목길은 익명의 타인들이 자신의 보이고 싶지 않은 상처를 굳이 노출하지 않아도 된다는 점에서 관대하고 아늑한 보호막이 된다.

이제 우리가 일반적으로 생각해왔던 이해와 위안의 상관성은 단절되며 이웃에 대한 새로운 사고가 가능해지기 시작한다. 이웃이 공포스러운 이유는 그들이 가까이에 있으면서도 불가해한 타자라는 점에서 비롯하는데, 여기서 '불가해'는 되려 '이해'를 초월한 곳에 자리하기 때문이다. 이해할 수 없어 오해하게 되고 두려워지는 것이 아니라, 누구도 자신을 이해하려 하지 않고 이해할 수도 없기에 그 간격과 틈 사이로 역설적이게도 안도와 위안의 감정이 배태된다. 가라타니 고진에 의하면 미로와 같은 골목길은 근대 이후 투명하고 분명한 직선을 추구하는 근대의 '건축에의 의지'에 의해 억압된 것이다. 이에 따르면 불투명하고 굴곡진 골목길은 근대화 과정에서 배제당한 혹은 잊힌 공간일 터이지만, 이 공간에서 익명의 이웃들은 저마다의 이유로 반짝이며 '존재의 대사슬(The Great Chain of Being)'을 그려내기 시작한다. 이 반짝임에는 은밀하게 번뜩이는 칼날이 숨어 있을 수도, 다소 어설프게 빛나는 야광별일 수도 있겠지만 그게 무슨 상관인가. 이들이 만들어내는 무질서의 성좌는 남루한 골목길 안에서 있는 한껏 찬란하다.

4. 위무의 공동체로

이웃의 반대급부에 자리하는 단어는 가족일 것이다. 그러나 『하우스메이트』에서 가족이라는 친밀한 공동체는 일찌감치 붕괴되어 치명적인 상처로 남아 있다. 부모는 이혼하고, 배우자는 죽거나 바람을 피우며, 반려동물 역시 장애가 있거나 죽음을 맞이한다. 이미 가족의 허구성 내지 무력함을 뼈저리게 체감한 인물들은 가족이라는 관계구조에 대해 냉소적이다. 그들에게 가족은 "짧은 위안을 위해 긴 의무에 봉사해야 하는" 것이자, "배당금이 터무니없이 낮은 실속 없는 보험"에 지나지 않는 것이다. 그래서 '가족 권하는 사회'에 대고 인물들은 "난 보험금보다 현찰이 더 중요해"라고 당당하게 받아친다. 가진 것이 없고 미래가 불투명할수록 어떻게든 의지할 가족을 만들고자 하는 일반 사람들과 달리, 표명희의 소설 속 인물들은 "남과 같이 살 수 없는 이유가 얼마나 많은지 절감"하는 이 시대의 싱글족이다.

사실 이런 싱글족은 서울의 30대 여성 미혼율이 30퍼센트대에 육박하는 지금 시대에 낯선 사회 코드는 아니다. 자기계발서와 함께 유행해온 '칙릿'류의 소설에서도 여성 주인공들은 모두 20~30대 싱글 커리어우먼이었다. 「란이 왔다」는 이 싱글족들을 잘나가는 언니들로 한껏 치장시켜 독자들이 관음적으로 향유하도록 하는 대신 너덜거리는 생활의 초라함을 적나라하게 들추는 데서 이미 '칙릿'류의 소설들과 거리를 두지만, 무엇보다 싱글족의 심적 구조를 386의 세대 의식과 연관시키고 있다는 점에서 흥미를 끈다. 소설 속 '란'과 '나'는 80년대가 기울 무렵 대학에 발을 들여놓은 "턱걸이 386세대"로, 스무 살 때 같이 자취생활을 한 사이다. '란'이 골수 운동권이었던 데 반해, '나'는 과외 아르바이트가 대학 시절의 유일한 활동이었던 단조롭고 대책 없는 청춘이었다. 너무나 다른 서로를 이해하거나 납득하지 못함에도 이들은 각자의 삶에 아무런 개입도 하지 않는 '무관심'을 통해 관계를 지속하는 데 성공한다. 화자는 그간 서로의 결혼생활이 파경을 맞고 힘들 때마다 집 한구석을 내어주며 의지할 수 있었던 이유를 단순히 '우정'을 넘어서 '시대의 분위기'에서 찾는다. "개인적 삶의 굴곡쯤이야 하찮게 보일 정도로 암울하고 막막했던 시기"를 살았기에 이들은 서로의 사소한 습관과 사고관의 '차이'를 견뎌낼 수 있었던 것이다. 그런데 란이 네번째 결혼에서 또다시 위기를 맞고 나의 집으로 온 이번에는 사정이 다르다.

무미건조한 사무실에 배달되어온 공기정화용 화분처럼, 그 신선한 기운에 취해 첫 일주일이 훌쩍 지나갔다.
둘째 주로 접어들면서 새 생활에 익숙해지는가 싶더니, 내 기관지가 말썽을 부렸다. 밤마다 나는 기침에 시달려야 했다. 체질적으로 기관지가 약한 내게 탁한 공기는 치명적이었다. 지하철 타는 일이 점점 두려워졌고 도서관 가는 일도 꺼려졌다. 하지만 컴퓨터 본체 위에 놓인 탁상 달력은 란이 못 박은 기간의 반도 지나지 않았음을 알려주었다.(「란이 왔다」, 108쪽)

처음에 란의 담배 연기는 "내 발길이 미치지 못하는 세상 구석구석의 냄새 같은 그 연기를 맡으며 나는 때때로 나라는 존재가 그것에 질식당해 사라져도 좋겠다는 충동에 사로잡히기도" 했던 스무 살 기억을 상기시키는 애틋한 무엇으로 다가온다. 그러나 서서히 란에게 기꺼이 집을 내주고 도서관으로 외출하는 것도 괴로울 뿐더러, 담배로 인한 탁한 공기는 점점 참기 힘들어지기 시작한다. 결국 둘은 여행을 떠나고, '나'는 그 여행 동안 "란이 나처럼 보이기도" 하는 순간을 마주하기도 하지만, '란'이 애초에 머물러 있기로 약속했던 한 달이 채워지자 미련이 담긴 눈으로 집 안을 둘러보는 란을 단호하게 밀어낸다. 소설은 언뜻 두 여인의 우정에 초점을 맞추고 있는 것처럼 보이지만 "집은 다시 내 차지가 되었다"라는 마지막 문장에서 느껴지듯 함께하기엔 너무 벅찬 상대의 이물성에 더 초점이 맞추어져 있다. 암울했던 80년대에 사회 대 개인의 구도는 개인의 사소한 차이를 무화시켰지만, 이 구도가 무너진 지금에 와서는 개개인의 영역은 침범하거나 공유해선 안 될 고독의 공간이 되어버린 것이다.

그러나 개인의 영역이 뚜렷해진 만큼 외로움도 만연한다. 그래서 이들이 필요로 하는 것은 '혈연'으로 얽매이는 부모 자식 관계도, 영원한 사랑을 약속하는 '결혼'도 아니다. 잘 맞지 않는다면 언제든 관계를 해지하고 산뜻하게 작별할 수 있는 '하우스메이트'다.

    동거인을 구하는 이유는 풋풋하기까지 했다. 사과 반쪽 때문이라고 했다. 식후 디저트로 사과 한 개는 누구에게나 많은 양이다. 남은 반쪽을 버리기는 아깝고, 뒀다가 갈변한 사과를 먹는 것도 꺼려지는 일이었다. 그가 떠올린 묘안이 나머지 반쪽을 해결해줄 사람이었다. 그래서 자격조건은 이랬다. 단, 사과 알레르기가 없는 사람이어야 합니다.(「방문객」, 42쪽)

같이 사는 사람에게 요구되는 것은 사과 반쪽을 함께 먹어주는 딱 여기까지다. 하우스메이트를 구하는 공간도 익명의 사람들이 모이는 사이버 카페다. 일종의 관계적 진화가 일어났다고도 할 수 있겠다. 함께 물리적인 공간을 점유하지만 서로를 소유하려 들거나 수직적인 위계 없이, 임의적이고 일시적으로 서로의 곁에 있어

줌으로써 외로움을 달래고자 하는 것이다. 그러나 서로 상처받지 않을 수 있는 '거리'를 유지하고자 하는 욕망은 실질적으로 타자와의 만남을 끝없이 지연시킨다. "한 달에 한 번, 하우스메이트가 되려는 이들과의 만남"이 이들이 세상과 접촉하는 유일한 방식일 뿐, 결코 자신만의 공간에 타인을 들여놓는 것을 허할 수 없는 것이다.

그런데 가장 최근에 발표된 「피아노와 찌루」에 이르면, 이런 "깐깐하고 예민한 싱글족"으로서의 면모는 그대로 유지되는 듯 보이면서도 결정적인 변화가 나타난다. 미국발 금융위기로 프리랜서 생활에 직격탄을 맞은 서령은 카드 빚으로 인해 어쩔 수 없이 세입자를 들이는데, 세입자 진아는 당돌하고도 솔직한 이십 대에 강아지 네 마리의 주인이었던 것이다. 집 안에 온통 자잘한 문제를 일으키던 진아가 복통으로 입원하던 날, 서령은 자신이 몰랐던 진아의 과거와 마주한다.

> 희고 보드라운 살결 위에 수술용 메스가 지나간 길이 분홍빛 흉터로 또렷이 남아 있었다. 나이에 맞지 않게 진아는 삶의 굴곡이 제법 있어 보였다. 서령은 자신의 오른손을 진아의 배로 가져갔다. 매끄럽고 부드러운 피부에서 온기가 전해왔다. 가운데 흉터를 중심으로 이쪽저쪽 손을 조심스레 옮겨가며 환자의 배를 쓰다듬었다. 손이 나름의 역할을 하는지 진아의 얼굴이 차츰 밝게 펴졌다.(「피아노와 찌루」, 27~28쪽)

자기 외부의 거의 모든 타인을 서먹서먹하거나 심드렁하게, 때론 공격성과 피해의식을 가지고 대했던 표명희 소설의 주인공은 처음으로 그 민감한 촉수를 거두고 손을 뻗는다. 피부는 타인과 교류하는 최초의 장소이자 도구인 동시에 개별성의 보호체계다. 서령이 진아의 피부를 쓰다듬는 순간에 느끼는 '온기'는 이 개별성이 무너지고 주체와 타자 간의 자리바꿈이 일어나는 순간을, 이 둘의 무한한 만남의 순간을 증명한다.「그녀의 등 뒤」에서 '등' 뒤에서 뻗어오는 손은 예측불가능한 공포의 대상이었지만, 앓는 '배'의 '흉터'를 쓰다듬는 손길은 '약손'이 되어 상처받은 타인을 위무하는 데 이르는 것이다.

관계 속에 놓이는 걸 태생적으로 싫어한다고 말하면서도 갑자기 나타난 진아의 가족을 보며 "이상한 열패감에 젖어" 병실을 나오는 서령에게는 이제 조용하지만 돌이킬 수 없는 변화가 생겨난 것처럼 보인다. 응급실에 "뭔가를 두고 온 느낌"은 고독을 일깨우고, 진아의 빈방을 물끄러미 들여다보던 서령은 아주 오랜만에 피아노를 치기 시작한다. 여기서 피아노가 손가락으로 건반 하나하나를 눌러야 화음을 만들어내는 악기라는 것은 의미심장하다. 떨리는 손가락으로 느리게 한 소절씩 진행되는 피아노 연주는 애견을 잃은 상실감에 삶의 의욕도 같이 잃었던 게이 피아노 선생에 대한 뒤늦은 이해이자, 미약하게나마 타자를 향해 열리기 시작하는 어떤 변화의 기미다.

표명희 소설의 이웃들은 예측불가능한 곳에 존재한다. 익명의 이웃은 공포스럽지만 모호하여 한없이 관대해지기도 하며, 유령처럼 모든 것을 투과해 스쳐 지나가는 듯 보이다가도 부드러운 감촉과 온기를 전하기도 한다. 그녀가 조용히 이웃을 관찰하다가 "어떤 상황이든 어차피 온전한 이해라는 건 불가능하다"라고 말할 때, 이 시선이 극도로 시니컬하게 느껴질 수도 있다. 그러나 이는 무관심의 표현이 아니라, 열렬한 관심의 표현이다. 발터 벤야민의 말대로 무력함은 처음에, 혹은 노력을 시작하기 이전이 아니라 그러한 노력의 와중에 생긴다. 타인을 온전히 이해할 수 없다고 말하는 자는 한 번쯤은 그 불가능을 향해 도약하다 배반당하고 기만당해본 자이다. 이웃에 등 돌려본 적 있는 자가 어렵게 손을 내밀어 타인의 상처와 조우하려 한다. 나와 타인 사이에 놓인 깊고 날카로운 심연 앞에서 이웃과의 불가능한 만남이 무한하게 펼쳐지고 있다. 표명희의 소설은 이제부터 시작이다.

강지희 2008년 조선일보 신춘문예 평론 부문에 「한강론」으로 등단했다. 이화여대 국문학과를 졸업하고 현재 동 대학원 박사과정 중이다.

작가의 말

열아홉에 집이란 울타리를 나선 이후, 나는 지금껏 가족이 아니라 이웃과 살아왔다. '더불어'는 아니었다. 내 방식이란 고작 그들을 훔쳐보고 엿듣고 하는 것이었으니.

이 책은 관계 맺기에 서툴고 소심하며 성의가 부족하고 게으르기까지 한 인간의, 이웃에 대한 동경과 면목 없음에서 시작한 우정의 기록이라 할 수 있다. 그렇게 만들어진 이야기를 또 다른 이웃에게 선보이려 한다.

두번째 소설집이다. 진작 세상에 내보내야 했으나 이런저런 이유로 내 곁에 오래 머물렀던 여린 피붙이들이다. 집 밖을 잘 나서지 못하는 주인의 태생적 한계까지 닮은 작품들, 이것들과 함께 뒹굴며 작가로서의 숙명과도 같은 외로움을 겪고 견뎌야 했다.

견디기와 살아남기, 그것을 넘어서고 나면 또 어떤 산이 놓여 있을지 나는 알지 못한다. 두렵다. 두렵지만 어느새 돌이킬 수 없는 곳까지 들어와버렸다. 피하고 싶진 않다. 피할 수 없다는 것도 안다. 할 수 있는 일이 내겐 이제 글쓰기밖에 없다는 것을 뼈저리게 확인한 시간들이었다. 한 가지 위안이라면 치기와 배짱도 같이 늘었다는 점이다.

이 책이 내게 불러일으킬 강력한 도취와 환각 효과. 그것을 나는 기대한다. 또 하나의 산을 넘을 수 있는 용기를 줄 뿐 아니라, 작가로 산다는 건 어쩌면 이 세상에서 가장 해볼 만한 삶의 방식이라는 자만심까지 들게 하도록.

힘이 돼준 이들이 많았다. 일일이 그들을 언급하지 않음은, 그들에게 보답할 길이란 결국 작품밖에 없다는 걸 알기 때문이다.

다시 출발선에 선 기분이다. 설렌다. 이를 가능케 해준 출판사에 감사드린다.

2011년, 폭우의 여름
표명희

수록 작품 및 발표지면

「피아노와 찌루」 : 2010년 『좋은 소설』 봄호
「방문객」 : 2007년 『실천문학』 봄호 (발표 제목, 「하우스메이트」)
「너와 나의 도서관」 : 2008년 『문장 웹진』 9월호
「란이 왔다」 : 2009년 『한국문학』 가을호
「그녀의 등 뒤」 : 2005년 『현대문학』 3월호
「열대의 크리스마스」 : 2008년 『현대문학』 2월호
「목격자를 찾습니다」 : 2005년 『내일을 여는 작가』 가을호
　　　　　　　　　　　(발표 제목, 「천낭하우스」)
「골목길 포에버」 : 2005년 『문장 웹진』 11월호

자음과모음의 문학

고의는 아니지만 | 구병모 소설집

데뷔작이 베스트셀러가 된, 소설가로서는 흔치 않은 이력을 가진 구병모의 첫 소설집.『위저드 베이커리』,『아가미』등 전작에서도 확인한 바 있는 독특한 상상력과 매력적인 서사, 현실과 환상성을 절묘하게 배합해내는 구병모 특유의 화법을 맛볼 수 있다.

환영 | 김이설 장편소설

자의든 타의든 삶의 벼랑 끝에 내몰려 가족을 위해 자신을 희생하고 타락시켜야만 했던 여자, 윤영. 그녀의 모습을 통해 불공평한 현대사회의 이면을 탄탄하고도 긴장감 넘치는 문체로 재현함으로써 우리가 눈감고 싶은 불편한 현실을 강렬하게 그려냈다.

젊은 도시, 오래된 성(性)
| 이승우, 김연수, 정이현, 김애란 외

같은 시간, 다른 공간에서 탄생한 '도시'와 '성(性)'에 관한 이야기! 국내 최초로 시도되는 한중일 문학 교류 프로젝트의 첫번째 결실로, 3국의 작가들이 각각 다른 소재와 서사와 문체로 공통의 주제인 '도시'와 '성'을 말한다.

아가미 | 구병모 장편소설

죽음과 맞닥뜨린 순간, 생을 향한 몸부림으로 아가미를 갖게 된 남자와 그를 사랑한 이들의 가혹한 운명을 그린 소설. 작가 특유의 상상력과 개성 넘치는 서사로 절망적인 현실을 판타지적 요소로 반전시킨 참혹하면서도 아름답기 그지없는 작품이다.

마리 오 정원 | 채현선 소설집

채현선 작가 첫 소설집. 문체나 기법에 있어서 판타지라는 장르에서 보이는 '환상'이나 '신비'의 내러티브가 아닌, 실재하는 현실 속에서 경험될 수 있는 고통이나 아픔을 채현선만의 독특한 시선으로 '환상적'이고 '신비주의'적인 방법을 통해 풀어내고 있다.

15번 진짜 안 와 | 박상 장편소설

삶의 갭을 극복하기 위한 박상의 현실 초월 멜로디! 세상의 경계와 한계에 치여 '선을 넘어버릴 테다'라고 선언한 후 런던으로 떠나버린 고남일의 포기할 수 없는 것에 대한, 살아 있는 것에 대한, 끝내 살아남는 것에 대한 이야기.

일곱 개의 고양이 눈 | 최제훈 장편소설

무한대로 뻗어가지만 결코 반복되지 않는, 단 한 편의 완벽한 미스터리를 꿈꾸다! 하나의 코드 혹은 전체의 서사를 엮어 계속해서 생성되고 소멸되는 이야기의 향연. 출구를 찾을 수 없는 미로 같은 이번 작품은 작가의 무한한 상상력의 결정판이다.

그녀의 집은 어디인가 | 장은진 장편소설

온몸에 전기가 흐르는 여자 제이와 상처를 간직한 채 살아가는 불우한 두 남자 와이와 케이가 제이의 집을 찾아다니는 두 달간의 여정을 보여준다. '고립'과 '소통'에 대한 고민을 따뜻한 어조로 깊고 풍부하게 담아냈다.

자음과모음의 문학

옷의 시간들 | 김희진 장편소설

시대에 소외받고 상처받은 현대들이 모여 시름을 나누는 곳, 빨래방. 그곳에서 지금 막 이별한 여자와 이별을 준비하는 남자가 만났다. 누구나 겪을 수밖에 없는 '관계'의 문제를 톡톡 튀는 문장과 무겁지 않은 서사로 경쾌하게 그려냈다.

라이팅 클럽 | 강영숙 장편소설

글쓰기를 빼놓고는 그 삶을 상상조차 할 수 없는 두 여자, 평생 '작가 지망생'으로 살아온 싱글맘 김 작가와 그녀의 딸 영인. 글쓰기란 삶 전체를 대가로 하는 모험일 수밖에 없다는 것을 온몸으로 증명하는 이 두 여자의 이야기다.

비즈니스 | 박범신 장편소설

국내 최초 한·중 동시 연재, 동시 출간! 천민자본주의의 비정한 생리에 일상과 내면이 파괴되어가는 사람들의 풍경을 서늘한 만큼 날카로우면서도 가슴 저리게 그려낸 박범신의 새 장편소설.

브로콜리 평원의 혈투 | 듀나 소설집

흡입력 있는 소설을 쓰는 작가, 듀나의 소설집. 판타스틱하면서도 괴기스럽고, 때로는 당혹스럽기까지 한 거대 우주 프로젝트들, 시공간을 초월한 음모와 비밀들이 거침없이 펼쳐진다.

오렌지 리퍼블릭 | 노희준 장편소설

1990년대 강남 오렌지들의 이야기! 타자화된 욕망에 의해 움직이던 주인공 '준우'가 하나의 주체로 서게 되기까지의 여정을 그린 성장소설. 강남 오렌지들의 유복함 뒤의 상처와 공허, 분노가 작가의 경험을 바탕으로 매우 생생히 그려져 있다.

소현 | 김인숙 장편소설

소현세자의 숨 막히는 운명과 대격변의 정점에 놓여 있던 조선의 얼굴을 장대하면서도 섬세하게 그린 소설. 청나라가 명나라와의 전쟁에서 승리를 거두고 중국 대륙을 제패하던 시점, 소현세자가 볼모 생활을 마치고 환국하던 1645년 전후의 이야기를 담고 있다.

A | 하성란 장편소설

전대미문의 참사 '오대양 사건'을 모티프 삼아, 한 시멘트 공장에서 일어난 의문의 집단 자살을 그렸다. 작가는 소설 속 인물들이, 그리고 소설 밖 우리들이 벼랑 끝에 서 있음을 가감 없이 보여준다.

4월의 물고기 | 권지예 장편소설

"얼마나 더 사랑할 수 있을까?" 천사와 악마를 동시에 사랑한 한 여자의 애절한 사랑. 선과 악이 얽힌 인간의 양면적 본성을 파헤치며 엉킨 실타래처럼 복잡한 사랑의 내면을 조심스럽게 들춰낸다.

하우스메이트

© 표명희, 2011

초판 1쇄 인쇄 2011년 8월 12일
초판 1쇄 발행 2011년 8월 27일

지은이　표명희
펴낸이　강병철
주　간　정은영
책임편집　임자영
편　집　이수경 황여정 최민석
디자인　송민재
제　작　장성준 박이수
영　업　조광진 안재임 강승덕
마케팅　박제연 정지운 전소연
웹홍보　정의범 한설희 이혜미 김성아

펴낸곳　자음과모음
출판등록　2001년 5월 8일 제20-222호
주　소　121-753 서울시 마포구 동교동 165-1 미래프라자빌딩 7층
전　화　편집부 02) 324-2347, 경영지원부 02) 325-6047
팩　스　편집부 02) 324-2348, 경영지원부 02) 2648-1311
이메일　munhak@jamobook.com
홈페이지　www.jamo21.net
커뮤니티　cafe.naver.com/jamocafe

ISBN 978-89-5707-556-2(03810)

- 잘못된 책은 교환해드립니다.
- 저자와의 협의하에 인지는 붙이지 않습니다.
- 가격은 뒤표지에 있습니다.